新世纪东南亚华文幽默散文精选

朱文斌　[泰]曾　心　主编

浙江工商大学出版社 | 杭州
ZHEJIANG GONGSHANG UNIVERSITY PRESS

图书在版编目(CIP)数据

新世纪东南亚华文幽默散文精选 / 朱文斌，（泰）曾心主编. — 杭州：浙江工商大学出版社，2020.11

（新世纪东南亚华文文学精选）

ISBN 978-7-5178-4035-0

Ⅰ.①新… Ⅱ.①朱… ②曾… Ⅲ.①散文集－东南亚－现代 Ⅳ.①I330.65

中国版本图书馆 CIP 数据核字(2020)第 156614 号

新世纪东南亚华文幽默散文精选

XINSHIJI DONGNANYA HUAWENYOUMOSANWEN JINGXUAN

朱文斌　[泰]曾　心　主编

策划编辑	任晓燕
责任编辑	王　耀　张晶晶
封面设计	林朦朦
责任印制	包建辉
出版发行	浙江工商大学出版社
	（杭州市教工路 198 号　邮政编码 310012）
	（E-mail：zjgsupress@163.com）
	（网址：http://www.zjgsupress.com）
	电话：0571-88904980，88831806（传真）
排　　版	杭州朝曦图文设计有限公司
印　　刷	杭州五象印务有限公司
开　　本	710mm×1000mm　1/16
印　　张	18.25
字　　数	290 千
版 印 次	2020 年 11 月第 1 版　2020 年 11 月第 1 次印刷
书　　号	ISBN 978-7-5178-4035-0
定　　价	78.00 元

本书编委会

序

要了解东南亚文学概貌，了解东南亚散文发展近况，知道东南亚作家的浮沉，光读《海外华文文学史》及其教材，是远远不够的。一则这类书的出版时间已久，材料显得陈旧；二则受教材体例限制，不可能把作家的作品全部呈献出来。由朱文斌、曾心主编的"新世纪东南亚华文文学精选"系列丛书包含了《新世纪东南亚华文文化散文精选》《新世纪东南亚华文生态散文精选》《新世纪东南亚华文幽默散文精选》，正好弥补了这一不足。该丛书除了有东南亚华文作家的代表作，还有作家小传和文章评点。这些作家小传比过去出版的同类书，多了许多新鲜的内容。如果将其汇集起来，就是一本可观的《东南亚华文作家小传》。这种书过去也出过一些，但受国别的限制，覆盖面不广。而这套丛书的覆盖面除新加坡、马来西亚、泰国、菲律宾外，还有缅甸、老挝、柬埔寨、越南，对我们扩大东南亚华文文学研究乃至世界华文文学研究的版图，无疑大有裨益。

在世界华文文学世界里，东南亚华文文学创作的成绩，常常引起一些人的质疑，认为其成就既比不上北美华文文学，也难与中国港台文学并肩：那里没有大家公认的经典作家，也无可以上大中华文学史的经典文本。这种看法虽然有一定道理，但也不完全真实。像马来西亚金枝芒的长篇小说《饥饿》，并不比张爱玲等人写的同类题材小说逊色。本书所收集的梦莉的散文《过白帝城》，亦不可小觑。作者用丰厚的中国古典文学知识记述了自己游览三峡的过程，展现了打上中华文明印痕的名胜古迹的优美，还用生动的文笔讲述了与丰都、白帝城相关联的历史故事。梦莉还常常引用一些中国古代诗词中的名句。在散文创作中，"诗化"——具体来说是引用诗词佳句，并不是一切散文创作样式的最佳选择。但对梦莉的散文来说，诗词的运用无疑有助于增强作品的韵味。

梦莉的散文比起卷帙浩繁的鸿篇巨制，其内容也许不够厚重，气势也欠恢宏，但在内心世界的展示、人生意蕴的探寻和作品所表现的柔美、淡雅的风格方面，却令人刮目相看。梦莉一直保持着自己题材的特色和凄婉悱恻、回肠千转的风格，她没有改弦易辙写刀光剑影的战斗，写时代的大变动，写她父亲抗日的故事，如写所谓重大题材，她就不可能以自己细腻的感情、委婉的文笔和虚幻的美感动读者。读者看好她的，正是她笔下常出现的温馨而又苦涩的爱情故事及其甜美而又凄婉的笔调。总之，梦莉的作品具有阴柔之美的女性文学的特色，而非如战鼓、如狂涛、如号角一般具有阳刚之美。读她的其他文化散文，就好似面对一位内心世界丰富的歌者，听她亲切讲述美好的故事和平凡而高尚的人物，听她娓娓动听地谈论人间的友情和对亲人的刻骨思念，你会觉得字字情真，句句意切。

作为泰国华文作家的林太深，他的作品也没有切断中国文化传统。中国文化传统，在某种意义上来说就是"田园诗文化"。中国的文人，大都有深厚的诗学修养。林太深也不例外。他的《湘子桥遐思》，有强烈的诗歌精神的渗透。具体来说，这篇作品注重酿造诗的气氛和意境的创造。在隐约朦胧的广东潮汕景色中发现自己、寄托自己。正是经过这种"静美"气氛的过滤，作者的心里也染上湖光山色的情趣，以至情绪低落时，作者会风雨无阻地徘徊、流连于桥边。借景抒情，熔铸诗的意境，就这样成了林太深散文一种重要的构思手段。

在文学发展史上，散文是一种特殊的文类。它一度成为文学分类的"冠军"，以后的小说、新诗、戏剧便是从它分离出来，而成为一种和散文"并肩"的文体。反过来说，除小说、新诗、戏剧之外，剩下来的便可统而言之为散文。而随着文学创作的发展，散文本身也孵化出不同的文类，如杂文、报告文学、游记、传记等。"新世纪东南亚华文文学精选"系列丛书的散文部分没有按照这种传统分类，而按新时期尤其是 20 世纪八九十年代散文创作出现的新情况，分为文化散文、生态散文、幽默散文三大类。

所谓文化散文，是指具有鲜明的文化意识，以及理性批判色彩的作品。它出现在中国改革开放以后的 20 世纪八九十年代，随之东南亚作家也写了不少这类作品。他们的创作有理性的干预，也有知性和感性的密切结合。收录在本丛书中的不少作家的散文，就将理性的凝重与激情的抒发紧密结合在一起。如余秀兰的《我与华大的情缘》，一而再，再而三地叙述了作者年轻时返国深造、工作和退休后到母校华侨大学驻泰国代表处工作的往事和经历，表达了对母校同时也是对中华文化的无限向往之情。

如果细分，"新世纪东南亚华文文学精选"系列丛书的文化散文还可以再分出一支历史散文，其内容聚焦中华文化传统的回望，从黄鹤楼或敦煌壁画，以及屈原、司马迁一类的文化名人故事里寻找灵感。像收在本书中一些作家的散文，在展示个体心灵和人格追求的同时，也蕴含家国民族的浓烈情怀。这些作家的作品，扮演的是站在传统与现代之间的使者，力图通过故事贯通古代与当下，让传统文化情结附上深刻的历史文化内涵。如墨子的《古筝情愫》中的古筝，是蕴含着中华文化的民族乐器。当柔美的女性弹起它时，便成了象征温婉恬静的艺术。墨子用古朴的笔调外加细腻深沉、委婉含蓄的意境，带我们领略了以古筝为代表的光辉灿烂的中华文化的魅力。再如博夫的《我从茶乡而来》，不仅写出作者与家乡茶的缘分，还写出作者在观茶、品茶中回忆往事、感悟人生的体验，写出茶与古代文化，以及现实生活的联系。这篇散文将茶文化科学研究的"理"与文学创作的"情"结合起来，既充满思考的智性，又不乏个人感受和文化情怀。

众所周知，农业时代结束后，生态紧接着成了要解决的问题，生态散文由此顺理成章产生。作为一种工业时代发生，同时又反过来批判工业时代的各种文化陋习的生态散文，我们不能用线性思维的方式将其理解为生态加散文。这种散文的本质是对诗意栖居的寻找、发现和重构，这可以从正面或反面借助语言重塑大自然与人的平行关系，由此敲响生态面临着污染的警钟。在东南亚华文作者笔下，无论写什么题材，其生态散文所运用的都是簇新的生态文明观念，并表现出作家的批判精神。在传统白话散文作家笔下，大自然本是用来表达人们内在思想的载体，表现人与天斗其乐无穷的昂扬情绪。生态散文把自然和人放在平等的位置作为表现主体，这相对于以人类为中心的作家，有着天南地北的文学观取向。以描写南丫岛的《海在呻吟》为例，作者不是为写生态而写生态，而是通过描写搜集海上漂流物的船只,呼吁人们要保护我们的海洋。王润华的《重返新加坡植物园三题》,主要围绕作者重返新加坡植物园展开,分别描述了"绿色地标""绿色围墙"及"登布树"三种事物,呼吁自然生态和环境保护的重要性,表露出不要再让植物哭泣及一草一木总关情的深厚情感,表达了人与自然和谐共存的愿望。周粲的作品则通过一天的见闻,追述了作者与知更鸟、鸡鸣、花香、黄金葛、老树、蕨等自然动植物之间所发生的故事。这里不乏闲情逸致,也有不少禅意之趣,表达出作者对山水花鸟的喜爱,以及对回归大自然的向往。

在中国新文学史上,幽默散文一直无法居主流地位。不过,在五四时期,幽默散文比现在受人青睐。周作人就指出,五四散文的一个来源是明人的性灵小品,另一个借鉴对象是英国的幽默随笔。20世纪50年代以后,受国内形势影响,幽默散文走向式微。到了20世纪90年代,中国的幽默散文再度复出,艺术上获得了丰收。从创作实践来说,东南亚幽默散文的成就比不上中国的幽默散文成就,但仍有幽默散文精品。不管是从社会批评还是文明探究来说,幽默都是这些作品鲜明的风格特征。像《新世纪东南亚华文幽默散文精选》中一些作家表现的自我调侃的冷幽默,另有一些尖锐讽刺的热幽默,都是卓尔不群的。此外,还有善良的挖苦、深刻的反讽、自我调侃,可谓百花齐放、风姿各异。以孙宽《我和精英有个约会》为例,语言幽默风趣,同时穿插了不少调侃讽刺的笔墨,把"精英"在咖啡厅貌似严肃其实是冷漠和害怕的形态,刻画得栩栩如生。许通元的《消解乡愁》,作者通过食物"砂勝越哥罗面"来缓解乡愁。其中有丰富的联想,外加片段刻画和白描,更有不少颇具幽默感的文句。蔡家梁的《壁虎止步》,写主人公和壁虎斗勇斗智,使人忍俊不禁,这是平淡无奇生活中的一剂胡椒粉,供人开胃和休息。

当然,东南亚华文作家所处的并非幽默的时代,也不是生在蕉风椰雨中的人都会幽默,而是因为这个时代的许多事很值得幽他一默。在淡莹、林锦、寒川、艾禺、希尼尔、董农政、伍木、南治国这些作家笔下,幽默不是带"荤"的段子,不是给读者带来的廉价的精神抚慰,而是意味深长的思考。用法国罗伯尔·埃斯卡皮特的话来说:"幽默通过讽刺来故意建立一种紧张感。"

东南亚华文文学研究,远非一蹴而就的工作。每个国家作家的表达方式和风格特征往往独辟蹊径,没有《散文概论》一类的理论框框可套。东南亚华文散文不忘表现中华文化的传统,更多的作品具有中华性的同时又有本土性,这本土性也就是南洋特色,需要慢工出细活地研究。当然,"新世纪东南亚华文文学精选"系列丛书不可能将东南亚各国优秀之作"一网打尽",但这些资料足够我们书写《新世纪东南亚华文散文发展史》。朱文斌、曾心两位先生带领我们进入热带雨林的华文散文世界,可供我们进一步挖掘和确定东南亚华文文学在世界华文文学史上的地位。

　　是为序。

古远清[1]

2020 年 4 月 6 日于中国武汉

---

[1]　古远清,广东梅州人,武汉大学毕业,著名评论家,现为浙江越秀外国语学院特聘教授,出版有《世界华文文学研究年鉴》等六十多部著作。

目　录

新加坡卷

周　粲（痰盂小记）　　　　　　　　　　　　　　　　　　　003

白　荷（龙宝宝）　　　　　　　　　　　　　　　　　　　　006

王润华（万岭的橡胶园：我的边缘回忆/我的南洋麻婆豆腐）　009

淡　莹（发上岁月）　　　　　　　　　　　　　　　　　　　015

林　锦（诗豪诗人）　　　　　　　　　　　　　　　　　　　017

林　高（我的不幸与幸福/寻找人与鱼的接触点/未补上眼神的肖像）

　　　　　　　　　　　　　　　　　　　　　　　　　　　020

辛　白（谈谈作家/杂货店老板的笑脸与"Thank you"）　　　034

寒　川（从"吃"谈起）　　　　　　　　　　　　　　　　　037

艾　禺（白天黑夜）　　　　　　　　　　　　　　　　　　　041

希尼尔（八哥与八叔/如期浮现——消失的声音）　　　　　　044

董农政（趣写）　　　　　　　　　　　　　　　　　　　　　048

伍　木（在岛屿的南端/无弦月）　　　　　　　　　　　　　051

孙　宽（可惜老鼠煮得太熟了/嫁人后我们家就垃圾跟我姓/

　　　我和精英有个约会）　　　　　　　　　　　　　　　061

南治国（和钟正川老师的"酒缘"/小贩三题）　　　　　　　069

蔡家梁（剑与超人/祖先驾到/壁虎止步）　　　　　　　　　077

马来西亚卷

冰　谷（左手人节/拔牙惊魂）　　　　　　　　　093

田　思（痴呆症）　　　　　　　　　　　　　　099

陈政欣（阅读时空）　　　　　　　　　　　　　102

梁　放（他乡遇故知/开心果）　　　　　　　　109

冬　阳（马来西亚人/计较/富得只剩下钱）　　　115

冯学良（声音消瘦/断想）　　　　　　　　　　118

刘爱佩（我也走"红地痰"）　　　　　　　　　124

杜忠全（教书不是一份好差事！）　　　　　　　127

许通元（记得遮住 Bird Bird/消解乡愁）　　　131

泰国卷

司马攻（木板桥故事）　　　　　　　　　　　　143

曾　心（捻耳记/灭蚊趣记）　　　　　　　　　146

梦　莉（我家的"小院长"）　　　　　　　　　154

博　夫（相识就是缘）　　　　　　　　　　　　159

张锡镇（曼谷的流浪狗/幽默小议）　　　　　　162

小　草（娱乐灵魂的哀叹——读《娱乐至死》随笔）　169

若　萍（等车/贵庚几何）　　　　　　　　　　173

今　石（大蒜）　　　　　　　　　　　　　　　178

杨　玲（微自传/摆乌龙）　　　　　　　　　　181

吴小菡（鸡鸭之战/嘟嘟清迈）　　　　　　　　185

苦　觉（詹通臣木楼探秘）　　　　　　　　　　192

印度尼西亚卷

莎　萍（晨运）　　　　　　　　　　　　　　　199

雯　飞（邻居/随波逐流）　　　　　　　　　203

于而凡（哇！香港）　　　　　　　　　　206

北　雁（回忆是它的单纯/可恶的狗）　　　210

符慧平（避人哲学）　　　　　　　　　　213

菲律宾卷

莎　士（表姊的男朋友）　　　　　　　　217

陈若莉（寿眉）　　　　　　　　　　　　221

谢　馨（美人）　　　　　　　　　　　　223

庄良有（起司锅宴记趣）　　　　　　　　227

张子灵（花的仙人掌）　　　　　　　　　231

杜鹭莺（像猪一样无聊的文章）　　　　　234

苏荣超（减肥手记/游戏）　　　　　　　　238

王仲煌（失去自由的恐怖）　　　　　　　242

文莱卷

沈仁祥（彪炳功德录）　　　　　　　　　247

越南卷

林佩佩（一个没有答案的爱情故事）　　　255

缅甸卷

晨　阳（游"厦门西湖"与马戏城）　　　　261

许钧全（商人日记/一条金项链）　　　　　263

纪晓红（游情人桥）　　　　　　　　　　267

王子瑜（该死的手机）　　　　　　　　　271

阎　远（聪明淘气机灵劲）　　　　　　　275

新加坡卷

周 粲

周粲,原名周国灿,新加坡公民,1934 年生于中国广东澄海。1960 年南洋大学中国语言文学系毕业。1964 年获新加坡政府奖学金到新加坡大学深造,取得第一等文学学士学位,并于 1969 年取得文学硕士学位。目前为新加坡课程发展署的华文专科顾问。用过林中月、周志翔、艾佳、江上云等笔名。已出版的著作近 90 种,包括诗集《孩子的梦》《青春》《云南园风景画》《捕萤人》《会飞的玻璃球》等,散文集《铁栏里的春天》《五色喷泉》《玲珑望月》《只因为那阳光》等,短篇小说集《最后一个女儿》《魔镜》《雨在门外》等,论文集《宋词赏析》《华文教学论文集》等,游记《踪迹》《江南江北》《摩登逃难记》。

痰盂小记

我家在多年前是开店的,在我的记忆中,店里每一张茶几旁边,一定搁着一个痰盂。客人来了,跟店里的伙计或老板聊天喝茶,在聊着喝着的时候,痰也一口一口地吐到痰盂里去。

有时候,吐痰的人因为嘴巴和痰盂的距离太远,会在吐的时候,不小心把痰吐到地面上去,就伸手把痰盂拿起来,凑近嘴巴,然后才安安心心、痛痛快快地吐。那时候,看见这种情形,我心里总是想:当那个人在吐的时候,他会不会同时闻到一股从痰盂里冲上来的痰的味道呢?

痰这种东西,不管是自己的,还是别人的,叫人闻了,都要作三日呕,他为什么不避之唯恐不及,反而跟它接近呢?

另外一点,人要常常吐痰,对我来说也是一桩不可理解的事。我自己不是从来不吐痰,而是在非常有必要吐的时候才吐,而不是一高兴,或者不管高兴不高兴,咳一声,就把淡痰浓痰、白痰黄痰,往痰盂里或者地面上吐。

我也想:对于他们这些非吐痰不可的人来说,吐痰会不会只是一种习惯呢?当这种习惯养成之后,本来喉咙没有痰,也要设法咳出一些来,以便吐之而后快?也可能当一个人养成了吐痰的习惯后,身体里制造痰液的器官,为了满足需要,便拼命制造痰液,痰液源源而来,供应不断;到了这个时候,习惯也变成需要了。

后来不开店,家里的痰盂,便没了踪影;但在另外一个地方,到了今天,还是可以看到痰盂。这个地方是咖啡店。

咖啡店里有痰盂,可以说源远流长。也许自从有了咖啡店,就同时有痰盂这种设备了。咖啡店的主人之所以在咖啡店的各种设备中加上痰盂,一定是因为他认为痰盂是不可或缺的。有了痰盂,不但可以让客人想吐痰时把痰吐在痰盂里,客人有东西要丢,也可以丢在痰盂里。于是痰盂除了用来盛痰液,也用来装果皮、鸡蛋壳、香烟盒、吸汽水用的吸管、作废的马票等。当然,鼻涕是不用说的了,能够盛痰液的东西,为什么不能盛鼻涕?不过鼻涕在离开鼻孔向下投射时,射程虽然不算远,但其准确性,比起痰液离开嘴巴被吐到痰盂中,就要打一个折扣了。所以我们常发现:咖啡店里的痰盂,盂壁盂沿,往往附着一些黄的绿的摇摇欲坠的东西。它除了是鼻涕,还能是什么?

而咖啡店不是当铺,光顾它的人匆匆地进去,匆匆地出来。去咖啡店的人,多半不是为了喝咖啡解渴,而是为了等人、看报纸、消磨时间、跟人天南地北地聊天、告诉旁听者怎么样解决问题,他们不坐下则已,一坐下,快则半小时,慢则半天。在这时间里,如果尊足旁边,始终摆着一个色彩灿烂,内容又非常丰富的痰盂,那种滋味,真是不足与外人道。

当然啦,如果坐在椅子上的人天生感官迟钝,嗅觉不灵,而又经常能够眼不见为净,那又不同。

咖啡店虽然名叫咖啡店,但它往往不是一个"纯喝咖啡"(台湾地区有一种地方,叫作"纯吃茶")的地方。这个地方,除了有咖啡可喝之外,多半还有鸡饭、炒粿条、沙爹、叻沙、云吞面等等可吃。当这些美味的、热腾腾的食物被捧上桌子时,正想拿起汤匙、筷子、叉子来大快朵颐,一想到桌子底下、脚旁边,离美食不远处,正大大方方地盘踞着一个痰盂,食欲不受影响才怪。虽不至于食不知味,但胃口不佳,却是事实。

大家都知道：咖啡店不是"咖啡座"；这地方，除了偶尔清风徐来之外，是没有冷气设备的。于是乎，一碰到大热天(其实，在新加坡这个热带国家，一年三百六十五天，能有几天不是大热天?)什么气味都特别显著，包括痰盂散发的气味在内。所以，如果你是个稍微敏感的人，或者如同有些人所形容的，是个肠胃比较浅的人，那么，美食当前而难以下咽，不是无理由的。

我只有一个愿望，就是有一天，咖啡店里不再有痰盂，世界上最好也不要有痰盂。我推荐它到博物馆去，只让后世的子孙凭吊和瞻仰。

🌴 作品赏析

本文通过"色彩灿烂，内容又非常丰富"的痰盂写出了"我"对生活中常见的吐痰行为以及痰盂之物的厌恶之情。文章细致刻画了人们在店内往痰盂里吐痰、丢垃圾等一系列不文明的行为，笔下满含厌恶、讽刺和揶揄。

文章大体讲了关于痰盂和吐痰的如下几个方面：有的人吐痰时将痰盂凑近嘴巴，"我"猜想人们将吐痰的习惯变成了一种需要，人们往痰盂里丢各种垃圾，痰盂被用来盛装鼻涕，人们在令人作呕的痰盂旁聊天、吃饭等。作者将这种种令人不适的恶心行为活灵活现地呈示出来，既是对生活中常常出现的不雅之举与不雅之物的批判，也是对文明行为、文明社会的呼唤。

文章用语灵活，语带调侃和嘲讽，具有较强的个人主观情感色彩。"我"对痰盂的厌恶之感"溢于言表"，对痰盂的诸多"罪状"也做了罗列："有了痰盂，不但可以让客人想吐痰时把痰吐在痰盂里，客人有东西要丢，也可以丢在痰盂里。于是痰盂除了用来盛痰液，也用来装果皮、鸡蛋壳、香烟盒、吸汽水用的吸管、作废的马票等，当然，鼻涕是不用说的了……"所以作者最后说："我只有一个愿望，就是有一天，咖啡店里不再有痰盂，世界上最好也不要有痰盂。我推荐它到博物馆去，只让后世的子孙凭吊和瞻仰。"

本文将痰盂贯穿全文来进行相关述说，活灵活现地揭露了社会中与此相关的种种不文明之事，使人读罢能够从中得到一定的反思与反省。

(李仁岑)

白 荷

白荷,笔名梁孟娴,出生于1937年12月,新加坡公民,祖籍中国广东新会。在马来西亚接受中小学教育,毕业于新加坡南洋大学中文系。从事教育工作数十年,曾执教于新加坡中正中学和公教中学,现为新加坡文艺协会理事。曾获"亚细安华文文学奖",受邀为驻校作家。著有散文集《独上高楼》《风雨故人来》《白荷散文选》和散文小说集《白荷絮语》。

龙宝宝

家里来了个大头大脸的龙宝宝,5月5日出世那天正好是佛诞,他将来会走怎么样的人生之路呢?出世好几天不睁眼,只眯成两条线。整整一个月除了吸奶就没日没夜地睡。四五天不排便,家中长辈们急得如热锅中的蚂蚁。寻了个年轻的医生,他给宝宝吃泻药、塞甘油条都无济于事,只是让宝宝白受苦而已。资深的儿科专家杨医生说:"哺食母乳的婴儿,有可能把易于消化的母乳吸收精光,十天八天不排便也是正常现象,不必担忧。"虚惊一场,大家都放下心来,安心看着宝宝一天一天地长大。

弥月那天,妈妈给他穿上了漂亮的新衣、新袜子,还戴了顶新帽子。他坐在婴儿车上,被推下楼,安置在大厅里,任亲戚朋友观赏。龙宝宝似乎知道这天是特殊的大日子,他两只眼睛睁得灯笼般又大又亮,安静地等待客人来对他进行点评。

"大头大头,下雨不愁,人有雨伞,我有大头!"大头宝宝不怕雨,却怕太阳,太阳一出来,他的后脑瓜子就出了一圈汗珠。才抹了不久便又来一圈。爷爷说:"这是蒸笼头。"

小哥哥说:"弟弟蒸包子吃吗?哈哈哈!"

大头大脸，锅铲指甲是爸爸和爷爷的注册商标，龙宝宝也继承了这些特点，脸大，额头凸出，"头毛少"（福建话，外婆是福建人），额头向头顶后方秃上一大圈。奶奶说："这是个博士头，长大了要好好用功求学问，做对人类有益处的研究工作。"

大脸庞上除了宽阔的额头、眼睛、鼻子、嘴巴四平八稳之外，最出色的是左右面颊上的一对深深的酒窝。宝宝爱喝酒？要适可而止，不能做酒鬼啊！新加坡小小国土内竟然有压倒金元大国——美国拉斯维加斯的圣淘沙和金沙两个大赌场，宝宝长大后，千万不可踏进那个张口吃钞票的地方啊！

龙宝宝带来好运气给外婆，外婆中了万字票，一口气买了大叠印有童趣图案的童衣、特号大摇篮、婴儿助行器和各种有声音、有颜色的玩具，把赢来的钱都花光了才甘愿。

古人说："婴儿七坐八爬九长牙。"现在的胎儿在妈妈肚子里就吸收了足量的钙质，两个月大的婴儿已害着长牙的病，没胃口。牙龈痒时嘤嘤哭泣，拉肚子，拉带着米花、酸气浓浓的烂屎。舒服点儿时见人还是张口大笑，还是无牙。于是流口水：口水喷泉、口水浪花、口水檐滴，一天不知要湿掉多少纸巾，真正的口水多过茶。闹到五个月大下边的两颗门牙才露出来，其他乳牙也蠢蠢欲动，要破龈而出，宝宝还有苦要受呢。

不知什么时候开始，小家伙学会了摇头，摇得起劲，摇个不停。妈妈怕他头晕，制止他摇头，可大人一不留意，他又摇个不停了，他是看到这个污浊的世界许多不平的事才摇头的吗？或者是他见到夜总会里吃了摇头丸的醉生梦死的人才摇头的？随之而来的，不只是摇头，连整个身子也一齐摇动，节奏很快，变成了轰动全球的那个跳什么"江南风格"骑马舞的韩国大叔了。小哥哥是属马的，让他当马骑吧。

陪月阿嫂说我们家里那个菲律宾女佣是扮猪吃老虎（广东谚语）。龙宝宝九个月大却要扮老虎吃猪，鼓着两腮，气呼呼的，"唬唬唬"地吼，脸蛋儿都吼得红扑扑的。奶奶心疼他，连忙抱着他说："不吼啦！不吼啦！"

宝宝是龙，他放下本尊去扮老虎，家中有属牛的、马的、羊的、龙的、小兔子的，一口一个可吃个精光。唯独二堂姐姐是条蛇，刁着呢！她一岁多刚学会讲些话，家人让她坐婴儿车去游动物园，一进园门口，见游人抱着条大蟒蛇玩得正欢，她睁大了圆圆的眼睛，张大了圆圆的嘴巴，大喊一声："啊！我的天呀！"引得玩蛇那群游客捧腹大笑。小蛇姐姐曾一口吞过一只大甲虫，刁着呢！龙吞得下蛇，虎也吞得下蛇，但愿龙宝宝长大后，什么鱼肉鸡鸭、蔬菜水果都尽管吃，只是千万不要吃人啊！

🌴 作品赏析

  本文主要讲述了龙宝宝出世后的一系列情状，透露出宝宝的可爱和家人们对他的关心和喜爱。首先，文章介绍了家人们对刚出生的宝宝的关切；而后具体介绍了宝宝的形象特征：大头、大脸、酒窝、爱流口水、爱摇摆身体等；最后写了同样作为宝宝的属蛇的二堂姐姐"刁着呢"的特点，也抒发了对这位龙宝宝以后能健康快乐成长的期盼。

  文章语言比较生活化，人物对话大都朴实自然而又幽默风趣，对宝宝的描写也很充分地展示出他的童真稚趣，字里行间透露出家人对这位龙宝宝的满心宠爱。

  文章有几处类似对话口吻的自言自语，写出了作者对宝宝的由衷喜爱，比如"宝宝爱喝酒？要适可而止，不能做酒鬼啊！"一句即是如此。同样地，文中还有许多作者自我的对话，比如"他是看到这个污浊的世界许多不平的事才摇头的吗？或者是他见到夜总会里吃了摇头丸的醉生梦死的人才摇头的？"这样的语句不仅体现出作者对龙宝宝的关心，还反映了对他的以后生活的担忧和操心，说明了作者对宝宝的关切之深。

（李仁奎）

王润华

王润华,新加坡人,1941 年 8 月 13 日生于马来西亚,美国威斯康星大学博士。曾任新加坡国立大学人文与社会学院助理院长、中文系教授兼主任,台湾元智大学人文与社会学院院长与中文系主任、新加坡作协主席。现任马来西亚南方大学学院资深副校长、讲座教授。获得新加坡文化奖(文学类)、亚细安文化奖(文学类)、泰国的东南亚文学奖与元智大学杰出研究奖。目前已出版文学创作包括《重返马来亚》《王润华南洋文学选集》《重返诗钞》《王润华诗精选集》《重返集》《榴梿滋味》等多册,学术著作有《越界跨国》《王维诗学》《司空图新论》《越界跨国文学解读》《鲁迅越界跨国新解读》《华文后殖民文学》等。

万岭的橡胶园:我的边缘回忆

美丽的地名在地图上消失了

我最近才发现,小时候生活过的万岭(Banir),一个极美丽的小地方的名字,在最新出版的马来西亚的地图上消失了。1999 年大马旅游局核准出版的《马来西亚地图》(Miller Freeman 出版),在全国机场及饭店可以免费领取,上面再也找不到万岭。目前在世界各国书店最畅销的百里拔(Periplus)出版的马来西亚旅游地图上,也没有万岭这个美丽的地名。

万岭在地图上的消失,使我惶恐不安。我马上把家里所有马来西亚地图查看一遍,这证明我的恐慌是对的。在我收藏的地图中,只有一张大概在1994 年在吉隆坡大众书局买的印有华文地名的马来西亚地图,可以找到万岭,而且所有华文地名都与我小时的写法一样,这是一张保存华人共同回忆的地图,这些年来,我常常翻阅,每一次,都带来很多回忆。

万岭:大英帝国殖民统治的缩影

万岭这地方其实并没有千山万岭,它只是马来西亚霹雳州主干山脉南端西陲的一片坡度微小的丘陵地带,坐落在金宝(Kampar)与打巴(Tapah)中间,南北距离三英里。大马西部南北主要公路与铁道分别经过万岭的西边与东面。

第二次世界大战之前,英国殖民政府在此开拓了广大的橡胶园。万岭是大英帝国统治马来亚殖民地的一个缩影,一个模式,它说明统治者除了用武力,有时候也通过文化知识与管理手段来维持其霸权地位。

在最平坦的最好的中心地带的橡胶园全由一间英国大资本家的公司拥有与经营,周边有河流、湖泊、山丘的橡胶林,则划分成小单位,卖给华人。我家就购买了两个橡胶园,总加起来,不到十英亩。在划分种植橡胶地段时,一些非常边缘的角落,不大不小,就种植热带水果,如榴梿、红毛丹、山竹、波罗蜜等,这些果园都是卖给马来人经营。英国人经营的大橡胶园,主要雇用印度人作割胶工人。这种安排,表示英国殖民政府对大马人民的民族性了如指掌。来自欧洲的资本家财雄势大,又有现代科技,善于管理巨大的种植园,他们代表西方霸权,因此特别照顾其利益。华人刻苦耐劳,生产力强,喜欢自食其力,把小单位让他们经营,能确保橡胶生产力。马来人生性乐天,容易满足,喜欢原始自然生活,管理果园,最符合他们的本性。从印度南方来的移民,一向是长期统治印度的大英帝国的好帮手,因此从开拓种植到橡胶生产,都依赖他们。

在热带原始森林的边缘:光亮美丽的新世界

万岭英国橡胶种植公司的总部由一系列白色的欧洲殖民风格建筑组成,坐落在南北主干公路的路边,其右边是橡胶产品制造厂与工人宿舍。办公大楼与工厂之间有一条大路通向橡胶园的心脏。所有大小橡胶园都需要从这里进去,因此白色的大门非常庄严,具有保护者的帝国色彩。

每当我们华人在清晨六点左右骑脚踏车到自己的橡胶园工作,都先进入英国大公司总部前面的大栅门,经过公司总部所有建筑与英国人建设的平坦大路,虽然到了四十年代,当地还未普及供电,又在热带原始森林的边缘,突然灯光明亮,尤其灯火灿烂的欧式豪华宅邸与俱乐部,令小孩相信如同进入天堂。当我们的脚踏车走完大路,进入华人自己的园区,平坦的路就消失了,我们回到原始黑暗的世界。蜿蜒的小路都是坑坑洼洼,路面不是泥泞就是巨蛇般的树根。脚踏车在上面颠簸跳动,常常连人带车翻倒在路边。那时我痛恨华人园区的黑暗,羡慕殖民者的明亮的灯光。

殖民地里光明与黑暗强烈的对比的经历,长大后,每次回想起来,不得不明白白人为什么会有优越感,他们相信殖民是把文化与物质、文明与光明带到黑暗落后的南洋。虽然我们长大后,都这样解读殖民主义:殖民者把南洋的天然资源搜刮一空,留下林荫大道、豪华住宅与俱乐部。

大英帝国与华人移民的橡胶园:中心与边缘的思考

万岭的橡胶园,无论英国人的还是华人的,整体都以种植两排凤梨作为彼此的分界线。其构想具有重大意义,因为无形中又为园主增加生产了一种热带水果。比如三亩呈正方形的园林,作为分界线的凤梨应有几百株。我小时候到橡胶园帮妈妈工作,最快乐的回忆是寻找成熟的凤梨,其次是到附近果园捡拾榴梿。为了避免每天往返的辛苦,很多华人在园内建一间亚答屋,住在那里。屋外往往有一块空地作为种植蔬菜用。因此有些人一辈子,就这样待在胶园里。这是英国殖民者高明的手段,为了让你为他天天生产当时很有经济价值的橡胶,他给你一个无形的笼子,为了能吃饱,你自愿被关在里面。

我家的其中几亩橡胶园,就在英国人的胶林隔邻,我常常站在一排凤梨树旁边,眺望洋人的橡胶树。有时进入那里,总有开朗舒适的感觉。他们的园林,用杀草剂把野草完全清除,地上只有落叶,树身平滑光亮。割胶工人稍微割破树皮,马上用药防止恶化。反观华人的胶林,野草丛生,茅草杂树比人高,死树横七竖八也不去理,让它自然腐烂。当然死树上五彩的菌类,像天上的彩虹,也令小孩迷惑。为了贪心多割取胶汁,树皮潮湿也割,结果创伤累累,长满疤痕。

站在我家与英国人的橡胶园的分界线上,我向往中心、讨厌边缘的感觉特别强烈。中心是现代化的象征,边缘是落后。那些倒下的枯树、白蚁泥堆、茅草,说明南洋人需要西方现代经济与管理的知识,将自己从无知与贫穷中拯救出来。可是现在我住在社会的中心,却强迫自己停留在边缘去思考。边缘是一种思考的位置,它能带给你双重的透视力(double perspective），边缘是拒绝与反抗的地域，它让你多一种选择。

辽阔的橡胶园，现在都被热带丛林吞吃了

万岭在地图上消失了。很多年前，当我驾车北上马来西亚，经过万岭时，当年雄伟的大栅门已没有了，欧洲殖民者的橡胶种植公司豪华的白色大楼与工厂都被一把火烧掉了，这是反殖民、反西方霸权成功的象征，但当年的林荫大道，豪华的欧式房子，辽阔的橡胶园，现在都被热带丛林吞吃了。经过万岭西边的南北铁道的火车站也被野草湮没，因为火车不再在万岭设站，理由是人口少，没有橡胶与锡矿石可以运载。这是一个被遗弃的殖民政府的种植园，这也是国家独立后许多地方出现的有反讽意味的败落现象。

我 的 南 洋 麻 婆 豆 腐

结构主义大师施特劳斯（Claude Levi-Strauss）在《忧郁的热带》中指出，西方香料与调味素都是伪造的。欧洲人冒着生命的危险与道德危机前往热带丛林抢夺香料，为的就是给枯燥乏味的西方文明之舌头，带来一大堆新的感性体验。热带丛林的香料在视觉与感官上，给西方人以奇异感，也是新的道德刺激品。

因此我常常走出书房，重回厨房。年轻时我翻译过法国作家的小说《异乡人》，后来，大半辈子都生活在异乡，成为真正的异乡人。我虽然喜欢异国风味，但是总是患上乡愁病，怀念我出生与长大的马来亚（包含马来西亚与新加坡），只有南洋风味的食物才能医治我的怀乡病，解除后现代枯燥乏味的文化。

重回厨房后最大的乐趣，是经常可以烹煮南洋风味的，混合马来亚、印度与西餐的菜肴，像咖喱鸡、咖喱鱼是我最拿手的项目。重回厨房，也是为了捍卫健康。目前各种黑心食物席卷全球，不但家庭主妇人心惶惶，连我们专业人员也人人自危，因为我们更常在外，几乎三餐的饮食都不在家里。调查指出，衣食住行当中，饮食最让人没有安全感。不安全的指数达到百分之七十。有人怕吃到病死猪，怕残留的农药。无形的防腐剂在很多很多的食物里都有，从鱼肉到金针花，都有各种各样的化学药品。

新马由于社会由多种族组成，加上受西方殖民统治影响，其后殖民的文

化特点,一直是多元文化而且相互杂糅。

我自己拿手的、经常烹煮的南洋风味的菜肴,也很在地化。以前在美国,罐装沙丁鱼很便宜,落在我的手中,加上新加坡带来的马来咖喱粉,就成了南洋风味的咖喱鱼。譬如目前我住在中国台湾,为了配合当地的生活食物,我用咖喱粉烹煮的马来式麻婆豆腐,也人人爱吃。

烹煮马来式麻婆豆腐的材料与方法实在简易"快熟",十五分就煮好。原料实在简单,以豆腐与猪肉为主:如果煮两盒方形的白嫩豆腐(不要超嫩,普通的就可)的分量,用小刀切成小方块状,小半碗剁碎的猪肉(买超瘦的),另外加三汤匙剁碎成细粒状的大洋葱或青葱。另外我个人建议采用新马的马来咖喱粉,不要用泰国或印度咖喱粉,前者辣性温和香醇,比较适合各民族的口味,泰国或印度咖喱辣味强烈,香料太多,一般人不能接受。

烹煮的过程也简单。下锅时,将少许油倒进烧热的锅里,把剁成细粒状的大洋葱炒两下,加入三汤匙咖喱粉,翻动几下,马上把剁碎的猪肉倒下去,快炒几下,让咖喱粉与猪肉混合,再把切成小方块状的豆腐放进锅里,轻轻翻动,如果太干,则加少许水,这样所有的东西就能混合成一体。这时候的功夫在于翻炒,避免把小方块的豆腐弄得支离破碎,而水不宜多,还没淹过豆腐(豆腐过后会释放水分)。

当菜肴混合成一体,呈金黄色的时候,便可以倒进全脂牛奶,小心地把食物搅动,直到变得均匀。在新马,煮咖喱鸡或其他,原来都用椰子汁,但现在发现椰子汁拥有高胆固醇,因此为了健康,我以牛奶代替。其实气味不输给椰子汁。过后一旦翻滚,就可以熄火了,不能让它翻滚太久。因为牛奶不宜久煮,煮久了会化成油。

煮好后,在金黄色的咖喱汁里,隐约还能看见雪白的豆腐,这就很成功。如果不是大宴客,只是小两口儿吃,再烫一盘青菜,这锅咖喱麻婆豆腐,配上白饭,会令你品尝到马来咖喱传奇性的芬芳与韵味。

因为咖喱粉中香料非常多,有丁香、肉桂、茴香、小茴香子、豆蔻、胡荽子、芥末子、黑胡椒、黄姜、辣椒等,根据医学报告,对心脏有好处,我家每个星期至少吃一次。咖喱具有杀菌的功能,上次 SARS 爆发时,马来西亚、印尼、泰国等经常吃咖喱地区,没有被波及,大概跟吃咖喱或辣的食物有关。最近医学报告证明,常吃带有黄姜成分的食物,能抵抗老年痴呆症。

为了驱除我的南洋怀乡病,解除异乡人的愁苦,我常常烹煮一锅麻婆豆腐、咖喱鸡、咖喱鱼，或一锅咖喱蔬菜，或星洲炒米粉。尤其在冬天，这些食物香辣刺激，令人温暖。香气袭人的美味咖喱，就令我完全忘记了黑心食物的危机，重回养育我的充满南洋神话的热带雨林。

🌴 作品赏析

《我的南洋麻婆豆腐》这篇幽默散文主要向我们介绍了一种具有南洋风味的麻婆豆腐。现如今，当各种黑心食物席卷全球，弄得人心惶惶之时，作者走出书房，重回厨房，亲手调制混合了马来咖喱粉的菜肴。作者详细介绍了这种马来咖喱粉的功效，不仅具有杀菌的功能，还能抵抗老年痴呆症，此外还可以解除作者的南洋怀乡病，解除异乡人的烦恼。作者认为，这种具有南洋风味的麻婆豆腐不仅具有中华文化与本土文化传统，也是外来文化在地化的一种表现。

这篇散文可谓形散而神不散，文章题目为"我的南洋麻婆豆腐"，开篇却开始介绍热带丛林的香料，接着介绍了自己的怀乡病及目前饮食安全的威胁，最后才介绍了自己烹制南洋麻婆豆腐的全过程。香料、怀乡病和饮食安全的介绍，看似与主题无关，实则有着千丝万缕的关联。香料作为南洋麻婆豆腐的重要作料之一，它在烹制南洋麻婆豆腐的过程中扮演着不可或缺的重要角色；而作者的怀乡病和饮食安全威胁更是直接导致作者重回厨房，一为解乡愁之病，二为捍卫身体之健康。整篇散文按照一定的节奏缓慢、循序推进，语言具有诙谐感：如谈及欧洲人抢夺香料的行为，说是为了"给枯燥乏味的西方文明之舌头，带来一大堆新的感性经验"，这种语言看似诙谐幽默，实则暗含对于欧洲人强盗行为的讽刺和批判；再如作者把被迫重回厨房烹制菜肴，说成是为了"医治我的怀乡病，解除后现代枯燥乏味的文化"。这种语言的运用具有反讽之功能，表面上是自我解忧之乐观态度，实为表达对于目前的黑心食物横行的饮食安全隐患之深深的担忧和无奈。

总的来说，王润华的这篇幽默散文，虽篇幅短小，但却以幽默诙谐的笔调，介绍了自己走出书房，重回厨房烹制南洋麻婆豆腐的这一过程，表达了对于故乡的怀念之情，也讽刺了现实社会中黑心食物的横行，表达了对饮食安全隐患的担忧。

（刘世琴）

淡　莹

淡莹,原名刘宝珍,祖籍中国广东梅县,生于马来西亚霹雳州江沙,现为新加坡公民。美国威斯康星大学文学硕士。曾任教于加利福尼亚大学、南洋大学、新加坡国立大学。现已退休。曾获东南亚文学奖、新加坡文化奖、万宝龙国际艺术中心文学奖。现为新加坡五月诗社理事、新加坡作家协会会员。著有诗集《千万遍阳关》《单人道》《太极诗谱》《发上岁月》《也是人间事》和《诗路》,诗文合集《淡莹文集》。与艾禺合编《逍遥曲——新加坡华文女作家作品选集》。

发上岁月

染发心情与落日心情是同样悲哀的,前者比后者更复杂,更难以诠释。太阳,毫无选择的余地,必须遵循自然规律,依时沉落。头发,可染,可不染。染,是不服老,不认命;不染,每天揽镜,少不了一番怔忡自怜。年华似水,终于倥偬舍我远去。人生在世不过几十寒暑,一转眼悠悠岁月已蹉跎了大半,不心悸是假的。

在海边,在旷野,独立苍茫,遥望夕阳一点一点下坠,满天云霞回光返照,泼泻出绚烂匀合的色彩。我常为眼前慑人的景象倒抽一口气,遂即大悲大恸,一心只盼天上旖旎的霞光消失前,地上的我先消失。向来最爱观看落日,可也最痛惜那一刻。因为经不起惆怅缱绻,常常觉得若有所失,不知身之所在。

人到中年,华发渐生,根根白发,横叉竖立,梳了理,理了梳,仍难服帖温顺,被灿烂的阳光或灯光兜头一洒,无所遁形,显得特别刺目,如同利刃上的寒辉,熠熠流转。不是故意要去睨它,而是它光芒闪烁,招惹得人不能不正眼对它。

头上这些岁月的征服者,阴险狡猾。最初是玩捉迷藏一般,匿匿躲躲,得仔细撩发拨毫才找到它们。游戏玩久玩腻了,它们忽然纷纷现身且快速蔓延。总是先从两鬓开始,次及螺圈,接着公然盘踞整个后脑勺。侵略的方向因人而异,也有先霸占头顶,然后往左右两边扩张的。一旦地盘被强横占领,休想驱逐它们,除非落发,以青灯替代红尘,寂寂过完这辈子。

为了挽救三千青丝,不知吃了多少何首乌,有熬猪肉的,有炖桑寄生加鸡蛋冰糖的,有清蒸后切片与黑芝麻一起煮至稀烂的。一碗碗、一匙匙,不断往肠胃输送。首乌酒亦不知喝了多少瓶,饮得不胜酒力的我腮酡心跳,醉醺醺昏沉沉,见榻便睡,遇人便躲。到头来与时光抗衡的种种努力全付诸东流,真正奈何它不了。

🌴 作品赏析

作者通过简洁的文字,以幽默诙谐的语言来表达:头发是岁月的见证者,人到了中年,华发渐生,让人无法忽视。它们也是岁月的征服者,阴险狡诈,丝丝白发像是和我们玩捉迷藏,隐匿于黑发中,需仔细撩拨才能发现它们的踪迹。

作者开头通过将染发与落日做对比,突出表现染发比落日更复杂,更难以诠释,头发更是一种岁月的象征。借景抒情,借夕阳下映照出来的美景来抒发年华易逝,作者对于落日的情感是爱恨交加的,作者以幽默诙谐的写法来表达其对岁月流逝的感慨。白发象征了在生活中人们为了理想,为了生存,为了目标,所付出的努力,在追逐的过程中,我们付出了很多,但回想起来可能是一生碌碌无为。夕阳更象征着作者已人到晚年,回首往事,让作者感到若有所失,不知身之所在。但不难发现,作者最后以幽默的语言讽刺了那些在追逐梦想的路途中渐渐地背离了自己的梦想,与世俗同流合污,为了达成某一目的而醉心酒肉的人。

这是一篇幽默散文,语言朴实自然,含蓄深沉。用回忆作为白发和夕阳的连接点,是对自己过往岁月的一个和回顾与感慨。

(张瑞坤)

林 锦

林锦,原名林文锦,祖籍福建安溪。新加坡作家协会和锡山文艺中心理事、新加坡文艺协会受邀理事。已出版著作有散文集《鸡蛋花下》《乡间小路》,微型小说集《我不要胜利》《春是用眼睛看的》《搭车传奇》《零蛋老师》,学术论著《战前五年新马文学理论研究》《林锦文集》。曾获新加坡"罗步歌散文创作赛"首奖、2017年度《源》杂志"优秀文学作品奖"、金鹰杯东南亚微型小说二等奖、世界华文微型小说双年奖(2012—2013)三等奖。

诗豪诗人

你一定知道中国有"诗仙"李白、"诗圣"杜甫。你一定不知道新加坡有个"诗豪"。

我在很久以前就知道了。

诗豪是谁?诗豪名诗豪,姓陈,早期德新政府华文中学的校长。陈校长理科出身,是著名的数学老师,并不写诗。那么,为什么陈校长和诗扯上了关系呢?

有一天在周会上,陈校长满面春风地向全校师生说:"中国有诗仙李白、诗圣杜甫,新加坡却有诗豪,就是我。"

同学们鸦雀无声。陈校长今天怎么了?

接着他宣布,学校的两名高二同学,荣获"全国中学诗歌创作比赛"高中组的第一名和第三名。他补充说,他虽然不会写诗,却栽培了许多学生诗人,因此自称"诗豪",实至名归。何况他本名诗豪。言毕,台下掌声如雷。

也许你想知道,两名得奖的"学生诗人"是谁。答案是林锦和辛白。如果没记错，第二名得奖者是南侨女中的赖淑敏。

辛白虽然也写散文，但对诗的感情始终如一，哪里像我。他不久前还出版了第二本诗集。我的处女作是一首所谓的诗（分行的散文）。后来，我在文学道路上，却爱拈路旁的花惹路旁的草。诗、散文、散文诗、小说、评论、儿童文学等，样样尝试，样样懂样样不精通，至今尚不敢出版的竟然是诗集。

我偶尔还写诗，但出版诗集的可能性不大。陈校长当年的期许，我非常感激，也非常惭愧。严格说，辛白才是他真正的学生诗人。相当肯定的，辛白是母校的第二"诗豪"，如果陈校长是第一"诗豪"。

陈校长自称"诗豪"，不是没有道理。因为他领导的学校除了栽培了一些学生诗人，学校也拥有几位诗人老师。其中有一位是教华文和中华文学的老师周国灿。多数从事华文教育的新加坡人都认识他。如果提起他的笔名周粲，知道的人更多。他是新加坡著名诗人，在高中读书时便受到王梅窗老师的赏识，出版了诗集《一个孩子的梦》。

周老师文学知识渊博，中华文学之外，对西洋文学也有涉猎。他上课时，海阔天空，任意捕捉。有时兴起，他会哼唱西洋诗歌，原文的，译成中文的，他都能唱。

在我的印象中，周老师授课时，讲建安文学最精彩。他对建安七子和曹植的文学成就评价颇高。建安七子里头，他最欣赏王粲，讲到王粲的代表作《七哀诗》与《登楼赋》时，他神采飞扬。

离校后，我有一种感觉，周国灿老师取笔名周粲，去掉"国"字，"粲""灿"同音，合情合理，但仔细推敲，建安七子有王粲，新加坡有周粲，也是神来之笔。

那时候我已开始写作，用了几个笔名。其中一个较常用的是林景。模仿老师取笔名的方法相当明显。不过我偷偷写作，没有让同学和老师知道。除了课堂作文，我不曾把习作拿给老师看，请老师批评指教。不过，当时几位老师合编的《新诗月刊》和《新社文艺》季刊，我每一期都追看，阅读老师和其他著名诗人作家的作品，揣摩写作技巧。

有一天放学，我走向校门，听到背后有人叫"林景诗人"。我回头一望，竟是周粲老师。一些同学用惊讶的眼神看我。我看不到自己的表情，只觉得又惊又喜。看着周老师走向停车场，我快步走出校门。老师一句有意或无意的话，好像带有褒扬的意思，停在我耳里，对我的影响何等巨大。我后来参加"全国中学诗歌创作比赛",获得高中组第一名,虽然有幸运因素,但也不能否认我对诗歌写作的执着。

陈校长在周会上的"诗豪"说,周燊老师的一句"诗人",这种潜移默化的影响,无形中使我默默地走上华文写作之路。

作品赏析

本文主要讲述了陈校长和周老师在"我"学生时代对"我"走上华文写作之路的潜移默化影响,寄托了"我"对他们的感激和敬爱之情。

文章主要涉及四个人物:"我"、辛白、陈校长和周老师。这四个人物皆围绕"我"的写作展开,写出了他们对"我"写作之路的帮扶作用和潜移默化的影响。

文章语言生动灵活,富有谐趣。开头以第二人称"你"引出"诗豪"的主题,犹如同读者对话一般自然亲和,而后以第一人称"我"深入讲述,使得作品真切有情。在具体人物的描述上,本文还是较为生动形象的,体现了"我"对他们的尊敬与感怀,所以从某种角度讲,本文也可以称为一篇记人忆事性的散文。

本文没有曲折的故事情节和细致的人物刻画,但人物的形象与品格却得到了鲜明的展现。

哪怕只是他人的一句话、一个动作或神态,都有可能对学生产生很大的影响力。"师者,所以传道授业解惑也",通过本文,我们可以发现,教育不仅仅需要老师为学生们传道授业解惑,更需要老师积极地去鼓励学生、帮助学生以进一步培养其兴趣爱好与自信心。只有这样的教育,学生的人生之路才会更有光彩,只有这样的教育才更具有长远的积极意义与价值。这也是我们可以从文本中获得的一份启示。

(李仁叁)

林 高

林高,原名林汉精。1949 年出生于新加坡静山村。华中师范大学硕士。林高早期以写作散文、小小说为主,近年亦努力于评论和现代诗。1992 年与周粲等文友创办《微型小说季刊》并任编辑。1993 年召集青年作者创办《后来》四月刊。1997 年创办儿童文学半年刊《萤火虫》和《百灵鸟》并担任主编。上述出版物都由新加坡作家协会出版。林高曾任新加坡作家协会理事、副会长,现为受邀理事。2013 年赴韩国 TOJI 文化馆参加为期三个月的驻馆作家计划活动。2014 年《林高微型小说》获新加坡文学奖。2015 年林高获新加坡文化奖。著作有《被追逐的滋味》、《林高卷:散文》、《笼子里的心》、《林高微型小说》、《倚窗阅读》、《品读》(与蔡欣合写)、《赏读》(与陈志锐合写)、《赏读 2》、《遇见诗》、《框起人间事》、《记得》等。主编《新加坡微型小说精品》。

我 的 不 幸 与 幸 福

重提不觉得啰唆。它一直在心里最明亮处,大多时候惬意沉静,偶尔躁动,越到后来越好了,时间是可倚赖的路标。灯火阑珊,我走着,微笑地看不微笑。

我的记性不好,却清楚记得 1980 下半年,某日,乘巴士经过乌槽路要过河的时候,无端生起感叹,对妻说,这辈子甭想上大学了。没料到隔年朋友捎来有机会到台湾大学读书的消息,并且把申请表格送到家里来。政府为确保华文师资不短缺,颁发奖学金给应届毕业生到中国台湾留学,亦鼓励在职教师深造。

我很牛，超龄两年(三十岁为上限)仍呈上表格。何况已婚，虽未有子女，毕竟有牵挂就不好单骑奔驰了。面试时，与五位(七位?)长官对答，我把懂得的三句半英语拆成七八句左右应战，龙门阵摆了不止半个小时。有位女士问，和太太商量了吗？当然。距离不算远呀，寒暑假都回来，第二年太太请长假过去相陪，毕业年太太请假一个月过去看我黑袍加身。我没说出来的是，妻不想留下终身的遗憾。结果破例录取。

1974年父亲去世，我尚在惹兰巴哈兵营服役，出来便挑家庭担子。像我这样吃华文饭的高中生，执教鞭算幸运的。那年头路上阴风骤雨，时而雷电交加，心情很灰。七年后，1981年执意到台大读书，我压根儿没有捍卫什么的抱负，只觉得那条路能走得最好便义无反顾。1985年从台大中文系毕业，三十年溪水淙淙流去。我应诺"筹备会30"六月必返母校躬临庆祝。读台大，对于我，是不容易说清楚的际遇，时而拿出来琢磨，怀想既往反思现在。

负笈台大得过自己的关卡。最后咨询了魏雅龄医生。1970年我在教育学院上课，因教习颇有些江湖术士之气而郁郁不乐，偏在此时受脑神经抽紧作痛的折磨，看书尤甚，这无异于灾难临头。一边中西医都看，中西药都吃，一边打太极练气功。有个专科医生甚至把我当心理病人来治，药到病没有除，精神反而萎靡，也秃顶了——我的兄弟都不脱发的。把药丢了，冷静看，看林又看树，没辙。是痛，非病。有魔附身，摆脱不去。老诗人周粲有一首小诗写痛。痛的密度有多大呢？

总可以从它的隙缝中
调理出一点舒坦
甚至愉悦来

紧接上的一节竟是"然后自欺自瞒/过半人半仙的/日子"。痛，当它嵌入血肉里，挣挤出来的是阿Q。我只得俯首，它给我套上紧箍套。还去深造吗？魔问。台大这么一所望之弥高的学府，进去了怎么出来？出来是个啥？魏雅聆诊所设在东陵购物中心，去找他。他说："去。换换环境就好了。"

就去了，我很牛。盘算出来的底数是：量力而为，尽心而已。中文系的课不多选，外文系的课不旁听，课外活动不参与，连同学的热情也都给浇冷了,只扮个大哥样子装模作样。保持距离可以把持理智;我知道自己心软、容易动情。四年下来,同学没有讨厌我,大哥大哥地叫。竟有老师对我留下印象。我头上套个紧箍都看不见吧。大一住男一宿舍,有一天,江瑞添过来串门。鬼灵精所以个子瘦小,他说,大哥,《十三经注疏》我看完了。我傻愣一会。哎!读中文系就得像他这样下蛮劲,我佩服。头隐隐作痛。窗外,梧桐更兼细雨,滴答滴答。

那年头中文系仍保守,必须开山辟土才开得现代文学课。我到的时候只开"现代散文",原来教这门课的乐蘅军老师不巧外调到高雄中山大学。乐老师讲现代散文,含现代小说,鲁迅、陈映真都讲,在20世纪70年代末,这是很敢担当的。我错过了。齐邦媛、王文兴等知名学者作家在外文系,却终于没有去旁听,连一节课都不去。汲汲于心又奈何!我与自己周旋久矣,懂得忍辱偷生。魔在监视呢,不动声色。加加减减计算过了,被我减掉没带走的"木枕",筑起一道永恒的轨迹运输我的遗憾,滴答滴答。

可我终于梦游似的来到椰林大道。我妥协,不气馁。量力尽心吧。本一对孪生子,力和心。心为长,力为幼,相知相惜,力虽小亦不小。说起来令人诧异:开启我心腔的尽是些老东西。先读孔孟,接着老庄,后来佛学,然后古典诗文,其美学经络一脉相承互补。我的体会是,心乃主体,有理性,亦感性。谁来安放它?安放了怎么行动、检视经验?心、行、知,双向验证,一路敞亮。我不蒙。老东西教我懂我的心。知与行怎么样,心就怎么样,反之亦然。一切落实于日常,日常体现真实的过程,渐行,柳暗花明,渐远,山重水复。我仍在路上。

一程一程赶上,不静止。我深信,中文系的学问落实于日常,好像花木绽放时释放出的芳香,轻轻送。我没赶上岁月,错失沐浴叶嘉莹、台静农、郑骞、王叔岷诸老之春风于课堂上。有幸收之桑榆,晚霞刚好。我受教于林文月、齐益寿、乐蘅军、方瑜诸老师门下并鱼雁往来三十年,三十年情谊含人与人之间必须抓住的东西。是的,中文系教我把心敞向日常:所谓伊人,在水一方。这么一颗锲而不舍的心,古典诗文里的,吟咏之,分解出来各种蔬果色素,鲜美可口,从四言起。当魔听到弦歌而嗔怒,我悄悄改换作息日程。

一层一层上去,对这心的把握,说起来玄乎,落实到日常来却一点不玄乎。叶嘉莹先生九十高龄谈诗说词仍用心,孜孜不倦。叶老相信:有,必须有一种东西足以撑住生命。与其说叶老在诗词里找到了,不如说在她自己那里找到了——本着这么一颗心谈文学,文学的囫囵语就不囫囵;文学的至境,就是现实里的虚幻,虚幻里的真实。

对于西方我是敬畏的。西方代有人才出,搞哲学、搞文学理论很专业,严谨、周密、科学,用之于创作与阅读,能拓宽视野,洞察细微,用之于解读体制文明以及现代都会,亦茅塞顿开,洞见本质。靠翻译,我零买零卖,愈受惠愈有落伍的焦虑。从前后距离看,东方和西方,于我仿佛嫡亲与内亲。亲属关系必须靠心来维持并发展。我的体会是:养出来东方的心对学习西方有莫名所以的助益。仿佛服春药,原来沉寂的官能蠢蠢萌动;仿佛厨子给请进去,眼前摆一桌的蔬菜海产鲜肉——都拿得住主意。我甚而祈盼我是个称职的导游,出国能说世界风光、各国古迹,回国对自己家国的景点以及民间风俗娓娓道来,一样说得精彩。先认识自己,才能很好地了解别人,我这样想。

可惜老天没有给我特别的禀赋。学了大半辈子,中文算有个样,英文只懂三句半。方言不行,从娘胎就学的潮州话少用的缘故便结结巴巴说不成一个道理。说福建话像潮州话,粤语一窍不通。点解你咁傻㗎?魔在背后吃吃笑。我很牛,坚韧不拔。

回头看,跨进台大那一步到底跨多大一步啊!而立之年,秋日大早,凉意未退,我只身彳亍到文学院。罗马式建筑风格予人厚重的历史感,衬以土红的墙、灰色的瓦,竟有几分本土老厝古味。不知怎的,热泪上来。过山过海头戴紧箍来到,你是谁?我是谁?操弄命运者是谁?怎么回答你的三十年后。泪,滴下我的起点。幸耶?不幸?我不为身份而疑惑,不为原乡的寻访而停步。譬如儿子问母亲:父亲长什么样?母亲给儿子看父亲的留影,给儿子读父亲常读的书,煮父亲爱吃的食物给儿子吃,带儿子到父亲去的地方去……儿子挥笔画父亲的神貌,日复一日。母亲说,这一张就是了。

是不是,母子合力虚构了自己生命的真相?或者,母子自觉并自信地趋向生命的源头?

儿子看不看得见父亲无改于儿子有个父亲的事实。

事实却不想当然成为记忆。当它变成古迹与文物,当人迁时移,古迹与文物便不再是古迹与文物了。

可古迹与文物,通过传统的和最新的媒介,仍释出它对当代的意义。

三十年了,你与我的对话仍是个开始,而我不放弃叩问的初衷。

幸也。前年八月闪了腰,不敢跨步走。Y 带我到 Mei Ling Sreet 让一位吴姓医师针灸。一针见效,两次就好。我便又想借助吴医师的本事除去紧箍套。我感觉到,魔变成身体一部分后肆无忌惮。虽屈服于它,一边却伺机而动。吴医师给我又推拿又针灸,三个月不见好。拉筋怎么样?吴医师问。啥玩意儿?魔嗤之以鼻。我屡败屡战。唉,有苗头。干脆买一张拉筋床摆在书房,一天拉筋两次。一年下来,确实有效。

魔曰:老矣! 尚能饭否?

饭三大碗酒三大碗,笑声三大碗。牛性犹勇,我肖牛哩。

晚上八点出生,母亲说我是好命牛。哈哈,是不是前世一头大白牛!

2015 年 4 月 17 日

寻找人与鱼的接触点

(一)经过鱼的老家

我竟也学人家在家中置鱼缸养起观赏鱼来。

追究起来,这其实有让心理学家或者社会学家感兴趣的心理与思想背景。吾友对我说:"你最好在阳台养几条鱼。"我也觉得不妨借此改变自己的运程。如果不是中流砥柱之辈,人到中年大概都会有造化弄人而失去大半向命运抗衡的意志吧,而且每天匆匆起身、上班,晕头转向地工作,然后拖着疲惫的心情回家,脑子一片空白,如此下去,什么时候自己才能枯木逢春一展个人生命的风采呢?什么时候才能做自己喜欢做的事情呀。"此天之亡我,非战之罪也!"大英雄项羽最后也不得不向天认输。凡人如我于是乎接受研究风水命理的朋友的忠告,说不准哪天几条鱼儿真的神不知鬼不觉地改变我的下半辈子,我真能插上翅膀遨游四大洋七大洲去也。

为了配合时代的脉搏与时俱进,现在的上司总警告下属要随时 change your mindset。我在接近知天命之年相信命理,虽然也算 change my mindset,却开时代的倒车,但也不是说 change 就 change 的。我一向不喜欢在家养什么宠物,尤其是在搬到人烟稠密的高楼之后。以前住在乡下,家中养有猫狗,说养,其实它们自由得和野猫野狗没有两样。我们小孩子海阔天空地跑,它们也天南地北地窜。不过,猫会抓老鼠,晚上狗会看门,各有各的一份事情要办。我乡下的家几乎见不到老鼠,一半是因为母亲爱干净,家里的东西没有经年累月不曾移动一下让老鼠有机可乘的,另一半就是那只灰猫的功劳了。狗见了陌生人会汪汪叫,通告主人,而且这变成是我们欢迎客人的简单仪式。它们活得猫像猫,狗像狗,因为没有失去本性。现在高楼人家的猫狗,让主人牵着去散步,顺便在绿油油的草地上大便,我觉得它们幸福得不像猫狗了。养在笼子里的鸟,只要笼门一开,就往天空飞,栖息在树林之间了。我以为,鸟鸣虫噪最好是来自草木花丛又不知它们身在何方才更有韵味。如果把它囚在家里独享,反而有点霸气了。鱼儿同样的本该在河在溪在池塘转悠自得其乐,不知什么时候,人类给它加上"观赏"的标签,它只好在鱼缸里搔首弄姿。

然而,我终于 change my mindset。鱼儿,我会好好对待你,委屈你也只好委屈你了。搞不好你也得 change your mindset,和我同舟共济,倘若风水轮流转,你我都"咸鱼翻身",从此柳暗花明又一村,在我是得偿夙愿,而你也就光宗耀祖啊。

我的鱼缸置于阳台,早晨阳光斜照,恐不很适合养鱼。起初,买鱼时我总爱问"这鱼太娇嫩吗?"如果鱼买回来养没几天便一命呜呼,心里怎过意得去?鱼店老板推荐三两种给我,买了养在缸里,想不到不及三尺宽的鱼缸,鱼儿游动起来竟能箭一般射过去,射过来,丝毫没有受到束缚似的。我在另一间鱼店又买了别的鱼儿回来凑热闹,多元化是现代社会的趋势嘛,我的鱼缸世界自然也要多姿多彩。不料和平相处是个天底下万物需共同面对的难题,连鱼儿也有利益冲突,见面就打的。隔天去看,某条鱼儿不见踪影。细心搜寻,耐心观察之后断定它被它的同类吃进肚子里去了。其实它们不愁吃的,各有各的一份,要井水不犯河水是办得到的事呀。不知为何它们竟互相追逐,互相啄食,一直到尾巴破了、肌肤伤了还不肯罢休,只管赢不赢,胜不胜,它们同样置天理人情于度外。人的世界不人道,鱼的世界没鱼道,原来鱼与人有同病可以相怜。看来,诺贝尔和平奖每年颁是颁了,和平并没有真的来到世间。因此,我只好让鱼儿分道扬镳,一些仍养在缸里,一些则送给邻居。以后我买鱼时总爱问:"这鱼会打架吗?"

后来养的两条鱼,吃得多,长得快,三五个月后大得不像是养在缸里的鱼了。它们又上又下,又左又右的大动作,好像两个大汉在 baby pool 里嬉水,别扭得叫人难过。而且鱼缸里的水给它们这么上天入地大展手脚,便搅浑了,辛辛苦苦换了一缸干净的水,才三两天又给搅浑了。若因分身乏术而不得不延迟两天换水,看到鱼儿在脏水里游动,自己的脸就无端端给上了黑彩,再也挂不住了,只好放下工作为鱼儿服务。换水变成一项不胜负荷的苦差,一边换水我一边开始盘算如何走下一步棋。

一天傍晚,我们去植物园里教育学院前新扩建的公园散步,发现园里有个池塘。池塘里有很多大大小小的鱼,色彩鲜丽的锦鲤更是把池塘闹得水都活过来。站在曲桥上的游客丢下鱼食,鱼儿就表演啄食的本领逗你乐。我想,这是个鱼儿的天堂,家里的两条"大鱼"送到这里,该是情义两全了吧。但是,怎么送呢? 在鱼店买鱼回来,老板会在袋子里打进氧气,扎紧。从我家到那公园,最快也要二十分钟,鱼会不会缺氧而死? 最后我决定用个大塑胶袋装水盛鱼,不扎紧,放进桶里,桶放在四平八稳的硬皮纸箱里以防倾倒。看来是万无一失了。小儿听说要放鱼,早已莫名地兴奋,嚷着要去喂鱼。他看我为护着鱼儿上路而大费周章,上车后竟懂得分担一点心思,他提醒我:"爸爸,你不要一下子就停车(忽然刹车)。"

到了公园,看鱼儿给"囚"在袋子里而发愣,便快步走到池塘。儿子怕错失观看放鱼入池的机会,频频催促他妈妈加快脚步。我把鱼倒进池塘里,一条马上游开去,好像回到了阔别多年的家,一条则待在那儿,眼前物换星移,景物全非,吓坏了它,慢慢地,它才游向水草间。小儿说:"记住这个地方,等一下我们再回来看。"

池塘是在绿茵起伏之间,翠生生的花木临水盛装。我们漫步绕一圈,小儿带来的鱼食也喂完了,又回到刚才放鱼的地点。只见一群小鱼儿密密麻麻地游过来,又一群密密麻麻地游过去,忙着在夜凉前编织一件大毛衣似的。初到乍来的两条鱼儿早已不知去向。这儿比家里的鱼缸强上百倍,我们可以放心回家了。

回头一想,却又不禁莞尔,因为我的疏懒,鱼儿反而得以回家,自由自在了。世事的祸福颇难料。

(二)到人间走一回

从那天我被抓,送到店里起,我自忖往后一辈子没有好日子可过了。鱼店里我和同类有个共同点,就是小巧玲珑,有三分姿色。生得好看是幸也是不幸。人,煞有介事地追求美,却不真的了解美的真谛,只懂得硬生生把美东摆西摆,甚至霸住了才满足。还是古人有智慧,他问:"子非鱼,安知鱼之乐?"现在那些人啊压根儿就不曾思考过人生哲理,只顾争先恐后卖弄他们的聪明。偏偏我的同类中有善于阿谀谄媚的竟想方设法去证明那些人是高人一等。当那个秃头的男人看上我,同类便用腻人的声音鼓噪:"你马上就要从商品变成人家的宠物了。他肯定是个好主人,你看他的小儿子养得白白胖胖的,多逗人爱。"

我该对同类说什么呢?要是我提出自己的看法,它们反而一口咬定我是自命清高惺惺作态。鱼各有志,我只得默默静观其变。离开这个店,虽不是回到老家,但是,说不定阴差阳错给我找到出口。

我那个秃头的男主人,年纪半百,倒不是个面目可憎之辈。他没有什么养鱼的经验,不过每次换水总是小心翼翼的,先用网把我捞起,放进盆里。有一次,我不知天高地厚,竟使劲跳出盆,以为一跳便能逃生了,不料跌落在硬邦邦、冷冰冰的瓷砖地板上,痛得我大呼小叫,大概砧板上挨刀也不过如此。男主人赶紧把我捞起,放进桶里,还用纸板盖住,生怕我重施故技。男主人不但没有责怪我,反而有自责之意,这一来我倒有些歉意了。他把鱼缸洗抹干净,盛水,又把缸里的过滤器、打风机、通气管都洗干净,清水中添些除苔剂、抗氯液之类的东西,才放我进去。我顿时觉得天空晴朗,大地回春,生命又可以有一个新的开始。

不过,男主人常不定时喂我。后来喂我的工作干脆由女主人负责,偶尔小主人兴之所至也客串一下。小主人喂我时老爱品头论足,引来男主人和女主人的围观。唉,他们觉得我好玩、有趣的时候,正是我闷得发狂、失态的时候。我温文尔雅,他们不屑一顾,当我横冲直撞,甚至撞击过滤器,以痛刺激自己时他们反而看得津津有味。男主人养我是为了"观赏",却不曾听他在客人面前赞我一句。我的同伴说,他是属于"老式"男人,爱在心里口难开。我不以为然。为什么他疼小儿子就那么甜滋滋的声情并茂?分明是歧视"异类"嘛。他养我这么久,连名字都叫不出来,不就是证据!

我听说男主人决定把我们送走,不禁忐忑不安,他会如何处置我们?万一把我们丢进污水沟里,我们肯定会窒息而死。我的同伴依然乐观,它说男主人不会下毒手,女主人也不是个狠心的人。唉,忧心忡忡也无济于事,当命运操纵在别人手里的时候只好听天由命了。

看见男主人专程送我们到公园时颇费了些心思,我稍稍感到欣慰,对前途又开始充满幻想。我从塑胶袋滑入池塘里的那一刹那,真不知身在何处,定神看清楚之后,又不敢相信自己,这不是我们的老家吗?我们回到老家门口了。我的同伴一下子不知飞奔到哪里去了,竟忘了向主人说声再见。

再见,主人!

不知道男主人还养不养鱼。原来鱼店里的鱼给人买去养了若干年后,都送到这里来了啊。

1998 年 10 月 26 日

未 补 上 眼 神 的 肖 像

(一)

我很想给自己画张肖像,却迟疑了一日又一日,不敢动笔。再不画,恐怕就要后悔了。左右顾盼,像我这样的人,快濒临绝种。画起来,也不是为着将来顾像自怜,或者企盼能收留在博物馆当文物供后人瞻仰。纯粹是为了倾诉,有点悼念的意味。

只是,摆个这样的姿态,难免引人注目,有意义吗?凡事问有没有意义,读点书的人常常这样自寻烦恼。偏我是个读点书的人,而且读的是华文书;我是六十年代受华文教育,至今年过半百仍在吃华文饭的老师。问有没有意义,多半不是从功利的角度出发;凡事从实际利益方面去考量,人会变得薄了,矮了。若我说我的"肖像"有意义,是因为它藏着一代人的情感,不是一个人的情感。

我成了典型人物了?不是。我没有给自己上粉的意思。说这是我的肖像,只是一种方便罢了;因为我发觉,说我自己,难免牵涉同路人,说同路人,难免拉扯我自己。如果你"乡音不改"只是"鬓毛衰",看了我的肖像,就会有所体会吧。

(二)

终于画出来。画这张肖像可不容易,五官面貌好描,神,却老抓不准。狮子点睛,便活;我给自己点睛,看着老觉得不对,下笔太轻或者过重,便缺失了什么。这也难怪，半辈子的沧桑，心情早凝成一块一块。每次，当它凝成一块的时候，是一个样貌一种神，现在，要画哪个样貌哪种神呢？虽然，马齿渐增，所谓人世间的是非曲直，已经"心中有真意"，皆付笑谈中了；那一块一块的心情，恐怕也挤压成密密麻麻的铅字，随时可拈来写诗作文，然后吟诵一番自得其乐，那一块一块的心情，变成了作品连同道也拿来把玩了。那么，那个样貌那种神，是不是应该以晚年笑眼看天下的样貌、神，最为完好呢？

（三）

还是细说从头。那年月，四十年代末五十年代初吧，会忽然跳出一个英雄好汉，扛起大旗反帝反殖，喊得震天动地。我刚从母亲的子宫爬出来，只会吮吸奶嘴，轰轰烈烈的事迹对我全是历史。来到六十年代，父亲把我送进华校，在光洋上小学、中学。高中则幸运挤进德明政府华文中学，校名带"政府"两个字，心里暗自庆幸，舒坦多了。20 世纪 60 年代是个大年代，时有大风浪，在大轮船上履险如夷的人仍意识到有风浪起伏，何况芸芸一般百姓乘搭的是普通货船，岂能逃过颠簸之苦？

（四）

人有所谓运，运不好，命再强也要吃亏；语文则给所谓"势"摆布了。华文，不论是政治形势，还是经济走势，或者是气势、声势、权势，都颓了，败了。"势"不利于华文的成长，不成长，便萎缩了。

我在华文正处于穷途末路的时刻，毅然背起书包走入中文系。吾道不孤，竟还有同行者。用时兴的话，我们是不识时务者，走进死巷里去了。

中文系里羊肠小径上清清冷冷依稀犹见前行者的足迹；枯黄的草色因长年寂寞反而有了内蕴的气质，热风直吹也不毛躁。我独自彳亍，不料真的寻到古人形容的柳暗花明又一村。那村，是个文学遗迹，长得全是植物。森森的古木，千年了，而神，还是壮年的饱满。花，穿梭于叶叶之间争艳；叶，偏支起了众花之冠，招摇。船到桥头，转进这么一个村，我尚犹豫什么呢？我本爱丘山；大自然的眉目之间总荡漾着十八姑娘的情意，叫人爱惜。这么一个村，是我的文化故乡。春秋诸子一定曾在这里滔滔雄辩；魏晋那些狂狷之士不会错过在此饮酒放歌讨论玄学；陶潜说不准是神游至此才有桃花源的奇想；唐宋的骚客古文家都纷至沓来，站在山石峭壁朗读自己的文章；后来,汤显祖、曹雪芹也来了,他写剧本,他写小说,在红楼上"疑义相与析"。造访这么一个文学遗迹,足矣!

(五)

回到自己的国门,虽是个自由人,继续读我的书,乐国人之所不乐,忧国人之所不忧。但是,我也发觉,像我们这样的人,是派不上用场的家什,若丢了,老一辈会唠唠叨叨,说不懂得爱惜,只好搁置起来;我也只好把我的心搁置起来。现在的家宅变小了,布置得倒十分舒适、讲究,只少了书房。我家有个书房,我的心就搁置在架子上乱七八糟的书刊里,偶尔安慰他:"有这么多古今的学者、作家给你做伴,你不会寂寞吧。"

寂寞是什么滋味呢?这滋味不容易与人分享。我很难说,它像椰子水,或者像海南鸡饭,或者像佛跳墙、潮州蒸鱼、清炒七色素菜、茅台酒。有时候,它只是像咽一口气那样把嘴巴里的唾液吞下去罢了。寂寞不好说清楚,处境我倒是可以打个比喻:弃狗。我写过一篇散文,题目是"心里有一座山",文章里便曾提到弃狗。狗,在华族文化的观念里似乎不是什么好东西;我以狗设譬,是从主人的角度来说的。弃狗不同于野狗,正如家猪不同于野猪。野狗四处闯荡,它们的世界没有边疆,到哪里就是哪里,不必回头顾盼,哪里值得它流连它便多待几天。弃狗原有个家,主人眼里没有它的存在,它有被"弃"的感觉,心情沉重,难免在夜里会悲从中来,呜呜而号;直到它摆脱了所谓主流意识的困惑,心头笼罩着的弃狗阴影才消失。

(六)

我觉得华文的世界,是适合我的。我一直希望能掌握英文,到现在仍希望老来一身轻,能学好英文,借以多开一扇心灵之窗。我受的十二年中小学教育,根本没有真正学英文。英文学不好,自己不紧张,父母、老师也不紧张。英文差,我竟还能年年名列前三,一般学生的英文程度便不言而喻了。上英文课的时候,好比动物园的动物失去自由,只能在有限的空间内,像养肥的猪老睡觉,像猴子不停地荡秋千,像丧失野性的狮子呆坐在那里,憋气,当然也有的像水鸭,游来游去嘎嘎叫。多半的时候,老师也变成一头大笨象,重重地立在那儿,只管摆动长长的鼻子。一天,对动物园里的动物来说,应该是一年吧;对于学生,上一节英文课,墙上时钟的分针绕三十圈,上两节,绕六十圈,绕一圈,就像在大草场吃力地跑完四百米,气呼呼看着老师的表情,希望他格外开恩,跑一圈就够了。这是个奇特的教育现象,说出来,并没有侮辱当年在华校教英文的老师的意思。

反观现在,学生学母语,相当于当年我们学英文。不过,两者又不可相提并论。现在教华文的老师,好比马戏团里的驯兽师,有耐性,摸清动物的习性,使出各种法宝来驯它,让它学得一两门本领,好上台"作秀"。驯兽师面对的是更大的困难,因为动物们问:"你训练一只狮子会跳火圈就够了,谁说我要上你的舞台去作秀?"其中凶猛的喊话:"你这是违反我的意愿,是虐待,我要投诉。"杂音此起彼落,竟形成一种声势,驯兽师暗自唏嘘。我实在没有要嘲讽学生的意思。我不过是在描述一幅景观呆板的拼图,学生只是其中一块颜色而已。

老师,怎么叫拼图活过来,山是山,水是水?难。技穷吗?不!接着谁都来指指点点说三道四,老师不难过?他们的肩膀,一边负起延续传统文化的重任,一边得减轻学生学习华文的负担,迈步时难免踉踉跄跄,不知情者误以为是遇到失魂落魄的醉汉。

（七）

人,到底是社会一分子。社会是幅尚未完工的大图景,每个人都要上前去占个位子,抓起笔勾勒自己的景观。有志之士对家国的憧憬在笔墨剥落后情不自禁地流露出来了。可是,华文圈子里能争到的位子少,有人坐上去,其他人只好坐冷板凳。位子少,稍有移动,便成为大家视野内的焦点,坐上去的人也要被迫听一半好话,一半坏话。坐不惯冷板凳的人呢,有火!不管是热情如火,还是怒火狂烧,久了,也就熄灭,变成一堆死灰;这样说恐也不很准确,应该说,有热情的人,懂得对谁才付出热情。

幸好追求人生的境界不只有一个阶梯,圈子里的人也就八仙过海了,不用都被挤进某个偏僻角落互相瞪眼。我是读书人,读的是最冷的文学,后悔吗?没有。一级一级上去,心反而踏实了,足下五分气力,五分喜悦,蹬出结结实实的希望来。我觉得,我生下来就是要蹬这阶梯的,尽管这阶梯愈蹬愈高。

（八）

我在岛国的大街小巷走,往往像出国旅游,我是个陌生人,心情难以言说的复杂。有人说,这是华校生情结,有酸气。我把这个所谓的"结",解开来,有颇肤浅的情绪,也有很扎实、很丰富的感情。

为什么要受质疑呀?我们剖心剖腹,向谁说能说得清楚?

我的结——如果是结的话,是用来绑紧我的阶梯,让我一级一级上去的。有了这个结,我是我。我每打个结,领会到的是政治、经济、教育、科技、道德、工作以外的真正的人生,深层的生命。

这样的"结",我只能用华文打,倘若要抛弃,我干脆连自己也抛弃了吧。

(九)

我们是边缘人,国家大小事只要站在边上看热闹,照相的时候照到半个侧面,就算普天同庆了。后来,觉得这样太无趣,便再不管庙堂有多高,只顾悠游于江湖有多远了;各顾各,各筑小天地。这是自我放逐吗。放逐就放逐吧,即使你是屈原,人家也不知道屈原是个啥。

现在你明白我一再迟疑,没有补上眼神的原因了吧。

(十)

我们的圈子越来越小,所关心的"圈子"却没有缩小,只是认同这个"圈子"的人少了,终有一天,这个"圈子"不再是个圈子。

忽有一番滋味涌上心头,是寂寞吗?咀嚼起来,味道仿佛吾师林文月先生的著作《饮膳札记》里那道盛于素白瓷盘、色香味俱全的清炒虾仁。我曾试着学做了两次,满怀欢喜。

2003 年 6 月 19 日

作品赏析

《未补上眼神的肖像》是很有意思的一篇散文,作者视角、手法新奇,幽默生动,内容又令人深思。全文总共有十个部分,前两部分作者开始给自己画肖像,"终于画出来。画这张肖像可不容易,五官面貌好描,神,却老抓不准。狮子点睛,便活;我给自己点睛,看着老觉得不对,下笔太轻或者过重,便缺失了什么。这也难怪,半辈子的沧桑,心情早凝成一块一块。"其实作者是暗指自己的沧桑。从第三部分开始,作者就在讲自己的华文圈子,字里行间都可以看出作者对华文的热爱,但这条路却是艰难和孤独的,"中文系里羊肠小径上清清冷冷依稀犹见前行者的足迹"。

作者其实是想借画肖像一事表达自己的忧思，抒发感情。自己的圈子越来越小，作者心中的"结"只能用华文来解，如果连这个都没有了，甚至要把自己给抛弃了，足以见作者心中深深的华文情结，这种情结中有孤独、惆怅，又有担忧。

（张瑞坤）

辛　白

辛白,本名黄兴中,1949年出生于新加坡,祖籍福建南安。北京师范大学文学学士。曾任中学与小学教师、新加坡教育部课程规划与发展署华文专科督学,现已退休。主要写诗、散文,近年来还致力于微型小说与闪小说创作。曾获新加坡文化部主办的"全国诗歌创作比赛"华文公开组首奖。现为新加坡作家协会受邀理事、推广华文学习委员会驻校作家。著有诗集《风筝季》《细雨燕子图》《看见》《童诗45》(五人合集)和散文集《音乐雨》等。

谈谈作家

一个人接触了新奇的景物,遭遇了不平凡的事件,心中感动,常希望向别人说出他的感受。作家与一般人不同的地方是,作家除了希望说出自己的感受外,还要诉诸文字,把感受写成文章,发表出来,以引起读者的共鸣。作家是发表欲很强的人。

作家一般比较感性,神经要比一般人的纤细些、敏感些。同样的外界刺激,作家的反应要强烈些,感受要深些,一般人没想到的、感受到的,作家也许都想到、感受到了。作家群中,神经最纤细、最敏感的,应该是诗人了。许多美丽动人的诗篇,都是外界的事物触动了诗人纤细敏感的神经的结果。

下笔为文,作家对自己非常苛刻。作家字斟句酌,勤于修改,务必把文章写得尽善尽美,即使因此而坏了睡眠,白了头发,也在所不惜。作家是艺术的完美主义者。

作家读书比一般人多了一个目的:希望能"读以致用"。"用"者,写作也。多识鸟兽草木之名,希望写作时可以用上;读散文读小说读诗,希望可以引发自己的创作欲；读古典文学，希望可以多吸收些营养，供创作之用。

作家心中常有许多不平，因为他感触多、思虑多。他看到歌舞升平之后，有危机潜伏；他知道爱情力量强大，但不易持久；他听到岁月飞快流逝的声音；他领悟人生的无奈。这，应与他和文学长期为伍有相当大的关联：多读一部好作品，就多体验一回人生，作家的人生体验因此要比一般人来得丰富；而人生诸多忧患，作家不可能无动于衷。作家心中的许多不平，需鸣之而后快，需鸣之而后能安。

作家的快乐主要来自创作。写了一首好诗、一篇好散文、一部精彩的小说，心中满满的快乐可以消受好多时日。创作使作家觉得生活充满意义。蚂蚁工作不息，作家创作不停。作家一停止创作，他的生命就要枯萎，像花瓶里的玫瑰缺少了水，像一个人缺少了爱情。

2001 年 4 月

杂货店老板的笑脸与"Thank you"

我家附近原有一间杂货店。我初搬来小镇时，不太喜欢去那儿光顾，原因是店主态度不佳。收银机前的他，总是木着一张脸，收钱给货时皆如此。仍然去光顾买日用品什么的，只是因为方便些。

几个月后，我突然发觉店主的态度有了明显的改变，收钱给货时都会礼貌地、面露些许笑容地说一声"Thank you"。我觉得奇怪，不明白为什么。后来，我看到杂货店附近，有一间连锁杂货店快开张时，才明白过来。

但我享受的礼貌待遇却并不长久。几个月后，我发现店主的脸又打回原形，"Thank you"也不说了。我还发现他的店里的货物越来越少，空着的架子越来越多。

终于，有一天，我看到杂货店紧闭的门上贴着一张"结束营业"的字条。

我看着字条，一方面觉得店主的虚伪令人讨厌，一方面又觉得他为了生存而脸露笑意，口说"Thank you"，而终于挽不回关门大吉的厄运，也挺可怜的，令人同情。

原载《新加坡文艺》第 106 期

🌴 作品赏析

　　本文取材于现实，反映了一些人在生活工作中待人冷漠、缺乏热心与热情的现象，也刻画和讽刺了那些虚伪、做作、表里不一的人。

　　文章简短，但故事却一波三折，首先讲述杂货店店主服务态度不佳、总是木着一张脸，而后写其态度突转，待人礼貌，还面带笑容地说一声"Thank you"，而他转变的原因在于附近有了竞争对手。但即便如此，他的店最后还是没能挽回关门的命运。

　　文章对店主这一人物的刻画比较细致，很好地表现了人物的形象特点，使人印象深刻。在行文中，"我"的个人感情色彩比较浓厚，具有鲜明的是非好恶倾向，能够很好地警醒人们远离令人讨厌的冷漠和虚伪，而去做一个待人友善和真诚的人。

（李仁杢）

寒　川

寒川(吕纪葆)，祖籍福建，1950 年 5 月 9 日生。南洋大学中文系毕业。担任 10 余个新加坡、中国、印尼宗乡团体与文教组织的理事或顾问，也担任多项海内外文艺创作比赛评审。2004 年获印华作家协会颁发的"功绩卓著奖"。著有《金门系列》《文学回原乡》等 20 种作品，另主编《华实串串》等 7 种作品。

从"吃"谈起

(一)

我一直以自己不懂得下厨掌勺为憾，因而对烹饪总是避而不谈。多年前美食家兼作家黄美芬乡亲邀我写《作家与厨房》，恭敬不如从命，我涂写了《印度尼西亚凉拌菜》一文，在妻子的协助下，亦步亦趋，倒也像模像样地呈现了这么一道家常便"菜"。其实，那是太简单不过的了，无须上火烹调，我可是这群作家里最取巧轻松的一位了。

正因为不懂厨艺，有时一个人在家，想简简单单地煮一点东西充饥也不能如愿，索性去楼下咖啡店。妻就常说我命好，不会煮，还比两个儿子差。我戏说当年若也有机会出国留学，肯定也会亮出几道菜的。再说，不会厨艺的新加坡人可多呢，女人都不会，遑论男士了！

妻来自雅加达，少女时代与大部分印度尼西亚大城市的华人家庭一样，未曾下厨；嫁作狮城妇后，她从母亲那儿学会厨艺，懂得烹调金门家乡菜，例如蚝煎、海参鸭、金针香菇炒冬粉等等。金门人祭祀多，逢节必拜，家乡菜琳琅满目；妻后来也轮番增添几道印度尼西亚风味菜，让大家有更多的选择，而不会感觉厌腻。

几年前,由于妻对烹调的兴趣及经验,她被委任为新加坡金门会馆饮食组主任。她为乡亲开办烹饪班,下厨指导和示范各类菜肴与糕饼的制作。端午节来临之际,她示范粽子的制作,教导如何准备食材及包扎方法。记得有几位乡亲,还把家里的女佣带来上课。据知这些女佣,后来也能大展身手,在端午节时为雇主绑粽子。

说到我家绑粽子,从最早30年前的5公斤,绑100个,到后来25公斤,前后三天,绑500个,这工程不能说不浩大,俨然可当一门小生意了。记得那时,我和弟妹们忙得不可开交,从左邻右舍、亲朋好友,到办公室同事,四处派送粽子。绑粽子,我帮不上忙,但载送妻子上下,将粽子分送亲友,我倒是很享受这过程的。

近几年,随着母亲年龄偏大,不再绑粽子了,也不再有家庭成员忙碌迎接端午节,蹲坐在门前一边绑粽子一边聊天的温馨情景。

(二)

小时候住在直落亚逸街,邻居是挑着担子沿街叫卖福建虾面的金门人。我常以一毛钱,便买到一罐子的虾面,回家后可倒成两碗,与家人分享。从小便吃惯了福建虾面,我似乎不太喜欢炒粿条。那时,一碟炒粿条是两毛钱,加蛋则是三毛钱。

我爱吃福建虾面,妻也煮得一手让人拍手叫好的地道小吃。她曾煮给"华中池畔"周日早餐雅聚的学长们,煮给金门会馆星期天聚餐会的董事们。虽然,事前的准备工作也够烦琐,但能够招待学长和乡亲们,那种满足感是不言而喻的。

2012年,想不到妻擅长烹煮的这道小吃,连同"炸虾饼",成为金门会馆受邀参加在家乡金门举行的"世界闽南文化节"上招待中国及东南亚各地嘉宾的桌上佳肴。妻在海岛金门乡亲们的协助下,让一百多位嘉宾品尝了独特的狮城风味小吃。坐在水头村落"金水食堂"二楼,望向窗外海边,儿时与父亲一起津津有味吃着福建虾面的情景历历如绘……

福建虾面汤,以大骨、虾头和虾壳熬成的汤头,汤色泛红,主料为咸水面,配料有虾仁、肉片、蕹菜、豆芽、葱头酥、猪油渣及南洋辣椒粉等。必要时,也可放上两片鸡蛋黄。

至于"炸虾饼",则是面粉与自发粉调水后,加入盐与胡椒粉搅拌成面糊,然后将虾饼浸在热滚滚的油镬里片刻,取出涂上少许面糊。之后加入豆芽和青葱,再铺上一层面糊,其上放置三四只小虾,然后倒入再炸至金黄色即可。这道小吃,在金门会馆的周日董事聚餐会,或宗乡总会举行的美食节,总是供不应求,有口皆碑。

提任锡山文艺中心主席那几年,轮值"做东"时我总会在金门会馆星期日董事聚餐会上,多开一桌,邀请锡山文艺中心的理事们,一面品尝金门家乡菜,一面讨论锡山的会务发展。有时,还佐以金门高粱。这58度的陈高美酒,在那样的炎炎周日,不醉的是颗颗文艺的爱心,让文艺与美食成为那天美丽的风景。

(三)

朋友圈里不乏很讲究吃、喜欢吃,甚至懂得下厨烧菜,称得上美食家的老饕。和他们在一起,固然品尝到人间美味,也让自己对吃又有另一种认识与憧憬。

三年前一伙人曾踏足港、澳,再移师台湾,短短几个月,马不停蹄地往好吃的地方走。不一定是高档餐馆,我们也曾加入当地市民人龙,排了好一段时间才挤进巷子里的小餐室。在那喧嚣的食坊里,我们体验了台湾人吃厚烧饼、油条和喝豆浆的早餐文化。在台南,咸粥是人们必尝的早餐。对我这个不太喜欢吃鱼的人来说,我却不能不入乡随俗,和大伙儿在微凉的早晨,吃着热腾腾的虱目鱼肚肉,那真是在新加坡无法找到的既美味又廉宜的享受。

那趟中国台湾美食之旅,从台南到台北,匆匆的是驿动的心。每天赶几场美食,不免有望而生畏、即使是山珍海味也不想动筷子的念头。我想,"食色,性也",但若餐餐满汉全席,你也肯定消受不了,或许还因此"病从口入"呢!

因为参与团体多,酒宴酬酢自然免不了。只要连续几天吃美食佳肴,我的痛风症就可能复发,走几步都疼痛非常!十多年前在西班牙巴塞罗那,一大碟青蛙和啤酒,隔天让我痛得走不了路,那是一次惨痛的回忆。于是,携带西药,以备不时之需,是我出门必做的功课。可见出门也不是一件乐事,至少对一些人而言,例如我,确实如此。

（原载于 2017 年 7 月《新华文学》第 87 期）

作品赏析

本篇从几道菜式谈起，表达了作者对"吃"的思考与感悟。作者娓娓道来，亲切自然，生动有趣。文章分为三个部分。第一部分从印尼凉拌菜谈起，谈到了金门家乡菜，特别介绍了与包粽子相关的两件事，由此来表现"吃"中所蕴含的温馨的家庭生活。第二部分主要介绍了"福建虾面汤"与"炸虾饼"两道美食，并以此美食招待他人，从中获得满足感与成就感，让美食与文艺成为美丽的风景。第三部分则表达了对"吃"的另一种认识与憧憬，美食需要细细品尝，不适应当地的美食文化或过量食用美食，均会引起身体的不适，从而降低了"吃"的幸福感。

寒川的散文有着如汪曾祺先生一般的生活情态，"记人事、写风景、谈文化、述掌故，兼及草木虫鱼、瓜果食物，皆有情致"。作者态度亲切，不矜持作态。从"吃"谈起，闲适舒缓，有着认真生活的态度，细细品味生活的雅致，不急不躁，节奏徐缓，为读者娓娓讲述着福建虾面汤从前的模样与形成的过程、炸虾饼缘何总是供不应求，有口皆碑，而"吃"在令人心生幸福与满足的同时，又要注意和谐与适量，以免对满汉全席望而生畏。

总之，作者在"吃"中展现了生活趣味与写作姿态，有着自然、率真、亲切的韵味，任心闲谈，从自己的一道印尼凉拌菜，想到了妻的烹饪手艺，由此又想起妻教他人包粽子，一家人温馨过端午节的情景，一点佳意，一丝温馨，一点落寞，从笔端款款流泻而出。在平凡的日常生活中提炼出典雅与诗意，以从容安闲的姿态表达着人间的美意。

（张清媛）

艾禺

艾禺，原名刘桂兰，中国广东大埔客家人，生于 1956 年 1 月 1 日。现为新加坡作家协会副会长、世界华文微型小说研究会秘书、世界海外华文女作家协会会员、世界华文作家交流会中文秘书。曾为电视人，从事电视剧创作，如今为驻校作家兼自由撰稿人。个人创作体裁包括小说、微型小说，最新著作为微型小说《心中的火车》和青少年小说《沉睡天使》。曾多次在文艺创作赛中得奖。

白天黑夜

一直以为白天是主角，夜晚只能背着白天的耳目悄悄降临，但，或许不是这样。

本来就不是这样。你是这样对自己说的。

白天活着就像个被提线的傀儡，拼命舞动肢体让人笑让人哭，世界于是有了一点色彩，很多人和你一样，因别人喜欢色彩而一起舞动，在一个自以为是的玻璃缸里，像大头金鱼。

从没想过要做傀儡，本来很有抱负，不知怎么的就掉进去了，然后再也爬不上来，就像傀儡脸上的油彩，一辈子也不可能洗掉。

听说做好一个简单的傀儡都要花上 1500 个小时，首先要画图、制模，塑出头形，然后还要设计出可以灵活转动的手脚，其中的比例要分毫不差，然后才可以上色，一层又一层，厚得不见底色，把瑕疵都掩去，颜色越鲜艳越好，因为人都要靠刺眼的颜色来触动感官，大人小孩都一样。

傀儡离不开操纵者，九根线的提拔拉扯不在自己。遇到一个还有一点善良心思的人可能会宽厚点，没打算在每次演出把你扯疼，但对于一些只把你当道具的人,疼才能刺激你做出更大的反应,好像风筝,扯得紧飞得高。

以前的傀儡戏,操纵者总是站在戏台的最上方,俯着身子摆动双手,让傀儡活生起来,现在就难了,傀儡看不到主子,以前很有默契的一场表演现在变得不能设防,因为你根本不知道隐形使者会在什么时候需要你表演,又或者无时无地都要。

傀儡等待黑夜,因为只有黑夜降临自己才是真正的主角。

傀儡被平放下来,安静地躺在箱子里,像卸下一天的辛劳,没有人敢再惊动,大家都相信傀儡是需要休息的,休息是为了下一场能更好地演出。

在黑暗里你的感觉全是真实的,箱子不大,空气有限,但你却能清楚地听到自己匀称的呼吸声,感觉到胸口在一起一伏。

白天不用呼吸了吗?

傀儡的呼吸因着身份而暧昧,叫人无从分辨真假,只有在黑夜,有人经过箱边,听到里面的声音,才完全相信它们在一口一口地抽气。

黑夜让你清醒,让你能回思一日的过去、一个星期的过去、一年的过去,一辈子的过去,很远很远,远得有时叫你恐慌,过去的日子原来都是这样过去的,有点吊诡,有点不知所措……

或许不该这样了,夜教会你冷静,给了你生命持续的勇气,让你相信明天会更好,只要再次醒来,世界就会不一样,依着你的方式活着,到时你就可以很正式地扬眉吐气,不用再像鬼魅般站在街的转角处,还要选个阴暗的地方苟延残喘。

梦想虽然只是梦想,但总比没有梦想好,好的梦想可以让你很安稳地睡着,一觉到天明,中间再也没有任何干扰,能活到现在就因为有夜。

夜的真实像真金一样咬在口里只会"咔咔"作响,但绝对不会碎。

白昼的光芒害怕夜晚,偶尔照亮也温暖不起来,夜给人冷的代号,却能叫心彻夜沸腾,真正的主角属于黑夜,黑夜属于真正的自己。

白天黑夜轮回着,重复着不是自己又是自己的命运,昼长夜短昼短夜长都没关系,那只不过是个过程,过程里只要能发现真正的自己便不算白活了。

当箱子被打开,第一道白昼的光射向傀儡的时候,傀儡终于笑了笑,感觉白光不但害怕黑夜也害怕自己……

🌴 作品赏析

《白天黑夜》是一篇极具讽刺意味的散文,只从题目来看,"白天"与"黑夜"是完全相对的两个词,同时却又成为"傀儡"和真正的自己存活的空间,作者通过"傀儡"这个意象串联起整篇散文,借用"傀儡"和第二人称"你",似在和"傀儡"对话,又似喃喃自语,将在生活中挣扎斗争的人以一个具有讽刺意味的形象"傀儡"表现出来。

在《白天黑夜》中,"傀儡"既是指傀儡,也是指在现实生活中被迫成为"傀儡"的人。在散文开头,第一段便直接点题,白天黑夜不仅仅是作为一天中相对的两个时间段,在这篇散文中也是"傀儡"和真实的自己所能生存的空间。在整篇文章中,作者很善于埋伏一些隐喻,"傀儡"象征现实中的人,而"傀儡脸上的油彩"则象征着人们面对他人的面具。而"操纵者",或许是你的上司、你的同事、你的朋友、你身边的一切人,也可以是隐于整个社会之下的潜在的规律。在文章中,作者还加入了"傀儡"的做法,看似与前后文所讽刺的"被操控的人生"并不相连,但同时"傀儡"的做法又何尝不是一个人挣扎在社会中,逐渐丧失志向、失去信念的过程。"一层又一层"地"上色",让自己光鲜亮丽毫无瑕疵,哪怕内心已经空洞,外表也依旧风光。这也是白天站在社会戏台上的傀儡。而黑夜中的"傀儡"被作者赋予了另一层的生机,黑夜中的"傀儡"才找回真正的自己,对于"呼吸"的设问和"抽气"一词的运用,更加体现傀儡生活的艰难与挣扎。正如"主角属于黑夜,黑夜属于真正的自己",这句话点出了傀儡的真正内心,白天和黑夜的对比,傀儡表现不同,"白昼的光芒"温暖不了人,夜晚却心潮澎湃体现出傀儡对于夜晚,对于真正的自己的向往。

《白天黑夜》中"傀儡"讽刺了在社会竞争中逐渐丢失志向,伪装做戏的人。但这样的人,何尝不可怜,他们在毫无知觉中,沦为了没有灵魂的傀儡,但他们并不甘心。在白天,他们或许屈服于现实,或许屈服于社会,抑或屈服于命运,但最终都被隐形的力量摆布。但黑夜里真正的自己给了傀儡活下去的勇气,或许有一天傀儡会褪去油彩成为自己,又或许他会继续苟延残喘,但只要有希望,只要继续喘息着保留着真实的自己,就有机会找到真正的自己。

(于 悦)

希尼尔

希尼尔,祖籍广东揭阳,1957 年出生于新加坡,世界华文微型小说研究会副会长,新加坡作家协会荣誉会长。曾获得新加坡文学奖、国家文化奖、东南亚文学奖、世界华文微型小说 40 年贡献奖等。著有诗集《绑架岁月》、微型小说集《生命里难以承受的重》、闪小说集《恋恋浮城》等,编有《新加坡当代华文文学作品选·小说卷》。

八哥与八叔

骤雨后,清洁大队又来进行例常的工作。驼背的八叔把推车从弯斜走道推向清洗室时,因地滑连人带车直冲到停车场去。

一辆后退的小货车把他压在后轮下,患关节炎的右手彻底被碾平。那是一个用餐人潮的高峰时段,在小贩熟食中心内,我们透过周围搭起来的防鸟网向停车场望去。除了断臂外,发现一只八哥的干尸,其羽毛、皮肉、内脏遗留在扁平的骨架上,如标本。八叔在一旁呻吟。血,与从推车翻落的碗盘内的汤汁,缓缓流出……

一群八哥站在熟食中心的横梁上觊觎食客的盘中餐。它们是突破了一大片如淑女头上妆饰的丝网——防鸟网,随机闯进来的,虽然一些主要的横梁上,已置放了如初生豆芽般的软钉子。

只要是能充饥的,无论是食客剩留在桌面上,或是不慎掉落在地上的,八哥都抢在八叔抵达前迅速衔走。

八叔说:"好好把食物衔走就无所谓,只是它们都是诸多翻挑,弄脏了一地。"怨怼来自积累的不满。

这些八哥什么都能吃。带肉的鸡翅骨架、软化了的炸薯条、化水的卤面、剥剩的大虾壳……有两只八哥挂在网的边缘,伺机抢一对母女桌上的炸鱼排。小女孩为了"脱身",往空地抛出了一块鱼碎片,再转身离去。一群八哥围了上来。

熟食中心外都是八哥,以及少数的麻雀。

午餐时间,食客们都自顾不暇。八叔的惨叫声没人听到。似乎有人提醒,往肇事的方向望去。看不见被生活、被车轮压扁的手臂,倒看见了八哥的干尸。

如期浮现——消失的声音

如果没有沙斯,阿嬷的母语不会应时浮现。

人们企图用一种消灭不了的语言媒介去消灭另一种瘟疫。阿公多年来三缄其口的语言情怀——近期有一种错觉——好像不再是"Silence Love"。有人嗅到了"春风吹又生"的生机,不动声色地承传于年轻人这十分另类的语言功力,绝不可能是一朝一夕的速成课,而是一种自然的潜移默化的表现,导师——往往是被视为"文盲"的阿公阿嬷。

亲切、达情,是它的生命力。虽然也有另一种极端,在学习母族文化时,振振有词地希望借助另一种舶来语言媒介,来达到文化传承的目的;年轻的家长在面对摄影机被采访时,也用了"亲切"一词。很快地,这种向"他族文化"亲近的现象,会因经济考量而撤销其最后的防线。据说部分小学教育里,也有企图用符号(汉语拼音)来"辅助"母语的教导;当辅助→转借→替代的现象成为现实时(Don't be surprised),那不是你以为你知道的语言!大多数族人允许让自己的母语降格(一类是刻意弱势,一类是自生自灭),是一种自然的趋势。

部长、议员及高官们在现场"叩应"的节目里,流利地以方言同观众交流。他们又是怎么学会与掌握这被矮化的语言的?他们当初接受这种媒介的心态又是如何的?又有什么语言学的根据在推广共同语言时,其他方言必须面对被淘汰的命运?(有人会强辩这不是当初的用意,不过得先回顾过去二十年的手段。)当我们的城市都患上了时空健忘症时,阿嬷依旧是清醒、准确的路标。

如果没有沙斯(历史的叙述里没有如果),我们依然会定期热烘烘地让方言展示其生命力。"天顶一只鹅,政府有钱人民无",二十世纪九十年代某次大选的"方言效应"的余波,仍浮动在这纷扰的新世纪初。

近日,这另类语言,又被贴上标签成为"走江湖,卖膏药"的媚俗用语,是褒是贬,众说纷纭。(无所谓,阿嬷不一定听得到,也不会在乎。)在这种方言"放肆"传播的非常时期,有一派人感觉会触动了某些政要的"危机感",人民泄露了其深藏的"感情面";担心被"秋后算账"的人已开始放不下心,祸从口出的先例并不缺乏。

社会在飞速发展,我们忽然察觉脑袋上的那一片天空的苍白,急于辨认自己的坐标时,却无从参照;有人发觉有一丝丝微弱的方言的根在浮台下漂游,除此之外,别无其他。方言成为异质"沙斯",继续被消灭的策略仍旧是"政治正确";错误的是那些老去的阿嬷,辛苦地把我们养大,来不及教导我们如何衡量一脉文化的荣辱。

2003 年 6 月稿

原载于 2003 年 8 月《新华文学》第 59 期

作品赏析

《如期浮现——消失的声音》描写了在经济高速发展的今天,政府为了实行标准的语言而消灭方言,然而在 SARS 爆发后,人们企图用消灭不了的语言媒介去消灭另一种瘟疫,在近日这种语言又被认为是"走江湖,卖膏药"的媚俗用语,是褒是贬,众说纷纭。作者通过本篇文章想表达的是方言有它自己的生命力,虽然方言有一定的弊端但是它是我们的母族文化。作者对为了发展而抛弃自己母族文化的行为表达了强烈的不满。

文章中大量运用了引号如"春风吹又生""文盲""亲切""他族文化"等,用来表示否定或是讽刺。在文章的第四段作者运用了大量的问句,如"他们又是怎么学会与掌握这被矮化的语言的?""他们当初接受这种媒介的心态又是如何的?""又有什么语言学的根据在推广共同语言时,其他方言必须面对被淘汰的命运?"作者在这里接连使用了三个问句,除了能引起读者的注意外,还能启发读者思考,也可以增强作者想表达的对于消灭方言的不满的情绪,表达作者的思想感情。作者通过本篇文章想要表达的感情主要有两层。首先是对出于经济等其他因素考量而消灭方言统一官话的不满,作者对待方言的态度是很明确的,作者认为即使在推广共同语言时也没有必要淘汰其他方言。其次就是大多数族人会顺应自然的趋势允许将自己的母语降格,甚至是政府会将消灭方言作为一项政治策略,作者在描写这一现象时有着些许的无奈甚至带有些许的讽刺。希尼尔的作品一直关注社会现实,大多是针对现实问题有感而发,本文就是针对方言被打击走向没落的现象,作者有感而发,抒发自己的见解,表达自己的感受,意在通过这篇文章引起人们的注意,也意在强调方言对于我们文化的重要性从而引起关注。

希尼尔略带调侃的语调、满布荆棘的用词和冷箭一般的讽刺形成了他作品创作的独特风格,然而这种独特的文学创作风格并非简单的文体创新,而是通过这种富有冲击力的结构布局,使一种与之相合的文化意义被有力地折射出来。《如期浮现——消失的声音》这篇散文既能表征文化又适应了主旨,两者配合得当,扩大了创作空间,文本容量扩张,寓无限于有限之中。既引起了读者的注意,又引发了读者的无限思考。

(李翠翠)

董农政

董农政,1958 年生于福建福州。中学时期开始创作,书写各类文体。获多项全国诗歌创作比赛大奖。曾任新加坡《南洋商报》《联合晚报》副刊编辑,为晚报文艺版《晚风》《文艺》创刊主编,《跨世纪微型小说选》主编。现为新加坡作家协会受邀理事、五月诗社会员、世界华文微型小说研究会总务。著有诗集、微型小说与散文合集、微型小说集、摄影诗集等。

趣 写

(一)

我在衣襟上别了一个黄色的小饰物。

有人问我:"师父,那东西是不是有什么什么?"

我反问:"什么什么?"

他们说:"就是什么什么呀!"

我想了想:"哦! 什么什么呀! 唔! (是该说)招财啦!"

大家心满意足地笑了。

有一个意犹未尽,加上艺高胆大,立马问:"师父,能弄一个给我吗?"

能吗?

其实,最能聚集吉祥能量的,是你强大的内心,而不是脆弱的吉祥饰物。

(二)

"师父,进入七月,常看你穿红的,有原因吗?"已经有好几个人这样问我。

"没有原因,只是碰巧让你见到穿红的。"

"我不信,一定是因为——"

我好像知道他们想些什么,又好像不知道。

其实,其实,我只是有点失智,以为现在是过年……

(三)

很多人追着我问:"师父你算出来了吗?"

我一头雾水,"什么算出来了吗?"

"谁是这一届的冠军? 会是法国吗?"

我还是一头雾水:"谁说我会算?"

"很多人都这样说。"

我感觉我快变成八爪章鱼了,我摇头说:"我不会算。"

追着我问的人都露出不相信的眼神,似乎我藏起了什么好东西,不肯与他们分享。

我只好说:"会! 我会算。"

他们大喜。

我接着说:"但是算不准。"

我说完就不再理会他们的表情。

(四)

出席华义校友会己亥新春餐聚,漂亮学妹邀我自拍,说:"你越活越年轻。"我听罢,先是狂喜,随即冷汗狂飙。

唔——冷气太大了。

这样的温馨场面,只宜追忆岁月,不宜追踪容颜呀!

(我本想回她说:"你还是那么美。"偏偏就忘了。太失礼了。)

(五)

有一日,遇见一年轻女士,无意间谈到年龄这回事,她问我多大了,我说过了六十。

她说:"你一点都不像过了六十。"上了年纪的人最爱听这样的话,通常都是心中窃喜。

"那你说我几岁了——"

她脱口而出:"五十九。"

呵——这年轻女生好善良呀!

（六）

我独爱莲花，因为只有莲花，才有莲花的独特身姿。

——唔，这不是在说废话吗？

是呀！在情爱的境界里，不都在说同样的话吗？

🌴 作品赏析

本文是一篇富有理趣的诙谐小品。文章共由六个部分组成，分别阐发了不同的思想或态度：（一）阐发了"最能聚集吉祥能量的，是你强大的内心，而不是脆弱的吉祥饰物"这一观点；（二）展示了"我"乐观、积极的生活心态；（三）在诙谐之中寄寓了不可迷信的道理；（四）（五）抒发了"我"的岁月无情、容颜渐失由喜入悲之感；（六）阐发了在情爱的境界里大家都在说废话这一观点。

文章多以人物对话的形式展开内容，富有真实感；每部分常常在文末暗示或揭示该段的主旨意蕴，有卒章显志的意味；文章的内容比较生活化，所持的态度也比较积极乐观，能够使人在风趣幽默的阅读中获得一定的人生教益。

同时，本文的语气比较亲切自然，语言也较为生活化，与读者对谈聊天一般，使人易于接受且读来倍感舒松。

总体而言，文章短小精悍，风趣幽默而富有哲思，是值得一读的幽默小品文。

（李仁杰）

伍 木

伍木,原名张森林,祖籍福建晋江,1961 年生于新加坡。北京师范大学文学学士、新加坡国立大学文学硕士、南洋理工大学哲学博士、新跃社科大学客座讲师。曾获金狮奖、全国宗乡奖、亚细安青年微型小说奖、国际华文散文创作奖、畅游神州征文奖。著有诗集《十灭》《等待西安》,散文集《无弦月》,文学评论集《至性的移情》等。编有《新华文学大系·短篇小说集》《新华文学大系·诗歌集》《五月诗选三十家》《情系狮城:五十年新华诗文选》《新国风:新加坡华文现代诗选》。

在岛屿的南端

上篇:一条街道的多种喧哗

20 世纪 60 年代初,我出生于新加坡南端的北京街,这条历史悠久的老街伴随着我混沌人生的第一个十年;紧挨着北京街铺展开来的一组街道网络,包括中国街、厦门街、福建街、南京街和直落亚逸街,也在我生命启蒙的初阶,留下了一条条磨灭不掉的童趣轨迹。

其实,单听上述一系列街道的名称,你便可想而知这是一个华人聚居的地区,其中又以福建人居多。这些华人,多数是在中华人民共和国成立前已背井离乡,通过海上航道远渡至新加坡另谋生路的。像我的父亲,便是在1947 年申请携带家眷来新;在我的众多家庭成员中,大姐和二姐是在稚龄时期离开大陆的出生地,随爸妈南来讨生活。

北京街俗称"衣箱街"(感谢最新出版的《新加坡街道指南》,尚记载着这个差点被我忘记的街名),这是一条很短的街道,但在我童稚十年中,却载沉载浮着对它历久弥新的印象。这条设施简陋的街道,两侧有高矮不一的三层楼民房,骑楼下是典型的"五脚基",开着各类店铺和贸易公司。我的旧居北京街12号骑楼下,以前就开着贩卖香烛金银纸的"一枝香"香庄。

之一:咖啡店的喧哗

六十年代北京街最为喧闹的地方,或许就是街上仅有的两家咖啡店,其中一家是在我旧居正对面的"金成嗏吥室",另一家的宝号我已不记得了。听这两家咖啡店的店东和头手的口音,应该是海南或福州人士。(说来惭愧,虽然我在九十年代初娶了海南籍小姐为妻,但我至今仍分辨不了海南话、福州话和客家话。)每天清晨,金成嗏吥室便顾客盈门,吆喝声此起彼落,一派生机勃勃的景象,大家似乎都很满足于这种简单质朴的生命旋律。

至于另一家咖啡店,由于离我旧居较远,印象不太深,只依稀记得店东是个笑容可掬的发福中年人,他的看家本领便是杀鳖煮汤。活脱脱的一只大鳖在他干净利落的掌控下,不一会儿光景便成了桌上清血补身的炖汤精品。

之二:酬神戏的喧哗

北京街另一种喧闹的形成,是上演配合神秘的酬神戏和配合中元节的歌台演出。除非亲眼所见,否则你很难想象"万头攒动"会是什么样的一种情景。那个年代,徘徊在街边的歌台舞榭是人们不可多得的观看享受,所以酬神戏上演的时候,附近几条街的街坊都一股脑儿地往北京街涌来。借着酬神戏和七月歌台,夜间的食摊也活跃起来,而且连续几晚都是如此。那是我一年中最兴奋的几个晚上(虽然下午也有午间场,但"观众规模"远不及夜场),每晚都和家人挤在小阁楼的窗前,往远处的戏台上看,直到戏终人散,北京街恢复原有的寂静和冷清,我才甘愿去睡觉。戏台上旦生们五彩缤纷的戏服,炉火纯青的舞步和悦耳动听的闽曲,毫不吝啬地伴着年幼的我入梦。

之三:联络所的喧哗

儿时的另一种单纯享受,是偶尔在黄昏时分,趁妈妈与邻居婶婶们在共用厨房里做饭,父亲与邻居叔叔们在屋顶聊天的时候,也尾随大人们沿着窄小的螺旋梯爬上屋顶去"乘凉"。我和邻居同龄小孩坐在热乎乎的烟囱旁边,看炊烟徐徐上升,趣味盎然。

站在屋顶往屋后的方向俯视,总会瞧见一些青年在隔邻的芳林联络所内打篮球喧闹取乐。在那个私会党猖獗的时代,联络所大多有不务正业的年轻人甚至私会党徒,所以父亲经常严厉嘱咐姐姐们不可带我到联络所去玩,以免遇到"坏人"。但性格有点叛逆的二姐"明知不可为而为",犹记得有一回,她大着胆子违抗父命,牵着我下楼偷偷地到联络所结结实实地玩了一个下午,事后父亲也没察觉。

之四:连夜雨的喧哗

除了对联络所怀有防御心理外,我的童年也要随时准备应付连夜雨的"侵袭"。事缘北京街的三楼故居由于年久未修,残旧不堪,覆盖在屋顶上的陶瓦间缝隙甚多,只可挡风,却不能完全遮雨。每当倾盆大雨来时,家人都要赶紧拿出装盛"漏水"的盆盆桶桶;若遇上喧哗不止的连夜豪雨,更是苦不堪言,往往一整夜须与雨水同眠,而且盖在身上的百衲被和铺在地上的廉价漆席都要遭殃。所以日后启蒙习字时,我对"屋漏偏逢连夜雨"这一句往往感慨良多。

之五:"估俚间"的喧哗

当年北京街金成嗱呸室楼上的"估俚间",夜间也会传出另类的喧哗。估俚间住着二三十个人,多数是在驳船码头搬运货物的劳工,有些妻儿尚在中国乡下,来新的手续正在办理中,有些则是未成家的光棍。在一起工作、吃饭、休息和睡觉,日出而作,日落而息后,这群身边没有家室的"估俚"便以赌博来消磨漫漫长夜,把白天辛苦赚来的零星收入都挥洒于麻痹的感觉神经之中,把生命全押给了赌桌上的喧哗。

小时候听妈妈说,同样来自福建省的"估俚间"与"估俚间"之间有帮派之分,偶尔会因保护各自的"团体利益"或因为其他矛盾摩擦而引发冲突,最后演变成一发不可收拾的"拼估俚间"(即两帮人马正面火拼)。一旦发生"拼估俚间"的不幸事件,结局经常都是惨烈不堪的人仰马翻。还好,在我们举家迁往大巴窑卫星镇之前,我从来没亲睹这类"惊天地,泣鬼神"的肢体喧哗场面,是为一幸。

下篇:想把北京街史紧紧拥抱

我怎么忍心苛责今日的北京街以庸脂俗粉的妖媚姿态去迎接来访的外国旅客呢?我如何把今日繁华的北京街道与 20 世纪 60 年代朴素无华的北

京街景做一联想与比较?

我不知道自己是在什么时候将对北京街的记忆典当给了远东广场。我没仔细留意历史的变迁,正如我没溯源追查北京街的街史。19世纪中叶?抑或20世纪初?

站在历史的钟顶独自回响,乘着历史的孤舟独自野渡。怀旧是一种奢侈的享受。在纯朴而带有某种粗糙感的60年代,徘徊在行动党与社阵幼稚园的挣扎与抉择之间,同籍相依、邻里相助的人情淳厚气息,北京街,建构成我记忆中无法冷却的温情聚落。

一个阳光依然普照的周末下午,刻意沿着记忆的窄巷重游北京街、厦门街、中国街和直落亚逸街,已经淡逝的情景一时间全涌了上来。我只能无奈地把往昔的模糊印象重叠在眼前的雍容建筑之上,让新旧强烈对照的建筑群肆意占据我的瞳孔,并且逐渐扩大,恣意破坏我的回忆版图。

北京街12号的左侧是一座比旧居稍高的建筑物,上面仍完整保留着"1920"的白色浮雕,作为该建筑物的存在铁证。沉默的存在,在刺眼的阳光下,它在炫耀着历史的光辉,还是在向世人昭示它自矗立以降所承受的凄风苦雨,一种不肯妥协的生存意愿?历史会继续收容短短一条街的所有喧哗与影像吗?

在20世纪70年代初开始的迁徙计划下,旧居的整栋建筑已让位给一家格调高雅的中东菜式餐馆,餐馆外还竖着一面上绘暧昧肚皮舞娘的菜式牌呢!金成嘁呸室成了一家精致的西式食肆,它楼上的那些聚赌"估俚"呢?在街道的另一头,一群年轻洋人正散坐于一个宽大荧屏前,一面喝着冷啤,一面聚精会神地观赏一场澳纽抗衡的橄榄球赛。他们才是北京街二十一世纪的新街坊,一个属于瞬间过渡的名字。

短短的一截北京街,只有川行的人,没有川流的车,负载的岂止是一些令人尴尬、懊恼和苦笑兼而有之的现代化痕迹。它在苍老的容颜背后,被刻意地浓妆艳抹,花枝招展地开始另一段沉默的行程。脱缰自都市庸居的心,我有一种冲动想把一小截北京街史紧紧拥抱,有一种冲动想与前进的列车抗衡,在岛屿的南端。

作于2002年11月24日

原载于2003年1月2日《联合早报·文艺城》

无弦月

经过一番慎重的考虑,我决定结束与陈家一年来的宾主关系。

我该如何诠释这份难以理解的情怀呢?走在渐行渐远的夜色里,迎着徐徐吹拂的晚风,心情依然十分沉重。从宏茂桥新镇到惹兰柏民宾,沿着新民路,步行约需三十分钟,打从第一课开始,我就这样每星期两晚不间断地走着。新民路的两侧是一片尚未开垦的荒地,野草杂芜,细雨初歇时,沿途还可能踩到突然自草丛中跳出或蛰伏路旁的蟾蜍。转入惹兰柏民宾,风景线骤然递换,触目所及尽是建筑精致的毗连的洋房。陈志鸿的家,便是在这一堵堵围墙之内,粗朴的墙砖,由古雅瓦片铺成的斜式屋顶,带一点北欧的风味。

(一轮明月,张着饱满的弦,冷冷地挂着。)

一年了,整整一年,乱岗附近据说要发展为规模颇大的碧山公园,而我心竟仍如乱岗,无法收拾。当初通过一家代理社的安排,接受陈家的聘用,替志鸿专修华文科,欲尽绵力传五千年文化的薪火,如今,唉,志鸿即将成为我的第一位,同时也是最后一位学生。

我后悔了吗?当一名补习教师,把所学的知识廉价出售,这似乎与我最初的理想相去甚远。自小,在课堂作文《我的志愿》题目下,我总会毫不犹豫地勾勒出一个教师"俯首甘为孺子牛"的超然形象,多少年来,手执一根无形的教鞭自策、策人,多少莘莘学子在春风化雨中茁壮成长,待鬓发添霜退休时,邀昔日学生掌灯煮酒笑谈前尘往事。啊,那种感觉,那种感觉何止美妙?何止隽永?

理想搁浅时,热忱必然消减。坐在陈家的书房内,志鸿低头望着课本,默然听我讲解,眼角沁出因疲惫过度却强撑着精神的点点泪水,才十五岁,这孩子。上最后一课。我想没有必要先让他知晓我将离去,不为什么,只是没有必要。

第一天在陈家的情况又唤回来了,历历在目。那时志鸿念中二,文静的举止显示父母给予的教养相当充分,白里透红的细嫩脸色,一种在长期荫护下流露的娇弱眼神。我简单自我介绍后坐下来,翻开他先前准备好的学校课本，即以中国当代诗人赵青勃的诗歌《树》，作为我们一年师生关系的起点。

课文在志鸿的眼中是全新的。当然，我有预先带来的辅助教材，不必靠他的课本也能充实利用这一个半钟头，但我要先弄清楚他对华文词汇的认识水平。他在我的指示下将全诗读了一遍，声音喃喃近乎自语，咬字很不清晰，遇到生字时发音更是闪烁不定。

"大声点，别怕，念错了没人会笑你的。"偌大的冷气书房回荡着我的呼吸，我尝试激励志鸿的信心："念错了改正，没什么好害羞的。"

第一课费了好大劲儿才告下幕。回家路上，步行的身姿显得有点落寞。呵呵，两个陌生的人来自两个截然不同的世界，彼此岁数仅仅相距十载，然而，时间的差距竟会那么强烈且明显地反映在对母语的认识上。十年前我躺在拥挤、邋遢的地板偷偷摸摸地细读《水浒传》和《三国演义》，唯恐目不识丁的父母瞧着责怪自己不将心思放在功课上，十年后的今天，我必须降低一级层次，在舒适而弥漫书香的书房内，讲解什么是"衣裳"和"吭哟"。

志鸿学习的进度是缓慢的、被动的，一个星期教过两次的词义在第三次问起时答不上来。这也难怪，从小就浸润在讲英语的环境中，自然熏陶使他远离母族文化，他认识莎士比亚的作品而不懂得巴金是谁，他知道泰晤士河在英国的南部，却从来没听过长江和黄河这两条河流的名称。

政府大力推行双语教育政策后，志鸿的双亲方警觉到他的华文成绩有待改进，中四和高中会考的华文科目需要及格，也因为如此，他们对我的教学期望并不太高，只要志鸿逢考过关。我是后来才发觉这一点的。

犹如被针刺着一般，一阵麻痛涌上心头，隐约而长久。协助他人考获一纸完整的文凭，作用即如一部机器、一本参考书或一本字典，那么简单而已。起码的感激已化为乌有，开始时我还暗中感激陈家给我机会发挥所长哩。反复思索，我该放弃吗？尽管心里颇不是味道，半年过后，我仍选择继续教下去。

儒家思想强调有教无类。中华文化的滔滔长河中，若我能凭一己之薄力，助一个行将溺水的人渡过彼岸，一起享受泅泳的乐趣，那我尚迟疑什么？

志鸿对华文科并非完全缺乏兴趣。偶尔他会津津有味地听我讲述武松打虎的生动经过，对张飞和诸葛亮的迥异性格大为好奇，读到《三顾茅庐》时还会主动向我发问许多有趣的问题，这无形中稍微恢复了我的信心。然而，升上中三选修理科之后,终日与物理、化学和数学打交道,他学习华文的兴致渐淡,上课时双眼空洞无神,打呵欠的时候居多;表现在作文上,他的词句结构依旧支离破碎,遑论通畅达意了。

"你应该听过罗马城不是一夜之间建起来的,华文也一样,不是一朝一夕就能学好的。"我指着他那篇被改得体无完肤、毫无构想力以及错别字连篇的《停电记》,语带责备地说:"你所学的那些字都到哪里去了? 为什么不用? 还有,你难道没有经历过突然停电的滋味吗? 家里,或者学校? ——我今后要你多写一些作文!"

"……我……"好一会儿,志鸿才以惶恐的口吻回答我,他一向来最怕作文:"我……时间真的不够,真的。"

一股无名的懊恼和一种无限的惆怅陡然而生。回想自己念中三的时候,埋首试管试验与分析硫酸硝酸盐酸之余,还必须以两倍的精力去理解英文课本和讲义的内容,课余时在昏黄的灯光下,我更不会忘了体会《镜花缘》与《红楼梦》等古典名著的丰富文采和巧妙布局。诚然,时序和空间的变迁永远无法在两代人之间画上等号,可究竟是哪一个环节出了纰漏? 是哪一个关节出了矛盾,致使现在坐在我面前的这名学子,对华文的学习心有余而力不足。

志鸿的唯一借口是时间,不过我认为,令他困惑的主要是华文单字笔画的繁复,词汇的多义性及来自汉语拼音方面的混淆,但这些困难都可以靠加倍的努力与坚定的信心迎刃而解。时间不够? 推搪的理由罢了!

我按捺着,闷抑着。

这时书房的门被轻轻打开,满脸笑容的陈母亲自捧来一杯冰冻饮品和一碟娘惹糕饼,说:

"Try it, Mr Teo."

"Thank you."我说。脸仍然绷紧。

她似乎感觉气氛僵凝着,若有所悟,便转向志鸿一脸严肃地说:

"Boy, listen to the teacher."

陈母不愧是典型的贤妻良母,男士们眼中的理想家庭主妇,家里虽有帮佣但她从不摆主人架子,孩子们的生活起居她照顾得井井有条,孩子们的学业功课她督促得蛮有分寸。陪伴一名沉默寡言、担任英文教师的丈夫度过大半辈子,她的人生应该没有什么不如意了——她唯一的缺憾,或许是不会华文华语。我下意识地暗忖。

历史的客观因素使得许多海峡原住民(俗称"峇峇")失去母语教育的机会,但若在主观意愿上就排除探讨母族文化的价值,则着实令人难过与费解了。

半年来与陈家建立起的微妙感情,使我意识到他们既未能继承峇峇文化的特点,也不曾在精神上认同传统的中华文化。

我没有能力改变这个事实。实际上,包括陈家大儿子在内,他们一家四口一直过得很安详、自在。

我的责任仅仅是教导志鸿华文,无从逾越。

新民路与宏茂桥新镇交界处的风景并无多大变动,公园建设进程不快,一罗厘(Lorry,卡车)一罗厘的泥土从别处老远地运来这里,好像要把所有深邃的沟壑填平似的。圆拱桥顺势而建,雏形隐约可见,一种人工刻意铺设的天然搞坏了这块处女地原有的荒凉气息。走在人踪稀疏的新民路上,感觉格外孤独,夜的帷幕下只能捕捉群蛙的鼓噪,以及黄叶飘尽的枯枝勾起的无际夜色。

(呵,月若无弦,何以为月?)

刹那间我忆起《断奶》,一首自己写过的诗:

> 摘下,一株火花于五月天
> 一首诗在贫瘠的土壤中何以生长
>
> 忽然你闻到湮远的书香
> 举目竟欲扣辉煌的古宫殿无门
> 你只能以多角度的单眼
> 在黑暗包围的昏黄下
> 重建自己
>
> 重建自己,但并非复写自己
> 在淫雨肆虐的季节,热情全盘熄灭
> 在瘟疫盛行的年代,众人惶惶奔走
> 那久废的城堡,不堪,你是被唾弃的遗民

一阵风,吹醒许多绝症的坏消息

千年恨事莫过于一朝断奶。不足岁

你是多代的单传,太早遇到断奶的苦恼

临渊,临渊你顿成一头没有姓氏的兽

一把无从溯源的

灵魂

是谁临渊?临渊者是谁?是谁断奶?断奶者是谁?我不禁低吁。

志鸿的华文科在我的教导下没多大起色,除了作文之外。一天,他递来一篇题为《借书记》的作文,洋洋得意地说:

"这是我的学校作文,我得了全班最高分。"

我仔细阅读了一遍,果然内容活泼,稚子之情跃然纸上,行文造句固然仍有待改善,但这正符合一名中学生的程度。当我确定了这篇文章并无任何抄袭的嫌疑时,我向志鸿做了如是建议:

"不如拿去报章的学生版位发表?我想它应该会获刊用。"

志鸿开始接触华文报章是在我的引介下,现在,对于我的建议,他表现得跃跃欲试。

《借书记》在我帮他投寄的两个星期后见报,志鸿兴奋地读着,剪贴之后的第一件事便是让他的双亲"过目"。

"Oh, it's really great!"陈母看着对她而言完全陌生的方块文字,口里称赞,眉头却皱了皱说:"Perhaps you don't have to try so hard in composition."

一盆冰水浇向志鸿的赤子之心,他脸上的一抹成就感在瞬间消逝无踪。

我还能够说什么呢?

走出惹兰柏民宾,走在凄清的新民路上,夜色更沉了。

(一轮明月,无弦,高高地挂在穹苍。)

1987 年 2 月完稿

原载 1987 年 6 月 25 日《联合早报·文艺城》

收入伍木《无弦月》,1989 年

作品赏析

《无弦月》:笔者是志鸿的华文教师,一年前笔者通过代理社的介绍来到志鸿家里教授志鸿华文,欲尽绵力传五千年文化的薪火。笔者从小的愿望就是做一名"俯首甘为孺子牛"的教师。然而在教志鸿华文的时候,作者并没有想象中的传播优秀华文文化的满足感,相反作者对志鸿缓慢的、被动的学习进度以及志鸿父母只要志鸿逢考过关,并没有过高的教学期望令作者感到失望,所以作者打算辞掉这份工作。在这篇文章中作者针对这一现象表达了自己的看法。

作者认为志鸿拿时间当借口只是推搪的理由罢了。即使历史的客观因素使得许多海峡原住民(俗称"峇峇")失去母语教育的机会,但若在主观意愿上就排除探讨母族文化的价值,则着实令人难过与费解了。作者意识到陈家既未能继承峇峇文化的特点,也不曾在精神上认同传统的中华文化。然而实际上,包括陈家大儿子在内,他们一家四口一直过得很安详、自在。在这里作者其实也表达了自己的思想感情,作者对这种主观意愿上排斥母族文化的行为表示不满和失望。在文章开头作者写了这样一句话:"一轮明月,张着饱满的弦,冷冷地挂着。"在文章的一开始作者就已经为文章奠定了基调,一轮明月却冷冷地挂在天空中,为文章后面的不满与失望的情绪奠定了基础。文章结尾处又写道:"一轮明月,无弦,高高地挂在穹苍。"与文章开头相呼应,照应主题。文章主要是讲了作者教志鸿学习华文的故事,却多次描写了新民路,在这里作者是想通过新民路人工刻意铺设的天然搞坏了这块处女地原有的荒凉气息,借景抒情,由此抒发对抛弃母族文化这种现象的强烈反感。

作者的文章关注社会现实,由于母语学习的水平江河日下,华族文化被边缘化,华族优良价值观被扭曲的危机感也就越明显。面对这样的社会现实作者只能借助手中的纸笔表达自己的感受,希望以此来呼吁大家重视这个社会现实问题,作者以自己亲身经历过的小故事为例,使读者信服,引发读者的思考。作者的文字朴实无华却能直击人心灵,给人以震撼,吸引更多的人关注现实问题,实现文学作品的现实意义。

(李翠翠)

孙 宽

孙宽,Sun Kuanyu,原名孙宽余,女,1968年4月19日出生,新加坡国籍,目前全职写作,定居新加坡。大学本科就读于北京师范大学,南京大学文学硕士。1994年后,曾在中国、新西兰、美国、新加坡等地学习和工作;做过播音员、主持人、商人和教师等。在新加坡中华总商会语言学院和新加坡美国学校教授汉语数年。2014年开始写作,2016创办自媒体微刊《宽余时光》。目前已发文300余篇,一些文章网上阅读量超过百万,作品另见《联合早报》《新华文学》《新加坡文艺》《新加坡文艺报》《新加坡诗刊》《书写文学》《新赤道风》《世界日报》《东盟园地》《文汇报》《扬子江评论》《雨花》《美文》等报刊。著有文集《遇见都是初恋》(宽余时光系列Ⅰ),现为新加坡文艺协会会员,受邀理事。

可惜老鼠煮得太熟了

记忆就好像浩瀚的海洋,我们永远无法知道它到底有多深多远。特别是人们对童年的记忆,永远是最深邃的海洋,那里蕴藏着无穷无尽的宝藏。每一个时代,人们的生活主体特征都有所不同,我的童年回忆起来,总令人忍俊不禁。

估计现在小孩儿都不知道什么叫"除四害"。我小时候,上学要交"除四害"的家庭作业。就是每个小学生要交在自己家里抓到的害虫。比如苍蝇、蟑螂、蚊子和老鼠。按道理说,在农村家里头抓点儿这些不是个难事儿。偏偏我们家屋子特别小,母亲要求我们每个人都分担家务,因此屋子收拾得甚是干净,基本上没有苍蝇。屋里偶尔有一只苍蝇,我母亲也想办法把它拍死,不然我睡不着。家里养了几只猫,老鼠还不够它们吃呢!所以每个星期要交的作业我都完不成。

我的同桌小 a 每次交作业时,我就特别羡慕她。她每次都能交满满的一小瓶苍蝇,因此经常受到老师表扬。于是,我跟她商量能不能上她们家去拍几只苍蝇用来交作业,她说中午她父母都不在。平时我母亲绝对禁止我去同学家串门儿,为帮助我完成作业算是额外开恩破了例。

一走进小 a 家的院子我才注意到,即使都同样生活在农村,我和小 a 生活的小环境和质量也可以是天壤之别。她家院子里满地的鸡屎鸭粪,完全下不去脚;靠近窗口还有一个猪圈,不只是猪圈久未清理满圈猪屎,就连猪食槽子也远远地散发着扑鼻的馊臭味儿。他们家的门窗都敞开着,没有安纱窗纱门。原来纱窗纱门在农村绝对都是奢侈品。

一踏进屋来,我满心欢喜,怪不得这么容易拍苍蝇,满屋都是啊!外屋地一迎门儿就是一个大灶台,灶台上和大柴锅里堆满了用过的脏碗筷。那时候只要在灶台上拍一苍蝇拍子,估计一次性就能完成作业。灶台下,满地都是烧剩下的柴草,看上去,应该是从未清理过,新旧柴草都胡乱放着。走进里屋,满地是大大小小的鞋子,东一只西一只。炕上没有褥子,只有光着的炕席,横七竖八的一些黑黢黢的被子也没叠。小 a 的弟弟妹妹们正睡午觉,东倒西歪地躺了一炕,苍蝇在他们的脸上身上爬来爬去。桌子上还有一些吃剩下的饭菜,也都落满了苍蝇。我再一抬头,哇!房顶上黑压压一片都是苍蝇。

现在的小孩要看到这个情形也许会吓一跳吧!反正当时我可高兴坏了,这下我要拍多少就有多少!我们两个还展开了拍苍蝇比赛,看谁一拍子下去拍死得更多。实际上拍苍蝇也是需要练习的,她"噼啪""噼啪"两下子,整个瓶子就满了。我们家平时就没有什么苍蝇,偶尔有一两只苍蝇从纱窗纱门进来,在那里嗡嗡乱飞,我就怎么都睡不着觉了。爬起来要拍这一只苍蝇可不是件容易的事儿,再加上我从来也没完成过拍苍蝇这个作业,当然拍苍蝇的水平实在是不行。她通常装满自己的瓶子,再帮我拍。

我一直特别感激她,幸亏有这么个地方去拍苍蝇,不然我就得挨批。就这样,每个星期我上她家去拍一次苍蝇,后来我拍苍蝇的水平也很高了,最高纪录是一拍子下去,拍死了十八只。

放学后学习小组轮流去每个同学家,同学们都愿意上我们家来做作业。

因为除了在我们家做作业有桌子以外,做完作业之后我母亲总是会准备一些吃的东西给我们这些孩子。比如冬天有煮玉米、煮红薯,夏天还有园子里刚摘下来的黄瓜、西红柿,秋天还有沙果之类的。看来只要有得吃,就能缓解孩子之间的"阶级斗争"。但是无论如何,老师也要让大家互相轮一轮。

一次轮到去小 a 家,她母亲也热情地给大家煮了一大锅面条汤。我因为是回民,从来不在别人家吃东西或喝水。但是小孩儿看人家吃东西香,心里也很馋,只好把口水往肚子里咽。大家都高兴地吃了一碗以后,一个男生说再去盛一碗。我只记得听到他尖叫"耗子啊!""啪"的一声碗掉地上摔碎了。我们都跑出去看,原来锅里煮了一只老鼠,面条汤见底了才被捞上来。

老鼠怎么会在面汤里?大家分析是:柴草里有老鼠窝,待到烧火的时候,烟一熏,老鼠慌乱逃窜,可能不小心掉到锅里去的。不过大家吃的时候可都很香啊!我看了看那只老鼠,觉得很可惜:就是煮得太熟了,要不然可以拿去交作业。

嫁人后我们家就垃圾跟我姓

马克和我都是热爱劳动的好同志,家里无论什么活儿都愿意抢着干。他最喜欢问的一句话就是:"咱们现在干什么呀?"我想自己做些事情时,我真不知道该安排他干点什么。他能把缝纫机打开,改条裤子,做个枕套,甚至还买了一个修表的仪器,自己换换电池、修修手表。然而,无论多么百无聊赖,我发现我们家的垃圾他从来不动。

刚结婚的时候,家里有个垃圾桶,但垃圾如果装太满了,我拿不动。我那患了腰椎间盘突出病的小腰可不能随便冒险。后来我就在厨房通往洗衣房的门上挂了一个垃圾袋。一是为了垃圾的量少一点,二是方便顺手拿起来就倒掉。

不过,很快我就发现马克从来不碰这个垃圾袋。他下班推着他的自行车赛车,从公寓后门进来,一定会通过厨房,然后是厨房与洗衣房的门,穿过洗衣房,路过垃圾道口,才能进储藏室存放他的车。无论垃圾袋有多满,他推着赛车淌着汗流着水,滴滴答答的,甚至都快要挤不过去了,他也不会随手把垃圾袋摘下来,顺便丢在两步以外的垃圾道口里。

因此,我说我嫁人后,只有我们家的垃圾跟了我的姓。有时我会想,他没跟我结婚之前,谁替他倒垃圾的呢?有一次,我气急败坏地说:"马克装牛逼!今天的垃圾非得你倒不可!"您可别以为我是在骂人,咱可是文化人。马克的英文全名是"Mark John Newby"。那直接翻译过来的全名不就是"马克装牛逼"吗?

当然我也没好到哪儿去,嫁给了他,我不就成了牛逼太太?不过我急了的时候,才会叫他的全名"马克装牛逼"。偶尔我自己心里也嘀咕一下:哼!要真牛逼也算了,还不是真牛逼,竟然是装牛逼!

我俩结婚时,移民厅寄来表格,要我填写,其中一项就是,婚后要不要改姓。马克说我可以不改。其实我连想都没想,当然不改。那时,我教室门外的牌子上写的是"Ms. Sun",即孙小姐,改了以后就变成了"Mrs. Newby",即牛逼太太。我庆幸自己所谓的坚持。但事实上,很快我就发现,现实中没有改的只是形式而已。比如,我的车子,那绝对是百分之百的婚前财产。偶尔我忘了,我会说我的车怎么怎么啦,马克便会不厌其烦地纠正我:"你要记得哈!那是我们的车。"当然,我的人都姓了"牛逼",车还跑得了?

无独有偶,一个新加坡闺密,她嫁来新加坡的时候,中新尚未建交。她老公对她可谓一见钟情,辞去工作,花了一年多时间,取道在中国注册结婚,几经周折才把她娶到新加坡。二人可谓情投意合,终成眷属。然而,新婚不久,婆婆就给她立下规矩:新加坡男人不能进巴刹(新加坡菜市场),不能进厨房,还不能替太太拿包包。

原来,我们人类无论发展到怎样一个文明历史的阶段,这种带着浓厚封建色彩的男权主义思想,都遍布整个世界。其中包括了无限的历史时间与空间,即便是在所谓的西方文明社会,男权中心的文化格局也仍然没有太大的改观。一些浓重的男尊女卑思想,都会在不经意间从两个完全受西方文明教育的男人或男人的家庭中流露出来,应该说,它已经成为一种世界性的集体无意识,并且扎根在每一个人的灵魂深处。

更为可悲的是,董仲舒时代所提出的"贵阳而贱阴"的阳尊阴卑理论,以及同期确立的人伦关系、君臣之道、天定的永恒不变的主奴关系;宋代作为封建统治阶级和等级秩序的"三纲五常"等基本理论,都不知啥时候又全都悄悄地回到了"国学课堂"。

时代在进步着,夫妻关系也在不断的磨合中进一步升华着。即使我的学历高,即使我的财富积累多,即使我出得了厅堂,也入得了厨房,即使我们的爱情仍然鲜活,感情正在日益加深,我们家垃圾还是得跟着我的姓,一点儿也不"牛逼"。即使闺密越来越提不动买回来的东西,老公还是不会去巴刹帮个忙。不仅她老公不会进厨房,现在连儿子也不会进厨房。以前我跟她说个事儿,她得问她老公,现在我跟她说个事儿,她得问她儿子。

更可悲的是概莫能外。无法不臣服的心灵,永远也挡不住男权文化的无限扩张。那些被历代封建统治阶级所维护和提倡的,作为封建社会的最高道德原则和观念,被写进封建家族的族谱中,禁锢人们的思想行为灵魂的一切,似乎都正在慢慢回到我们的生活中。

我想象着"马克装牛逼"先生,身着汉服,手持羽扇,摇头晃脑的样子,他将说些什么呢?

我 和 精 英 有 个 约 会

有很多人羡慕我现在生活的自由,但是没有人知道,为争取这份自由我所经历的种种辛苦。暂且不说,每周七天工作,每天工作十二个小时去争取经济上的独立;也不必说身边守着一群华人,他们也许听得懂你的语言,却时常搞不懂你的意思。那种精神上的落寞,生活上的孤单,不是写一两篇搞笑逗趣的文章就能遮掩过去的。

新加坡是一个讲求"精英"教育制度的国家。意思是说,国家花大的精力和本钱去教育出一些"精英"来。国家相信精英和精英结婚,就能形成精英家庭,然后再制造出更多精英。然而,我实在忍受不了这种精英制度下的沟通障碍,中英文似乎都会说,但又无话可说。还有本地世俗观念里对"小龙女",即大陆女子等同于淘金女的矮视。因此,交往过几个新加坡男生都无疾而终了。

我在新加坡美国学校当老师时,曾被当成"精英"介绍给另外一个精英。介绍人说这是一位曾经拿总统奖学金的新加坡人,并在美国受过五年的精英教育,曾经在美国为新加坡政府工作了好几年,现在回国准备安顿下来。介绍人觉得至少我们都有替美国人工作的生活背景,也都受过良好的中英文教育,也许文化上或交流上应该有些共通之处吧!

再挑剔,那我也要入乡随俗,更要多给自己一些机会,也许这个受过"精英教育"的年轻人会不一样呢。

见面地点是在一个新加坡颇有名的咖啡馆,它有一个有趣的名字,叫"咖啡豆儿",市中心不少大商场都有分店。精英先到了,自己买了一杯咖啡坐那儿喝呢。我看了一下手机,时间还早五分钟;确定了一下位置,肯定是那个人。从远处观来,样貌尚可,不过一副眼镜后面的白皙,透着一种冷。也不知道女人是不是都有第六感或第七感,总之女人的这种完全没有思维活动的直觉是非常可怕的。

寒暄,握手,坐下。精英已经打开了话匣子,没有问我要喝什么,也没有问我是否选择以英语交谈,就径直开始了一面倒的谈话,就是只问问题,别人答完,还没机会交流,然后下一个问题又来了。三分钟后,我已经有点儿喘不上气来了。

"对不起!"我非常礼貌地找了个借口,站起来走向旁边的免费自助处,给自己倒了一杯冰水。

我以为等我端着冰水回来再坐下,也许能开始一种真正的互相交流式的谈话,即使没有咖啡也算了,反正不想喝了。结果仍然是一面倒的谈话,不外乎类似警察的盘问,一个接一个的问题,简直就是要把祖宗八代都问清楚,而且每一个问题都是如参加职称考核或求职面试,即问题后面一定都有一个标准答案,估计那副眼镜后面已经勾勾叉叉地画了一堆。

大礼拜天的,审讯罪犯啊?我干吗要在这里交代个没完。我一边想一边琢磨如何尽快地摆脱这种只回答没机会说话的"警察询问式"对谈。

就在他刚要问下一个问题的时候,我突然插进去说:"你猜怎么着,我希望你说话低调一点儿。"他被我这突如其来的低八度插话吓了一跳,那本来就没有过笑容的脸上,顿时严肃得好像连耳朵都竖了起来:"为什么?"

我故作神秘地拿眼角扫了扫两边喝咖啡的人,然后又朝他的方向凑了凑,把声音压得更低一点,神情紧张地说:"你小点儿声,我是个非法移民。"

我猜测一般情况下,对方会哈哈一笑,换个话题或者做个绅士,站起来买咖啡去吧!谁知道精英都是受怎样的教育长大的?难道他不知道新加坡政府比他精英得多?他竟然惊恐万状地问我:"你是怎么进入新加坡的?"原来他真的按"我是个非法移民"的思路走下去的!奇怪,在新加坡美国学校,这个世界上最大的国际学校,甚至资政李光耀先生的两个孙子都是在那里毕业的,总监和校长都干吗了？能让非法移民混进来？其实,我也惊呆了。没有想到精英会相信这个如此明显的玩笑或揶揄。我确实不知道应该如何把话接下去。

我看着他睁大的惊恐的眼睛,突然又觉得实在太可笑了。这就是现实生活版,万一哪天您在电视剧里看到这样的情节,您会怀疑编剧就是瞎编,而真发生在现实中时,我们又只能哭笑不得。

"我……我……"我真不会编,我越接不下去,精英越着急:"你到底是怎么进来的？"他确实当真了。

"我从深圳游泳到香港的!"看到这里,我估计每个人都会哈哈大笑,但是精英不仅没笑,而且竟然逼问我:"然后呢？"天啊! 竟然有人相信这么明显的笑话! 我恨不能拿头撞墙,再怎么编下去呢？真是折磨人。且看那位精英此刻已经恐惧得脸色铁青,就好像我这个"非法移民"真要把他怎么样似的。看他吓成这样,我本来烦躁的心倒镇静下来了,而且反而觉得越来越好玩儿了,我寻思着怎么继续编故事。

"我从中国香港坐渔船偷渡到马来西亚。"不等他继续问,我接着编:"你知道,从马来西亚偷渡过来就容易多了,离得这么近。"精英铁青的脸都已经煞白了,他的额头上密密地渗出些小汗珠儿,也不知道是咖啡喝得越来越热,还是他越来越害怕,他呼吸都急促了。他"呼"的一声站起来,"我……我突然有些事情要处理,我先走一步。"我感觉他几乎是从我身上迈过去的,速度之快,猝不及防。这个举动着实吓了我一跳,我还没来得及反应过来,精英已经消失在人群中了。

我如释重负,踏踏实实地给自己买了一杯咖啡,舒舒服服地重新坐下来,庆幸自己躲过一劫。

🌴 作品赏析

《我和精英有个约会》这篇散文记叙了作者和一位所谓的"精英"在咖啡馆的一次不愉快的约会经历,表达了作者对新加坡精英制度下的沟通障碍的不满以及对所谓"精英"的讽刺的思想情感。文章通过语言、动作、心理、神态等细节描写,突出了一个冷漠、防备、古板、不懂变通的"精英"形象特征,并在第一段便点明了文章的主题,这样的精英人士"他们也许听得懂你的语言,却时常搞不懂你的意思",这一句揭示了这样的精英人士虽然精通多种语言,但是人们却很难与其进行愉快的沟通,作者也借此抒发了身在精英阶层中所不时体会到的那种"精神上的落寞"和"生活上的孤单"。

这篇散文的语言极富幽默、讽刺的味道,特别是作者为调节气氛和"精英"开了一个明显的玩笑时,描写"精英"表现的那段文字,"那本来就没有过笑容的脸上,顿时严肃得好像连耳朵都竖了起来""铁青的脸都已经煞白了,他的额头上密密地渗出些小汗珠儿,也不知道是咖啡喝得越来越热,还是他越来越害怕,他呼吸都急促了""'呼'的一声站起来""几乎是从我身上迈过去的,速度之快,猝不及防"等,这几句从神态、表情和动作上细致刻画了"精英"面对玩笑的滑稽表现,把"精英"严肃、冷漠又惊恐万状的形态刻画得入木三分,令人捧腹大笑之后又进入对"精英"教育制度的深深反思,令人受益匪浅。本文运用了大量对话描写,简单的一问一答,把表现对象的语言和心理活动直接明了地揭露出来。此外,一些具有象征意义的词语的运用,如"小龙女""警察询问式"等,更是增强了文章的讽刺意味。

总的来看,孙宽的这篇散文语言幽默诙谐,讽刺意味强,细节描写入木三分,如语言描写、动作描写、心理、神态等细致入微。文章不仅以幽默讽刺的笔调刻画了一个冷漠、防备、古板、不懂变通的"精英"形象,而且其所传递的主旨也引人深思。

(刘世琴)

南治国

南治国，自号星洲闲人，1968 年出生。教书为生，偶尔用文字定格生活之闲逸静好，用青灯捡拾萤窗下心绪之澹趣灵空。新加坡国立大学文学博士。曾任义安理工学院中文系主任。现任新加坡南山书画院院长、新加坡锡山文艺中心主席、怡和轩俱乐部董事、同德书报社理事等。主编和曾主编《锡山文艺》《新加坡艺术》《蒲公英》等杂志。编著或参编与文学、文化、翻译相关的著作 9 部，主译或合作翻译文学作品 5 部，在中国《北京大学学报》《中国翻译》，新加坡《新华文学》《亚洲文化》，以及马来西亚等刊物上发表论文 40 余篇。

和钟正川老师的"酒缘"

和钟正川老师有缘，有酒缘。

马六甲初晤，酒缘未到

第一次见钟老师，在马六甲，在他的"钟正川艺术教育中心"，时间是 2015 年 3 月 10 日，是一次马来西亚书画家的雅聚，参与书画雅聚的艺术家有五六十人之多。书画家现场即兴挥毫，作品完成后，编上号，挂上墙，先是供大家欣赏点评，待到雅聚结束前，这些作品都成了礼品，是所有参与雅聚来宾的抽奖奖品。记得那一天钟正川老师和他的哥哥钟正山先生合作创作了一幅竹雀图，他们各自还现场创作了几幅别的书画作品，最后全部拿出来给大家抽奖。那天的雅聚非常成功，可谓喜乐融融。因为人太多，大家用的是自助餐，我没能和钟老师喝上酒；但我给钟老师捎去的，却是酒，并约好将来见面一定要喝上几盅。

<h1 style="text-align:center">上海再见,"有好酒喝"</h1>

2015 年下半年开始,我有一年多的时间常居上海。记得是 12 月初,我受印尼华文作家协会主席袁霓女士的邀请,到雅加达担任第五届金鹰杯报告文学大奖赛的评委。快要登机时,突然收到了钟老师的微信,说因为朵云轩(苏州)艺术馆开幕并为他举办了书画展,他刚到上海,就住机场附近的一家酒店。当时我心里那个遗憾啊,恨不得不要去雅加达,但几个月前就答应了印华作协的事,实在不能爽约,不得已,和钟老师"擦肩而过"。再见到钟老师,是 2016 年的 8 月尾,这一次是上海朵云轩画廊为钟老师举办书画展,我正好在上海赋闲。钟老师还是微信我,说他到了上海。我赶紧订了黄浦江边的上海菜馆"小南国",告诉钟老师,这一次终于可以好好喝几盅,还可以欣赏黄浦江的夜景。钟老师却回复我一个地址,说在那里见面,"有好酒喝"。我拗不过他,只好"主随客便",如约到了苏州河边的一个旧式公寓楼,推门进去,里面已经有八九人,一些人在客厅喝茶,一些人在厨房做饭,皆豪爽之士,客厅里人声鼎沸,厨房里油辣生香,好不热闹! 等到美味佳肴齐上桌了,钟老师让我坐在他旁边,对主人说:"可以上酒了,我要和南博士好好喝几盅!"主人是东北汉子,据钟老师介绍,是清朝皇室的后裔,吆喝他的妻子去里间搬出一大坛酒来,玻璃坛,里面泡有不同的药材,有珍稀的鹿茸、长白山人参等等,这已经让我这南方长大的人甚感惊奇,接着,钟老师低声告诉我,酒坛里还有"猛料"! 第一次和钟老师喝酒,就喝到了世间奇酒! 这份酒缘,世乃罕有。

钟老师喝酒,有酒量,还有肚量,显然是喜欢"席上客常满,樽中酒不空"。大家并不刻意劝酒,但觥筹交错,气氛随意,亦不乏热度;很快,酒过三巡,把钟老师兴致推高,他开始和我聊起他的美食习惯之———生吃昆虫。听他讲起他生吃一条条肥硕的青虫,或是生猛的蚱蜢,我虽无此爱好,但从他的神情语态,完全可以感受到那种唇齿间的享受。酒后,我去主人家的后院,那里一条凶猛的德国牧羊犬看到我,顿时退至墙角,呜呜地趴下,而这之前,它对我可是凶悍狂吠,几欲挣脱绳项,吓得我倒退三步的。

喝完酒,钟老师画兴也来了,于是大家伙研墨铺纸,钟老师随性挥毫,马来西亚的鹭鸟渔村、中国传统的荷花龙竹,顷刻间跃然纸上,颇有明代水墨大家徐渭"小白连浮三十杯,指尖浩气响春雷"的豪气! 如得神助,钟老师落笔如飞,很快,酒席上的每位饮者都得到了一幅钟老师的书画作品。我非常幸运地得到了钟老师巨椽挥就的"星洲闲人"四个大字,至今珍藏,以为至宝。

马六甲再访,街头畅饮

前两天,怡和轩俱乐部董事会的集思营在马六甲举办,我和怡和轩二十多位董事一起去了马六甲,为怡和轩的发展集思广益。和钟老师上次去上海一样,我到了马六甲才"搞突然袭击",没想到钟老师还真没有出门,人在马六甲。我那天晚上有马六甲方面为怡和轩俱乐部董事们安排的接风宴,不好不去,就问钟老师,吃了晚饭再去他那边,是否太晚。钟老师的回复是,来了马六甲,什么时候都不晚,要我晚饭后就去他的工作室,先饮茶,再喝酒。

我是大约晚上九点到他的工作室的,他正在作画。我去了,他就停下来,问我喜欢喝什么茶。我说晚上了,就来点淡的绿茶。于是,他烧水,沏了一壶云南云雾,在氤氲的茶香里,我们开始神聊,聊书画创作中的"眼中之竹"与"胸中之竹",聊笔墨的丰润与枯丽,聊笔画的酣畅和滞涩,聊书画结构中的"虚"和"实",聊画作布局的"舍"与"得"……两个小时的时光就在我们的清聊中溜走。钟老师还是觉得无酒不欢,就拿了两瓶寿泉养命酒,外加一瓶蒙古烈酒"闷倒驴",说,我们就喝一瓶寿泉养命酒,另一瓶寿泉养命酒和"闷倒驴"就让我带走。因为酒后我直接回酒店,钟老师特别挑选了一张他私藏的书法作品赠予我,展开细看,是拙中蕴秀的"舍得"二字!

下楼,锁门,开车,上路。已是深夜了,我们不久就找了一家还在营业的街边小吃店,坐了一素净方桌,叫了三五小菜,就着月色,和着马六甲海峡的凉风,"对饮成五人"。本说两人只喝一瓶的,但酒兴不止,话头未尽,我们似有默契,干脆痛快地喝完了第二瓶酒,方才尽兴。只可惜街头没有笔纸砚墨,否则,一幅行云流水的现代版《兰亭序》,或者一帧超妙入神的现代版《苦笋帖》也许就能诞生在是夜,诞生在月华中的马六甲街头。

有此酒缘,何其幸也

有论者称钟正川老师是"马来西亚的齐白石",钟老师一笑置之;有人羡慕钟老师的画作一纸千金,钟老师还是一笑置之。有纸有墨有雅致,有酒有闲有高士,这才是钟老师的人生态度。"且乐生前一杯酒,何须身后千载名。"我一闲散之人,能和钟老师有此"酒缘",何其幸也!

2017年9月12日完稿于新加坡南山书画院

小贩三题

题记：或许，每个人记忆中都有某个小摊贩，是周作人在苦雨斋苦苦寻觅的"故乡的野菜"，滋味是好极的，时间却是久远了；也颇似沈从文笔下的"湘西"，一切都是曾经的世外桃源，磨坊、白塔、翠翠、爷爷，甚至那么鲜活和野性不羁的媚金和豹子，都塌了，没了；也似极了那滴落在朵云轩信笺上的张爱玲式的泪渍，毕竟是"回忆中的三十年前的月亮"，虽然欢愉，已然"陈旧而模糊"……

倘记忆的小摊贩是黑色的、苦难的，或者是乌托邦的，那么，这记忆就超脱了个体的悲欢，是文学和历史的记忆了。

之一：记忆中的小贩

梦洁是年轻画家，山水画作清丽脱俗，少有人间烟火气，一早却在微信圈发了一条特有人间烟火的图文，图是一盘刚出锅的油条，文字说"人生在油条面前，都没有什么大事"，我一眼扫过，就给了一个笑脸点赞，还煞有介事地给了一个评论：同感。

我猜梦洁年轻，大概并不能理会我的"同感"——我的同感是回忆中的三十年前的油条，那时我在穷乡僻壤的老家的高中念书，学校食堂的早餐三年不变：白粥馒头，外加腐乳酸菜，然而在那样灰色的日子里，竟然还有一抹亮色，点缀在记忆里——那就是卖油条的小贩和她竹篮里的油条。

那还是二十世纪八十年代初期，在中国，小贩仍然是必须割掉的"资产阶级的尾巴"，一般人都不屑也不太敢做小贩，但每周总有三两个早上，在高中食堂旁的露天空地，有一位小贩来卖油条。她四十不到，有些姿色，在秋冬季，裹一条色泽鲜亮的头巾，臂弯里的竹篮盖了一层保温用的厚厚的却也是清爽干净的布巾，掀开布巾，在清冷的早上可以看到升腾的热气，篮子里的油条色泽金黄，香脆诱人。我们并不知道小贩的名字，私底下都喊她油条西施。她一出现，全然不用吆喝，说不清是油条西施的魅力还是金黄油条的吸引力，口袋里有零钱的同学（往往还是男生们）马上涌了上去，那场面，现在想来，最能阐释"万绿丛中一点红"的意味。我是口袋里常常没有零钱的人，很少去找她买油条，偶尔买了，那油条入口的香脆，那味道和满足，如今吃再好的油条,也找不回。

我在高中待了三年,后来上大学,之后回过一两次母校,却都不是在早餐时候,虽然也有关于"油条西施"的一闪念,但也仅一闪念而已,并不想再去求证什么。有些东西,留在记忆里刚刚好,譬如那年的油条,和那卖油条的小贩……

之二:文学中的小贩

> 我从大平卖的喊声中走出来,渐渐地那些喧闹远了。这是另一条街,也是牛车水的一部分。夜里是不摆摊子的,所以静得很。我发觉自己是唯一的行人。走过一间屋子前,我看见一个身躯矮小的老妇,由走廊跨过门槛,蹒跚地走进昏暗的屋里,咿的一声木门关上了。恍惚间,我觉得那是一道岁月的门槛,隔着屋内属于她的时代,及屋外的现在,如隔着古老的牛车水,和十九岁的我。(摘自梁文福《最后的牛车水》)

十九岁的梁文福就能在木门关闭的"咿的一声"中感觉自己被隔在古老的牛车水的岁月之外,这大概就是文人天生的敏觉。小时候父亲带他去牛车水,他走累了,对牛车水的小贩和摊档都少兴致,父亲却念念不忘"那一摊路边的咸鱼腊肠饭",领着一家人找过去,不想这咸鱼腊肠饭名声太响,需排很久的队,小文福不能理解大人们为什么愿意在这个咸鱼腊肠饭的摊贩前排这么长的队,等那么久的时间,于是使性子,闹了场,一家人只好依他,打道回府,咸鱼腊肠饭因此错过。长大后,对牛车水,文福的态度"虔敬"了,明白了咸鱼腊肠饭其实代表了一种对牛车水、对华族传统的眷念。到文章结束,十九岁的文福心里生起一股冲动,他要"重新向那热闹的一片人潮走过去",去找寻"那一摊路边的咸鱼腊肠饭",并且不管排多长的队,他都有耐心等……

我一直把文福的《最后的牛车水》视为新华散文的经典篇目,每次在南大中文系开设"新马华文文学"的课程,《最后的牛车水》都是学生必读篇目,有一年还把"那一摊路边的咸鱼腊肠饭"设计成了考试题目。近两年,我在广东民路有了自己的工作室,生活突然非常"牛车水",也常常想起文福散文中的咸鱼腊肠饭,和他一样,心里也升起去找寻那个摊档的冲动,然而,文福误人，我在牛车水兜转了多次，也没少打听行人摊贩，满街触目的都是香港烧腊、重庆烤鱼、东北人家，就是找不到传说中的"咸鱼腊肠饭"，这才恍然大悟——不能和文人较真，尤其是文福这样的才子，他的"咸鱼腊肠饭"只不过是他用来浇灌他所谓的十九岁的文化乡愁的幌子。

文福的这家"咸鱼腊肠饭"摊档，我窃以为是新华文学中最具乌托邦想象和最有文化意味的小贩。我敢说，当他重向那热闹的一片人潮走过去，他大概也是"欣然归往"而以"未果"告终——那个"咸鱼腊肠饭"摊档，原不过是现代新加坡人的"桃花源"。

之三：画作中的小贩

许锡勇老师传给我三张图片：两张木刻版画，《夜间的小贩》(*Night Hawker*)作于1957年，《非法小贩们》(*illegal Hawking*)作于1958年；第三幅《稽查来了》(*Here they come*)创作于1960年，是张油画。画作都是关于小贩的。许老师还特别附上一句"解说词"：治国兄，两幅木刻版画，一幅油画，都是描写新加坡苦难人民。

其实，许老师不解释，我也清楚他要表达的就是对底层小贩为生活所迫，不得不和当时殖民地政府稽查人员"玩捉迷藏"的生活情状：本来做小贩就果腹不易，一旦被殖民地政府的稽查抓到，人可能要挨打，货被没收，甚至还有交不起罚款，最后只好进班房的。生活在殖民地时期的小贩，除却苦难，还是苦难。

《夜间的小贩》画的是卖粽子的老人一手提着土油灯，一手挽着篮子，篮子里装着的是粽子，因为没有执照，只好夜间偷偷叫卖，往往夜深才归家。老人家戴着旧毡帽，衣衫褴褛，脸上皱纹纵横，露在短袖衣衫外的胳膊青筋暴显，他右胳膊挽着篮子，手则抓紧被风刮开的衬衣领口；版画的背景是漆黑的夜，但寥寥几条断断续续的斜线，让人明显感觉到这深夜的凄风冷雨。

在木刻《非法小贩们》和油画《稽查来了》这两幅作品中，许锡勇老师用画笔记录了殖民地时期小贩们被稽查追查时四处逃窜的仓皇。《非法小贩们》画面中一位老妇人正慌张地收拾自己的货担，而她周围的人已开始撤逃，想想她当时的情状，应该是越着急越是理不好自己的担子，因为低头整理担子，她的脸完全被她的帽子遮住，否则，那将是何种的惊惶……《稽查来了》是油画，画的是一个非常热闹的小贩市场，里面有卖吃的，卖菜的，也有将日常用品和旧货直接摊在地上售卖的。画面的中心是一年轻力壮的小伙子,他是卖水粿的,推着笨重的蒸炉,蒸炉旁边摆着刚蒸好还没来得及卖的米粿。小伙子一边推车逃,一边回头看后面正在追过来的稽查,以他的壮硕和机警,眼里仍多惊恐,更不用说当时在场的很多年老力衰的小贩。许老师在画面的中间也看似不经意地画了一个穿蓝色连衣裙的小女孩,两三岁的样子,小女孩紧紧地抱住母亲的左腿,扭头看着周遭惊逃的小贩们,她应该是不懂其中的缘由,但从她无辜又不解的眼神看,她是害怕了。

许老师的这三幅作品都被收藏,其中《稽查来了》就藏在新加坡国家美术馆。隔着美术馆让人肃然起敬的大门,也隔着时代的巨沟,殖民地时期新加坡底层小贩的生活,何尝不是"陈旧而模糊"呢?

🌴 作品赏析

《小贩三题》从小摊贩入手,描绘了记忆中的小贩、文学中的小贩与画作中的小贩。记忆中的小贩是高中时期卖油条的油条西施,油条的金黄香脆与油条西施的魅力永久地留在了记忆中;文学中的小贩则是围绕梁文福的《最后的牛车水》一文展开,从梁文福笔下的"咸鱼腊肠饭"感受到了其对牛车水、对华族传统的眷恋,而"咸鱼腊肠饭"摊档也成为作者眼中新华文学中最具乌托邦想象和最有文化意味的小贩;画作中的小贩则是以三幅画作入手,通过介绍木刻版画《夜间的小贩》《非法小贩们》与油画《稽查来了》这三幅画作,来试图跨越时代的巨沟,感受殖民地时期新加坡底层小贩的苦难生活。

在《小贩三题》一文中,作者从小摊贩联想到了周作人苦苦寻觅的"故乡的野菜"、沈从文笔下的"湘西"与张爱玲落在信笺上的泪渍,通过旁征博引将写作背景纳入文学历史的长河之中,视野开阔。从个人记忆中的小贩谈到文学中的小贩与画作中的小贩,作者的情致并不限于咀嚼私人化的个体悲欢,更是立意高远,既以个体的生命体验感悟着文学作品中的意象,又带着悲悯的情怀与殖民地时期的苦难人民发生感应,由此将个体的记忆上升为文学与历史的记忆。

作者以舒缓的语气为读者娓娓道来关于小贩的人与事,语言明白晓畅,节奏舒徐自如,以亲近平和的叙述姿态展开记忆的画卷,文字就在这样平静闲适的交谈中汩汩流出。在这看似徐缓的叙述中,似乎又夹带着哀愁与失落。记忆往往是"陈旧而模糊"的,因而作者才会与文学想象较真,去找寻"那一摊路边的咸鱼腊肠饭",这"未果"而终也许正暗含着作者对"桃花源"的一丝追寻与向往。

(张清媛)

蔡家梁

蔡家梁，1969年生，祖籍澄海西门，笔名学枫。新加坡作家协会副会长。获新加坡南洋大学会计系荣誉学位，2014芝加哥大学高等商业管理最高荣誉硕士。1991年获新加坡金狮奖散文组第一名。2011年赢金笔奖诗歌第二名。2013年获得黔台杯微型小说优秀奖。2014年获得"德孝廉"小小说优秀奖。2018年获世界微型小说双年奖。著有散文集《摘心罗汉》（1997），联合主编新加坡的第一本闪小说选集《星空依然闪烁》。

剑 与 超 人

每逢农历七月总会有盂兰盛会，总会有戏棚搭起，听说那大戏是做给"好兄弟"看的。在我的脑海里，街边大戏总是农历七月份的象征，象征着一种童年时候的热闹。那是故居邻里的热闹，如今亦已逐渐消失在新时代的新镇里。

犹记孩提时候的农历七月，吃完晚饭后，我老爱和家人到戏棚下看大戏。化妆得浓郁的女子总是幼小心灵爱恋的对象，尤其喜爱跑到戏棚后边目睹戏子们涂涂抹抹，涂上我的遐思，抹上我的幻想。倘若我将来长大了，我要娶个太太，让她朝朝扮得如是美丽，在家待我办完公回来。

还记得小时候看大戏，特别喜爱"新麒麟"戏班。因为这戏班总有飞来飞去的景幕，在关上灯以后，有时还会有一个葫芦和一把剑在布景上比试。我非常喜爱。那时候，因矮小的个子总是被攒动的人头阻挡住视线，每每总是骑坐在姐姐哥哥们的肩背上观赏，每每把自己幻想成会飞的剑客。

记得幼稚园的时候，班上一位女同学的母亲总是很疼我，时常会买些东西给我。我一度还被怂恿称她为陈妈妈。有一天,陈妈妈送了我一把剑,我实在玩得不亦乐乎。

那是一把塑胶玩具剑。依稀记得,当时电视台夜间正播映着中国台湾的武侠连续剧《保镖》,《保镖》家喻户晓,商家趁机推出了这新玩意儿。在那时候,如斯的一把玩具剑价格实是不菲,相当于一碗云吞面的价格。一碗云吞面的价格,在三餐温饱的顾虑中打转的日子里,孩提的我就是未曾敢痴想能够拥有这样一把玩具剑。所以,那一把剑带给我了无法言说的开心,把我离那"会飞的剑客的梦"的距离给拉近了些。

但是,陈妈妈的梦,却始终没有落实。后来,我才慢慢慢慢知道,原来陈妈妈只有一个独生女,她一直在期盼着能够拥有个儿子,寄望着收我为她的干儿子。我当时无邪的智慧万万也不会去臆测到大人脑袋里装有狐狸的巧思。

不管怎样,有了剑,我就要开始飞鸿展翅。我把被单绑在颈项上,把自己想象成会飞的武侠豪杰,然后把房间的木窗口给关上,在阴暗的斗室中隐隐然地开拓着自己飞的意象。

后来,有一天,剑断了。

剑是在我家被一个幼稚园男同学给弄断的。在那时,那把剑对我来说是何等的宝物。毕竟,家境不是很宽裕的我是非常难得能够拥有如斯的一把剑。

剑断,情断。

我流着眼泪,狠狠地骂了他。

我把所有知道的脏话都给搬了出来,仅是唯恐词穷而已。

我小时候总是非常珍惜我的玩具。所以,谁把我的玩具给砸了我的记忆尤其清晰!

其实,把我的玩具给弄坏的事件一共有两回。除了宝剑一事外,另一事件是关于我的 Ultraman 玩具。

还记得那是我小学一年级的时候。有一天,我病了,父亲带我去看医生。

在等候看病的间隙,父亲带我到隔邻的杂货店去,给我买了一个 Ultraman 公仔。因祸得福,我爱不释手地玩着这个 Ultraman。印象中,这个 Ultraman 的头形不是完全的"咸蛋"样貌,但我知道他是 Ultraman 兄弟中的一分子,至于到底排行老几,那时候家里也只有二哥知晓。

毕竟，年幼的我，还不是很看得懂电视节目的全盘故事。那时候的我只晓得盲目地跟随哥哥们追 Ultraman 节目，电视里黑白影像中最深刻的始终是：超人很快就会现身，双臂交叉后就会发出威力无穷的电光，怪兽被电了一阵子后就会完蛋！

因此有了新玩具，我很开心地把玩着，始终爱不释手，动不动就交叉着双臂"发电"，把家里人都当成了怪兽。Ultraman 充塞了我那颗天真的脑袋，开心久久不已。

翌日下午，二哥一位住在邻里的同学跑到我们家来玩，向我借了我的新玩具去看。在他再三的游说之下，我暂且借给了他。哪里知道，这一借就借出了祸根。他拿在手里扯来扯去的，竟很不规矩地把我的 Ultraman 给扯断了。刚刚买了不到两天的玩具，也只有因为生病方才能够拥有的玩具，就这样给扯坏了。

我很不甘心地嚷着要他赔，他却穿上了拖鞋就一溜烟地逃之夭夭，然后好一些日子不敢再上我家来。

那一天，我哭得很伤心。那时候，我无知的脑袋还期待着他的赔偿。

结果，幼小心灵的伤痛在失望的日子里一天一天地沉淀成了过去。

两年前，有一天，我又生病了。

我到邻里新开张的一家诊所去看病，恰巧邂逅了我二哥的那一位小学同学。原来，他已当上了医生。他用听筒一边给我诊断，一边慰问了我二哥以及父母的近况，然后开了药方给我以医疗我的病症。

然而，他却万万没有诊断出，我髫龄时候的那一个伤口，也没有听出那 Ultraman(中译"奥特曼")的手臂被扯断了的心酸。

祖 先 驾 到

犹记在我三十五岁那年，祖先骤然间驾临我爸妈家。爸爸连忙拨了电话给我："儿子，快来拜见老祖宗。"

父亲的一番言语从电话另一端传来，瞬间诡异的感觉油然而生。父亲不疾不缓的潮州话始终是沉稳的。"你五叔拿来了老公老嬷①的画像！"接下来一句让我感到比较踏实了。

初识曾祖父、曾祖母的样子时感觉有点儿寒酸，好好的一幅幅画像被泛黄的旧报纸包得起褶皱，甚至破烂，久折的线条开始呈现裂缝、失色了。两张画像很可怜地被修剪成仅剩人头轮廓正襟危坐的全身图，散发着岁月的霉味，仔细看，老祖宗那冷峻睿智的眼神似乎掺杂着丁点儿的不悦。毕竟，被尘封了几十年在一个不为人知的角落里，子孙们没能得以认识与问津，唯有蠹鱼造访。

那即是五叔从陈年木箱里翻出来的两张画像。

画像是当年祖母从澄海祖家带回来的。那个年代我未问世，听闻都是长辈口传的。祖父十多岁南来新加坡，有个哥哥去了暹罗却没了联络。我认识的祖父，是一副永远不苟言笑的黑白面孔，地位很高，悬挂在童年一房一厅的组屋客厅上方。他像我们家族的总统，叔伯们每户家里都会高挂同一幅他的人头像。因为阿公在我爸爸十八岁那年就撒手人寰，留下了十三个子女以及后来一大堆子孙。

当年祖母丧事完毕，父亲追问老公老嬷的画像，要求让后辈一睹老祖宗的颜面，可惜叔伯们都不知在哪里。事过廿二年，五叔贸然把画送来。爸爸揶揄："阿公渣夜像伊该滔。"意思是祖父昨晚拍了五叔的头。

把俩老的画像摊在地上，看了既快慰又纠结。结果父亲托付我务必把画像修复好。

有幸得到书法老师协助，送到上海一位装裱师傅手里，几个月后带来了一份喜悦。匠心独运的修复，加上金箔修补和仿古的背页，看来判若两人。我欣欣然地送到父亲面前。

老祖宗炯炯的眼神散发出一种威严，让人崇敬又觉得亲切，是体内流淌的血液掀起的磁场反应。老祖宗面色恍然比先前光华了，好比上美容院挤了黑头敷了面膜，气宇轩昂。

曾祖父戴着小帽，穿着气派，推想那该是清，一个好像历史课上才能触及的年代。是官老爷吗？看曾祖父样子显然是大户人家的后代，搞不好或许是什么达官贵人的子孙。

---

① 老公老嬷是潮州话里曾祖父、曾祖母的称呼。

"你阿嬷回唐山时乘四马拖车,古早有四匹马拖着车多神气啊,应该是大户人家后裔。"老妈老气横秋的口吻掩饰不了一份骄傲。虽然妈妈是兴化人,但嫁入潮州世家几十年难免沾上了潮州人的特色。

父亲道:"你请书法老师在旁边题款,这样后辈才知道他们是谁。"说完,又喃喃:"老公老嬷的名是池个?"毕竟没人知晓曾祖父母的名字。

始终感觉老祖宗眉宇间蕴藏着顾虑。是因为后人不知道老祖宗的名字吗?父亲和我开始很努力地去解开这个谜。

父亲排行第四,三个长兄都仙游了,线索极为缥缈。好不容易,想到了和父亲同岁和我同辈的表哥,即我那流失在暹罗的伯公的外孙,因为我祖父后来把少小的他及他母亲弄来了新加坡。兴致勃勃找了表哥,却换来一副茫无头绪的面孔,他髫龄的记忆已经荒芜了。

追溯的风筝断了线,寻根的梦搁了浅。

几年后父亲离世,在筹备焚寄祭品时大堂姐叮咛,家族属"西门蔡"。大堂姐是祖父的第一个孙,比七叔、八叔还年长,略知多丁点。听了,我纳闷祖先可曾饮过洋水,还取了个 Simon 洋名?

火化父亲后神主牌摆放在潮州人的修德善堂,我和善堂理事长者聊及祖籍,他们建议我去澄海港口乡找找看。

西门蔡,港口乡,网上搜索徒劳,但我的寻根字典里多了两个据点。

六年前在报上看到济阳蔡氏公会简史,提及惠臣二字,即祖父名字。原来祖父是战后公会发起人之一。我又萌起寻祖的念头,报名为公会会员。会员的接触面如蜻蜓点水,最大的收获仅是在公会的普中堂里一列先贤的照片中见到了阿公。

在会长鼓励下我加入公会理事,接触面扩大了,契机来了。我结识了一位元老,他认识我祖父、三伯和五叔,然后说会帮忙去打听。几个月后再见面时,好开心好期待。谁料他却重复问我类似的问题。某理事悄悄向我耳语,元老好像患有老年痴呆症。石沉大海。

两年前和一位济阳潮州理事谈起,他是澄海会馆活跃分子,人脉尚广。凭借我祖父昔日在皇家山脚下经营恒源酒铺这一线索向一些老潮州询问,他捎来了信息:澄海西门名贤祠。

祖先显灵,有了眉目。原来入了虎穴,还要持久,不要惧怕被老虎吞噬。

汲汲营营的生活扁担挑了好一段岁月,迟迟无法去实地勘察。

几个月前我挽了包袱往潮汕去。儿子悄悄在我离去后向内人马后炮："爸爸去大海捞针。"其实我心里有数，在冥冥中去寻找先人轨迹，得之我幸，不得我命！

　　下榻澄海翌日晨午，我享用了闻名的卤鹅。满足味蕾后，开始觅途。我一时踟蹰不前，索性向鹅店老板询问，恰巧一位男食客对西门蔡氏略有所闻，取了张小纸画上街道索引，指引我：直走到交叉路口，转左，隔两个交通灯后转左，再拐进一条弄巷，到老区找西门大队。他以温馨的潮语建议我去那儿打听。

　　毒辣暴晒下我按图索骥，根据"地图"迈进，也不置疑，反正有了几条线就是线索。

　　酷阳热情奔放我汗水涔涔，又是抹头抹脸抹颈项的，又是擦眼镜。兜了兜绕了绕，摸索到了巷里一栋社团会所。步入口瞥见一位肥头大耳的年轻人像熊猫似深陷椅子上，我冒失请教关于西门蔡祠堂的事。他要我四点钟再来。我纳闷莫非我这潮州话他听不懂，追问下方知得请教晚午到此聚聊的老人，年轻的他对祠堂一事不甚了解。几番交谈后他建议我到对面去找老人堆。什么是老人堆？我的潮州词库里没有储存。年轻人只好磨蹭着步伐带我到大街对面巷里的老人联谊社门口。恍然大悟，我连忙道谢，来到另一个场所。

　　偌大的厅堂里仅有四位长者在切磋技艺。

　　蓦然，仿佛穿入武侠小说情节，两位世外高人在深山外石屯上下着围棋。要怎么破解这个迷局，方能得到通往祖籍的玄秘？

　　四位老先生不动声色地摸索着麻将牌，迎面老者向我瞄一眼，继续经营牌局。高手过招不知如何打岔，最终我打破了僵局。

　　"伯啊，我从新加坡来找祖籍，请问有没听过西门蔡氏祠堂？"

　　用我半咸不淡的潮州话尝试和四位沟通，他们看着我的样子，仿佛我头上冒出兽角，良久后才漫不经心的言语起来，好像确定了我不会咬人一样，其实应该是好不容易咀嚼了我的潮州语吧。

　　正对面的老翁喃喃几句，那一刻，我像听风声般专注，用尽毕生的潮语功力去揣摩。大意是说时下的澄海，敲的敲，翻建的翻建，哪还有祠堂。另一位皓首老人补上几句，古早在港边，现在应该没了。他们的潮语是典型的慢条斯理，你一言我一句，而桌面上的麻将牌子始终是一块块强而有力的吸睛磁铁。

老翁建议："到 Soh Kiang 去找。从门口拐右沿着巷子到大路,转左直走。"

我连忙问:"请问 Soh Kiang 两个字怎么写?"

说完,我陷入对着墙壁说话的窘境,四位好像没有听到我说话继续玩牌。

良久,无迹可寻。我再问了一下去 Soh Kiang 的路,老翁再说了一遍。结果我来到大路旁一间档口,向中年先生问了 Soh Kiang 的路。从友善的先生口中得知,Soh Kiang 是树强,是一间学校,是午后老人家聚集地,原来联谊社老翁是要我去那儿打听。

结果树强学校是一座冷漠的石墙,一扇无情的铁门紧紧把我拒于门外。徘徊了一阵子,四周没有老人,只有在路旁享受日光浴的一棵棵老树。

于是另辟蹊径,叫了的士到港口乡去。其实也没有什么港口乡的了,我被载到港口社区。在凤翔街港口社区下了车,我走进一栋建筑物,里头有派出所、综治中心、纠纷调处室等。就在探头时,一名中年人士路过,把我请到办公室详谈。他姓陈,是这管理区员工,很耐心地听我说。

我把全部资料吐个清光,西门蔡、港口乡、两张老公老嬷画像的照片,祖父是惠字辈,父亲兆字辈,希望能够找到祖籍、族谱云云。

他要我厘清是西门还是港口乡,因为港口没有西门蔡氏。说着拨了电话邀港口一位姓蔡的同僚前来协助。依据画像,陈兄觉得曾祖父应属大户人家。我说,我老母说我阿嬷当年回来时就乘上四马拖车。

"你说到四马拖车,那就对了!"陈兄好像识破了玄机!

这么一个"四马拖车",好像就是秘诀!

原来,"四马拖车"是潮汕地区有名的建筑风格,格局如一驾由四匹马拉着的车子,是昔日的府邸特色。如今在树强学校后面,就有一栋"四马拖车",曾用来办小学,陈兄童年就在那儿。所谓西门,是澄海一个地区,从前住着名门家族。

说着,陈兄断定我的祖籍在西门地区,连忙联络上辉哥,即澄海区蔡氏总会会长兼西门蔡氏会长,提报一名来自新加坡的蔡氏后裔亲临寻祖,和他约好到祠堂一见。

港区蔡兄恰好到来,驾车载我们同去。在前往的路中,还绕到"四马拖车"府邸。托陈兄人脉,我方能进去一睹容颜。可惜岁月的洗涤下物事已非,里头被分割用于别的用途,只见一个角落是买卖字画,一条通花巷被用来培育盆栽,其中不修葺的样貌不胜唏嘘。迅速瞻仰后,我们来到祠堂。仰首,"蔡氏名贤家庙"六个字很有气势地呈现眼前,顿时我百感交集,踩着沉重的步伐进去了。偌大的祠堂,一扇扇雕琢着图案的木门,上面牌匾写着"德泽深仁"四字,里头供奉祖先的神主牌。

我被引到旁边的室房,乍见里面坐满一圈的乡亲父老,这种隆重场面类似电视剧里家族元老们聚集祠堂商榷大事。我拜见了样貌谦卑厚仁的辉会长。话匣子随着我学艺不精的潮州话打开,元老们很吃力地听出了耳油,对我的祖先、老公老嫲的画像、四马拖车,议论纷纷。嘴里叼着烟,会长问及我的目的。我的意愿仅是寻祖籍,找族谱,看一下辈分,若出现奇迹或许还能找到曾祖父母的名字。心愿就是那么小小的不简单。

澄海只有一个西门,名门区,加上蔡氏和"四马拖车",会长肯定当下就是我的祠堂。某元老拎来了族谱,翻看下既没"兆"也没"惠"。审视再三,"臣"字也杳然。诚然,祖父名字没有依据族谱,关于老公老嫲画像的追溯,必然更是无望。毕竟,算一算,事隔业已百年左右了。

对于祠堂,我认识了一个下午。上香,合影,复杂情绪久久没有平息。离开澄海前,我重返"四马拖车",却被一个锁头深锁上了重游的意愿。然而,我还是庆幸找到了祖籍。

回到岛国再度凝望画像,心里有完成使命的成就感,空气中荡漾着美丽的心情。我提了毛笔在画像旁落了款:澄海西门蔡氏先祖惠臣之父(母)。

再端详老祖宗,严峻的面孔在阳光下映现出一副润泽,我感觉到了老人家的几分慈祥,嘴角边抿起会心的微笑。凝视良久,我内心绽开了心花。

壁 虎 止 步

它,慢慢跨着那软滑的四肢,顿了顿步脚,雄赳赳地昂着首,双眼似乎炯炯有神地狠狠瞪着我。我思忖。平生素来未和壁虎产生过什么过节,它倒吊着纵横在天花板上,我在路地上迈着我的步伐,井水从来未曾犯过河水,怎么这一回偏偏和我过不去?更何况我向来就没有驱除家居壁虎的习惯。

毕竟,壁虎的名称在潮州话里唤起来是个好兆头,其音调如同"钱龙"。小时候,家里的长辈总是这么跟我说的。于是乎,我自小就和壁虎相敬如宾,同屋共住了几十年,即使家里买什么"杀虫王",也只是针对蚊子和蟑螂,偶尔是排队成龙的蚂蚁,至于"钱龙",我们始终相安无事地相处了若干十年。万万也不明白,为什么这次壁虎兄偏偏要和我过不去,竟然胆敢闯入我车内的空间,在驾驶盘前隔板上耀"虎"扬威。

这个世界真的是在变化中,就好像现在的鸟儿也得适应在组屋里做窠。

人敬我一尺,我还他一丈。虽然壁虎不是人,但我向来主张大公无私,所以这一回我决意和这只壁虎势不两立。

于是,我去请来了救兵,而且是一个来自外地的救兵。黝黑的面孔,一脸慎笃的模样,面不改色,身材魁梧,天不怕地不怕的样子,誓言代我斩处这家伙,免除后患。她,即是阿米亚,是我雇用的印度尼西亚女佣。

我趁它四肢站得飒爽的时候,迅速把阿米亚叫过来。

结果,阿米亚一只手拿着一个塑料袋,打开了车门,乒乒乓乓地赶紧去抓那壁虎。身形粗犷、动作笨拙的阿米亚,手脚和声音基本上摆明是在给敌人通风报信,让壁虎一溜烟匿迹得无影无踪。全盘说来,我的结论是:阿米亚在装腔作势。很多印度尼西亚女佣始终有如此劣根性,明明自己不会的东西总是硬着头皮说自己会,在烹调方面我就尝试了几次失败的印度尼西亚菜,就说叁巴辣椒,我就吃到了一颗颗白色的辣椒子和加咸的佐味。抓壁虎一事想必也是如斯。

然而,壁虎没有抓到,没有百分之百的销声匿迹,妻决意暂时不要驾车了。接下来的日子,我无形中就变成了称职的司机。

我心里默默地期许,壁虎是从车门抑或是其他缝隙间绝尘离去,好让小弟和壁虎兄从此绝缘,让我们在各自的领域里快乐地过日子。就如小时候听福建师公(道士)念念祷词:"天灵灵,地灵灵,呼爪麦卡钱龙。"(闽南语,直译是:蟑螂勿咬壁虎。)

没想到刚刚太平了两天,这家伙竟然又给我来个下马威!

顽强的家伙,在车子前方隔板上留下了两粒粪便,来个无言的警告。好一个无声胜有声,大大方方地让我知道它有"到此一游"的迹象。

地下钱庄吊猪头威迫的事件是听多了,但这家伙竟然出新颖招数,干脆给我留下两粒"米田共"!不大不小,类似鼻屎般的形状,在挡风镜下显眼的一隅,恰恰足以引起驾驶人的注意力! 万万没想到,壁虎老兄还使出游击战这一招,在我不在场的时候冷不防地给我留下简简单单的两粒屎,勾勒出对我的威胁! 是恐吓吗? 是示威矣! 我实在难咽其辱。

说真的,我和壁虎老兄从来没有过节。我努力搜索枯肠。如果说有,那是我九岁那一年的事了。那时候,家住两房一厅的组屋,家里的厕所也只有一个。到了夜晚八点多钟的时候我例常去冲凉,偌大的水缸盛满凉凉的自来水,在那橙色灯泡下,我舀了一桶又一桶的凉水往赤裸裸的身上泼洒,在我正要擦干身子的当儿,冷不防,我的右臂忽然间有一种被冰寒之物贴着的感觉,乍看之下是一只壁虎从灰水破裂的天花板上失足掉了下来,四脚趴着和我对视,害我顿时尖叫了起来,手臂用尽了吃奶的力一顿猛甩!

壁虎老兄不可能是来寻仇的吧? 那已是三十年前的事了,过了这么久以后还来追讨陈年旧账? 更何况,自从那一次以后,每当我看到壁虎的时候,打心里免不了抽搐着一阵寒意,那阴影笼罩着的伤害算起来还不知是谁欠谁呢! 别说自此以后我对壁虎大哥还是敬而远之的。

在没有和任何人商榷的情况下,我自己寻找看有什么好办法。碰到棘手的事情时,有些时候我会去寻找灵异界的微妙解答。以往考试升学时,会去庙里求菩萨保佑,拜拜孔先师。有些问题会求求签解一解,更小的时候印象中母亲还会帮我请救神符,曾经还有化符在开水里一口饮尽的经历,让我好好地茁壮成长到今日。心想,这一回嘛,我应该去请神灵保佑吗? 那我又该如何着手? 心里纳闷,我是不是应该去拜拜虎爷呢? 虎爷包括壁虎吗? 还是我应该效仿一下风水师傅,摆一只铜公鸡在车内,可以吃掉蜈蚣壁虎闲杂虫等? 我绞尽脑汁。

结果,我决意努力把车子彻底地洗刷一番。

我举起洗车的水管枪,用了加大的马力,操着强而狠的水力,纵横地喷洗,每一个缝隙,每一个角落我都尽可能不放过,洗车的清洁剂我也加了一倍有余的分量。毕竟,我发誓要和壁虎大哥来个了断,以便让内子开始分担驾车一事。

车内的椅座、脚垫,各个角落,我将吸尘机接上加长了的吸管一件件地细心扫吸。在炎炎的夏日下,我汗流浃背。隔岸观火的内子,在一旁揶揄得欢心,说什么从来没有见过我如此卖力,把车洗得如此干净,说什么还是第一遭。闷热的太阳下她可真是清凉!

果然,车子洗得彻底,壁虎大哥在接下来的一个星期里不见踪影,看来是见效了。我暗自得意。

　　内子开始驾起车来了。一个出外的周末,孩子吵着要我和他一起坐在后座,妻自然充当起司机来,车子在路上驰骋。

　　"慢动作在巡逻到处走走"车内的播放器里潘玮柏在唱着歌。突然间,在妻转弯的时刻,那壁虎老兄又不知从哪一隐秘的角落窜了出来,润滑的四肢迅速地逼近,慢慢地步行到驾驶仪表板上。那还不够,可恶的家伙还顿了顿足,把头侧转地抬了起来,两眼冷冷地对着内子虎视眈眈。妻不禁打个寒战,嘴里念念有词,也听不清楚她是不是问候起那家伙的妈妈奶奶以及祖宗十八代。我只清清楚楚地听到,内子的声声祈祷,希望壁虎老兄千千万万别向她驾驶盘的方向前进,要不然可能会造成一场意外车祸。更糟糕的是,事后肇祸原因不明,成为一宗无头公案!

　　星火,足以燎原。

　　小小的一只壁虎,在不合时宜的地方出现,可以在生命线上勾勒出强而有力的杀伤力!人生中有很多事情就在毫不起眼的情况下冷不防地发生。

　　我联想到了那壁虎冷冷的四肢贴在我手臂上的感觉,骤然间,心里一阵不寒而栗。车内的播放器还在回荡着潘玮柏的歌声,什么"四只脚的速度,突然之间觉得实在是酷!"这无疑是一大讽刺。

　　在快速公路上,内子赶紧放慢驾驶速度,慢慢地靠拢左边车道停了下来。

　　壁虎老兄呀,内子和我既不是蚊子又不是什么其他昆虫,车里面也没有什么让老兄青睐的美食,你怎么偏偏阴魂不散?结果我和妻交换位置,我慢慢地把车驾回公路,那家伙却在不知何时迅速地躲避了。

　　壁虎开始成了我生活中的桎梏,扼掐着我生活的喉颈。

　　回到家里,我准备再度把车清理一番。这一次,灵机一动的内子想到了一个对策,向邻居借来了一只宠物,一只老猫咪。其实,我向来对猫的印象不是很好。小时候家居邻里有不少马来同胞,而马来邻居们总爱豢养猫咪,有好几次猫儿还跑到我家门口拉屎,并垂涎吊在我家门前鸟笼里的芙蓉鸟。妈妈每每总是把它们赶走,还吩咐我不要太接近猫儿,因为猫儿不干净,身上的茸毛一不小心吸入鼻孔还会引发哮喘病。还有,如果母猫怀有身胎的话更是非常凶。幼小的心灵就此涂上了毕生对猫儿的印象。

妻这一回抱来了一只外表臃肿有型的贵妇波斯猫,我在勉为其难的情况下,把车门打开,让她把猫儿放在司机座椅上。它,是一只梳洗打理得有致的家畜。我几许纳闷,然而,我则争辩不了猫儿是会戏谑壁虎的事实。虽然,我未曾亲眼见过,但是小学时候的科学教科书是这么说的,我脑子里还有那猫儿用脚去踩壁虎尾巴的画面印象。于是,我让猫儿有个大展拳脚的机会。我启动了引擎开着冷气,让它在车里和壁虎对峙。

我则继续拿起水枪,好好地把车的外表洗刷一番,让猫儿有充裕的时间去伺袭壁虎。大概半个点钟以后,我打开车门瞧一瞧。那只贵妇波斯猫,不知何时业已很逍遥自在地进入温柔乡,待我开门时百无聊赖地抬起了慵懒的眼,让我认命地接受那是一个非常宿命的下午。徒劳无功。结果,妻也只有完璧归赵。

翌日,在我上班的时候大雨倾盆,上车时把湿漉漉的雨伞掷放在后座脚垫上,在抵达公司下车时天已转晴,我连忙打开后车门拾起湿雨伞,准备拿去晾干。骤然之间随着雨伞却迎面飞来了一个小黑影。我急忙一闪,掉头却见到壁虎大哥干瘪的身子粘在一团口香糖上,五体投地般僵硬。原来,我那顽皮的孩子昨日吃完了口香糖以后,把口香糖留在车后座的脚垫上。照常例我会好好地把孩子训一顿,如今反而要向他大谢特谢一番,他立下了一大功劳,让壁虎,止步!

🌴 作品赏析

《壁虎止步》是一篇幽默散文,作者笔下的主人公是一只壁虎,看似和作者斗智斗勇,使人不甚恼怒,实际上也分享了生活中的小趣事。

壁虎是作者生活中出现的小插曲,虽不显眼,却颇让作者烦心,故尝试了多种措施意图消灭壁虎。作者的这一系列与壁虎"斗争"的过程,更像是在梳理自己的生活境遇,从小至今,或与壁虎有关的,或是自己的所思所想,都随着这一事件铺陈开来。《壁虎止步》中,故事的发生发展围绕着壁虎,却也是作者赋予壁虎的隐喻,暗示着生活中不时出现的烦恼,侵扰着人们的生活。对于大多数人而言,生活无非是柴米油盐的平淡,酸甜苦辣调和着个中滋味,难免有大喜大悲,更多的是风平浪静。细细解剖生活,人们无不为生活中的小麻烦感到烦恼,旁人看来无关紧要的事件,常常会触动自己的紧张神经。此处,壁虎便刺激了作者的情绪,它的存在令作者无所适从,由此引发了一系列故事。在故事的最后,壁虎终于如作者所愿被从车中丢了出去,这件事终于告一段落。正如生活中大大小小的麻烦一般,所有的困难都有结束的时刻,最令人难忘的是解决困难的过程,这便是生活调节剂的来源之一。于作者而言,壁虎已经除去,这段与壁虎斗智斗勇的经历会一直留存在记忆中,时时可以回味、把玩。这也是生活带给人们的附加品。

作者笔下的壁虎,是对生活烦恼的凝结与浓缩,烦恼时时存在,也往往令人心烦气躁,给生活带来一系列负面影响,但这些烦恼最终会消解于生活中,只是平静生活中的一剂调味料,供人玩笑。

（孔舒仪）

马来西亚卷

冰 谷

冰谷，原名林成兴，1940 年 11 月生于马来西亚，历任橡胶、可可、油棕园经理，马来西亚作协会员。创作涵盖新诗、散文、儿童文学，作品收入国内外 30 余种文选，多篇散文被选为中、小学教材。作品多以自然风物为题材。2011 年荣获江沙崇华母校百年杰出校友奖，2012 年荣获第 13 届亚细安华文文学奖。2013 年获马来西亚作协文学长青奖，散文被陈大为、钟怡雯教授编入《马华散文史读本》。

左手人节

那天驾车出门，扭开广播，听到主持人说："今天是左手人节。"接着又说："组织这个节目的目的，就是为用左手的人争取权益。因为很多制造出来的商品，都是供右手人用的。"

居然有个左手人节，为左手人叫屈，真令人拍案叫绝。因为，我也是左手人。为左手人出头解困，从没有人提出过。因为很少人注意过用左手的苦悲。

家贫，没钱请女佣，太太兼顾孩子和厨房，有次想帮忙削瓜切果，以减少我疏于厨房的内疚。走进厨房，拿起削刀，要为青瓜削皮，糟了，一条缝口两片刀的削刀只有一面利，另外那面原来是钝的。我左手抓刀正对准钝的那面。但我不气馁，试用右手操作，把青瓜削出深深浅浅的刀痕，太太心痛极了。"左手怪，让我来吧！"她说完，一手夺过削刀，脸露异色。从此再也不敢献殷勤。不想削刀只提供右手人使用，视左手人为无物，气死人也！

我向来疏于仪表，但穿长裤避免不了裤带绕身，这是起码的装扮，一路来没发觉有什么不妥。一次餐宴时与旧友把酒言欢，突然他在我耳边轻声说:"你的裤带穿反了!"以为他醉后乱语,忽然他加了一句:"你看裤带板上的英文字。"这一来,我可糗态毕露了。那个大大的 Dunhill 字果然像水中的山峰倒影。之后,我开始注意衣着,尤其穿裤带时。这我才发现,自己是左手人,以左手穿裤带,是打右边裤耳绕;用右手的人相反,是打左边穿绕。那些制造商的出品,全绕着右手人制造的,我这个左手怪,难免要吃亏了。

也试过以右手往左边穿,文字坐正了,但要上化妆室,左手一摸再摸总扳不开那弯扣,弄得差点憋不住,急得我有如热锅上的蚂蚁。结果,当我汗滴如雨从化妆室出来,一看,会场早已曲终人散了。为避免再次当众出糗,一气之下我把那些名牌裤带全扔了,买来裤带板上没有铸上字的,算解决了难题。可这样把裤带反穿,裤带尾向右,会不会是"反传统"?

常听专家说我们用右脑思考,惯用左手取得平衡作用,所以用左手的人一般智商高,表现特出。这使我想起中国誉满羽坛的左撇子杨阳和赵剑华,打遍天下无敌手,成为天王。

求学时代,我打羽毛球也用左手,曾经很努力地练习了好多年,可从未练出好身手,连班级代表都没沾过边,心里不只纳闷,也很不服气。

私下想想:我吃饭用左手,但以右手书写(几年前才改用键盘),或许不能归类为左手人。因为左右一起并用,同时每天用右手的时间也不算短。

之所以左右通用,要归咎于家父当年强蛮。我本属纯左手操作人,四岁时左手学用筷子,母亲不允,我偷偷用,一次父亲放工回家,二话不说夺过筷子,屈起右手五根手指向我当头凿下,怒目责骂:"再用左手就不准吃饭!"

从那天起,母亲给我两根竹枝,叫我天天在地上夹枯橡叶,两个星期后居然可以用右手在餐桌上夹起浑圆的花生米。

父亲那一凿,改变了我成为左手人的宿命。另一个,是我的堂哥,家里读书最多的一个,从乡间私塾练得一手好楷书,见我十岁还未入学。自动教我写字。却没料手一拿笔,就中招了。

他见我笔在左手,亮起戒尺往我手背一敲,痛入骨髓。左手痛了,逼得改用右手,到我入学时可以用右手顺顺畅畅地书写。而用左手的同学,还不时遭老师骂。

堂哥那一敲,改变了我握笔的一生。假如电脑没有出现,我的握笔生涯或许能延续得更长,直到思路退化、脑汁枯竭。

能操左手,也善于用右手,有朋友戏称我左右逢源。其实不然,我的人生旅程,命途多舛,风波不息,非但不能左右逢源,反而不时腹背受敌,虽不致奄奄一息,也往往遍体鳞伤,惶惶不可终日。

也想改变命运,取其一,纯粹用左手,或右手,惜已近不惑之年,夕阳西下,举措僵化,童年时代"一凿一敲"那种轻易的改变,已经一去不返了。

欣闻有左手人节这一组织,若成为会员,则是名正言顺的左手人,别无旁虑。届时人多势众,制造商还怕不乖乖就范! 小小的一把削瓜刀,普通的一条裤带,还能难倒我吗?

原载于 2005 年 11 月 28 日《光华日报·作协春秋》

拔 牙 惊 魂

那颗长在左边尾端朝下的臼齿,接连两次剧痛,用牙签刺探,发现有个洞,原来蛀了。

我平生第一怕的事,就是拔牙。

童年时僻居乡下,离城远,换乳牙时母亲叫我自己不断摇动,然后拔除。她说不痛的,摇松了轻轻一转就出来了。母亲强行替我拔除几颗之后,乳牙的事就让我自己处置了,结果我长了两颗哨牙。因为怕痛,乳牙与新长的亘牙相互争位,成为一辈子形象的遗憾。

讲得欠雅一点,就是"破相",难怪一生命途多舛、事业无成、升官无望。这是自作自受,不得怨天尤人。谁叫自己不能忍受丁点疼痛,让乳齿横生,变成后患无穷的哨牙。

所以长大后,最怕面对镜子,还被姐姐调侃说像两颗"猪哥牙"。幸好后知后觉,自小勤于漱刷,五十岁以前,牙齿保持洁白亮丽,不像有人年未二十,食不知其味,因为满嘴塑料齿。

半世纪悠长的无声岁月,靠一副钻石阵容的切牙臼齿,我不知捣碎了多少吨鱼肉蔬菜瓜果,壮大了我的胃和体质;那咀无不稀、嚼无不烂的干脆利落,维持了我在家庭中的护牙至尊。若非那两颗哨牙作怪,我有足够条件成为牙膏代言人。

可惜,人的体能仅足抵抗疾病,随着身体细胞组织与岁月同步老化,齿族也开始失守荣誉,逐渐向时光倾斜。起先是难以适应入口的忽冷忽热,然后连饮白开水也成为禁忌了。后来发现遭遇腐蚀的竟是末期长出的臼齿。后长先腐，一味感觉酸软，咀嚼乏力。

几经踌躇，由原本的酸软演变作疼痛了。这还了得！再不当机立断，求助医疗，一旦病痛沉疴更难解救了。

说来诡异，第一颗蛀牙的归向不在半岛原乡，而埋葬在沙巴莽莽的丛林里，任凭野兽虫蚁糟蹋。起初我还抱一线希望，因为当牙医检验时我问，有得补救吗？他不停摇头，洞穿了，修补浪费金钱和时间，干脆去掉吧！

好吧！就干脆去掉。医生的措辞是明灯，引导病人走出阴霾迎接光明，我当然要听，所以不顾亲情把作乱的不良分子剔除，换回一个安详宁静的生活。第一颗腐牙就这样在沙巴丛林里入土为安，成为孤魂野鬼，永远回不了乡。

从此安享食欲了，我想；于是满怀兴奋，高枕无忧。谁知道，这只是一个开始，难怪满街巷都挂着专科牙医了。

不错平安了好几年。

五十六岁那年我离乡更远，远到仿佛接近天边，落在由九百多个岛屿组成的所罗门群岛。三年多飘荡之后，又有一颗臼齿不安于"室"了。在那种经济萎靡医药落后的地区，拔一颗牙劳师动众，得乘两小时快艇渡汪洋碧海复腾云驾雾一小时，才抵达那所唯一的医院。计算一下去回快艇燃油和机票，还有吃住，少说也需四千所币或两千令吉。这笔账比拔牙出血更痛！

能忍则忍，能省则省。另一件事，在落后番邦拔牙，真心惊胆战，不如忍着，多几个月就到假期，回国后才做安排。那颗蛀牙偏偏与主人作对，疼痛愈来愈繁密，每周总有一两次迸出火花，发出讯号，且朝晚连续，使我精神极度低迷。

终于，我升挂白旗，乖乖屈服了。

整所医院，从医生到护士到清洁工人，只有我的肤色与众不同。经医生诊断后，进入拔牙所，接待我的是身材臃肿的中年黑妇。注射麻醉药后不久，她叫我张大口，看她握钳的手势我就胆怯心寒。还算专业，她先用钳子轻击几下麻木的蛀牙，印证选择正确。

我做足了疼痛的心里准备，但是长痛不如短痛，一直叫自己鼓足勇气，眼神尽量避开那把闪亮的钳子。忽然一声"OK"，蛀牙已"嗒"一声掷落银盘了。奇怪，这么轻易就完成任务了。

我的两颗蛀牙，分隔迢迢几万里，一颗葬蛮荒，一颗葬海洋，同样被主人遗弃，却有不同的际遇。

现在，牙痛又来了。这是第三颗。退出江湖了，人在半岛，在自己医药精明的国土，去掉一颗烂牙形同拔除一根白发，有啥可怕！

有过两次拔牙经验，这回更满怀信心。进入冷气充足的牙科诊所，半躺在舒服的椅子上，前面壁上还嵌着一台电视，真是一流享受。

注射麻醉剂后，医生就开始拔牙了。只见他手中钳子扭几扭，"啪"的一声，糟糕断了，医生仿佛自言自语。他继续用钳子尖顶挖掘，要把断牙部分掘出来。这可不得了，因为感觉到非常痛，痛得想用手去阻止他的粗暴行为，忽然听到他说："出来了。"

当然是断牙根被他从牙肉里强撬出来了，而剧痛这时才局部消除。我剧烈跳动的心也慢慢平和下来。

第三颗蛀牙，虽然埋葬在原乡。但是，那些沉痛的撬挖动作，却永远成为我拔牙的死穴！

作品赏析

本文主要讲述了作者所遭遇的三次拔牙的经历。

文章先从"我"童年时期的牙齿"破相"写起，既调侃了两颗"哨牙"对自身形象的影响，也不忘自矜于半世纪来牙齿的洁白坚固；而后笔锋陡转，接连讲述了自己三次因为牙齿坏损疼痛而不得不在不同地方拔牙的经历。

这三次拔牙经历是本文的主线。第一次是在"沙巴丛林"，拔掉的腐牙在丛林里"入土为安"；第二次是在离乡更远的所罗门群岛经济萎靡医药落后的蛮夷番邦，但出人意料的是，拔牙时却反而很顺利，并未遭受到预想的痛苦；第三次是在半岛原乡，但同样出人意料的是，有过两次拔牙经历，并且是"在自己医药精明的国土"，"我"却遭受了难忘的痛苦。

情节起伏有致是本文的一大特点。从一开始"我"对五十年来自己牙齿洁白坚固的自豪，到紧接而来的诸次牙痛与拔牙经历，这种书写显示出一定的情节反转性。当然，更为鲜明的反转是在第二次与第三次的拔牙事件上：第二次条件艰苦落后，却顺利轻松地完成了；第三次本以为条件一流、过程轻松享受，却反遭受难忍之痛。这样的经历和情节安排能够激发读者的阅读兴趣,使作品更富有趣味性。

　　本文的语言比较幽默风趣,"破相""猪牙哥""塑料齿""入土为安""不良分子""迸出火花,发出讯号""升挂白旗"等词语显得轻松俏皮,而且本文以跟读者对话的语气讲述故事,拉近了文本与读者之间的距离,也使得文章更自然可亲、真实可信。

　　同时文章首尾呼应,结构匀称而紧凑,总体而言可谓是一篇较为成功的散文作品。

(李仁枩)

田　思

田思,原名陈立桐(应桐),1947年9月29日生于马来西亚砂拉越州古晋市,原籍中国广东潮安。新加坡南洋大学中文系毕业,马来大学中文系硕士。曾在古晋中华第一中学执教四十多年,并担任华文学会与华乐团指导老师,曾任砂拉越开放大学讲师,现为砂拉越华人学术研究会署理会长。多次在国内外文学或学术研讨会发表论文。1999年获砂拉越州政府颁发的各民族文学奖,2012年获得新加坡"方修文学奖"的诗歌组首奖,2015年获得第一届"吴德芳杰出华文教师奖"。已出版20部个人著作,涉及诗歌、散文、小说、评论及学术论文等,主要作品《田思散文小说选》《田思诗歌自选集》《马华文学中的环保意识》《雨林诗雨》《砂华文学的本土特质》等,另编文集超过10部。

痴　呆　症

话说在一个被称为"世外桃源"的宁静州邦,突然开始出现一系列罕有的病症,先是"婴孩杀手"的"苛杀奇",接着有令人骇异的"少年痴呆症",并且发现不少病例。一时人心惶惶,人人自危。

有关当局为了安定民心,特地召开一次紧急的医务会议,广泛邀请医学专家、教育学家、心理学家、社会学家等发表意见,以期探寻出"少年痴呆症"的病因与治疗办法。会上议论纷纷,莫衷一是,堪称历年来最具复杂性的一次会议。

一位资深医生凭多年来的临床经验认为,"少年痴呆症"是脑细胞老化的结果,恐怕是人类沉迷于电脑所致。

几位教育学家与心理学家反复讨论后达成共识,他们沉痛地揭露,其实

"少年痴呆症"在儿童的小学与中学时期已出现,例如:他们明明背着书包去上学,却往往忘记带上课本;有时甚至忘记了校门的位置,跑错地方到超级市场或电玩中心去了。

有位营养学家则认为人们患"少年痴呆症"应归咎于他们所吃的零食,由于吃了太多成包成袋的"垃圾食物",太多的色素与味素已破坏了他们的脑细胞组织,所以他们的脑袋变得像"棉花糖"一样松软而缺乏思考能力。另外,他们的嗅觉也因之出问题,例如把强力胶与打火机煤气当成香水来嗅吸,把"摇头丸"当作维生素丸猛吞。

一脸严肃的社会学家,斩钉截铁地说,社会风气才是罪魁祸首。他认为追求时髦的心理与高消费习惯已使青少年买东西只认名牌,往往把标价和裤袋里的钱算颠倒了。而只要遇到什么"偶像",这些青少年就会立刻"忘了我是谁",并且做出歇斯底里的动作。

为了反映事态的严重性,某高级警官也出来做证。他说有许多交通案件显示,患了"少年痴呆症"的驾车者,喜欢尝试和迎面而来的车相撞的快感,并且常把桥墩看成是赛车的高速路标。

一位没受邀却要求列席的遗传学家独排众议,他怀疑"少年痴呆症"的肇因,是父母亲在他们幼年时给他们喂吃了两种不适宜的奶粉,即"溺爱"牌奶粉与"疏忽"牌奶粉。

由于发言者各执一词,对于"少年痴呆症"的病因始终理不出共同的结论,至于医疗方法更是言人人殊,归纳不出具体的方案,会议延长了五个小时。

一位拥有博士头衔的病理学家在沉思了很久之后,终于打破缄默,以最新的医学研究观点做出分析。他说"少年痴呆症"其实是一种传染病,它是由"老年痴呆症"传染而来。此种"老年痴呆症"有别于美国前总统里根所患的"失智症",属于一种社会性病态。其征象是乱摆乌龙,语无伦次,有时具有自大狂与好大喜功的倾向。患者多为中年以上的人,其症状如领袖上台太久忘了下台,或政客中选后忘记了竞选诺言,或"紧急状态"时叫人民疏散到大海等之类。只要污染指数达到一定程度,这种病菌就会蔓延到年轻一代的身上。迄今为止,医学界还找不到对付这种病的特效药。

可惜,与会者都认为病理博士的话危言耸听,毫无建设性,故不予理会,大会主席也表示其言不必记录在案。会上人们又争论了几个钟头,终于不了了之。

1998 年 3 月 6 日

作品赏析

《痴呆症》一文充满了幽默与讽刺的意味,文章以一个故事作为文章主体,以影射现实的虚拟世界虚拟情节反映出现实社会中的社会问题、社会现象,以达到讽刺、警示的目的。散文以"话说"开头,引出不同专业领域的专家对"少年痴呆症"的不同看法和不同的病因分析。这些专家分别从自己熟悉的领域对"少年痴呆症"这种病的病因进行了分析,将原因归纳于各种外在因素,但当一位"病理学家"提出"老年痴呆症"会传染时,指出了成年人的"痴呆症",却受到众人的反对和批评,会议也没有得出结果,不了了之。

作者以一个幽默的故事为我们展现了现实社会中存在的各种不良现象,先是在文章中提出最多、被更多"学家"关注的"少年痴呆症"。"少年"身上出现的一系列问题包括离不开电脑、逃课、打游戏、不写作业、爱吃零食、对偶像的盲目追捧、痴迷名牌,甚至吸毒……这一系列问题正是现实社会问题的真实反映。而对于"少年痴呆症"的病因,不同的专家有着不同的看法,医生将病因归咎于"电脑造成的大脑退化",营养学家归咎于"零食",社会学家归咎于"社会风气"等等,每个学者所提出的"病因"都符合他们的身份和领域,但每一个"病因"都是外在的因素,只是强调了外在因素对人的影响,把错误归咎于物品、社会等客观原因。而当病理学家提出自大、忘记承诺等"老年痴呆症"影响"少年痴呆症"时,参会的学者却纷纷说他"危言耸听",对他的意见"不予理会",这也指出了成年社会中的不良现象以及成年人对这种不良现象的回避与逃避。而故事最终的"不了了之"暗喻着此次会议的无用,没有认识到问题真正的根源,再如何争论,已经是做无用功。

《痴呆症》一文,通过幽默的语言,巧妙地讽刺了如今的社会与社会中患有"老年痴呆症"的成年人,他们只看到了在少年人身上的"痴呆症"表现,急于寻求这种问题的解决方法,而疏忽了对自己行为的反思,或者他们选择了对问题进行逃避与回避,默认为自己是没有问题的,有问题的是他人,是社会,是其他一切事物,而这种思想,使得他们在解决问题时,只看到表象,没有解决根源,最终一切努力也只能是枉然。

(于 悦)

陈政欣

陈政欣，祖籍中国广东普宁，1948 年出生于马来西亚槟城州。新加坡义安工艺学院机械工程系毕业，后从商多年，现专心创作。曾任马来西亚华文作家协会理事、副会长，世界华文微型小说研究会理事，马来西亚作协北马联委会主席。著作有诗集 1 本、小说集 10 本、散文集与杂文集各 1 本，翻译小说 5 本。著有剧本《有原则的人》。曾于 2007 年获得第 9 届花踪文学奖小说组推荐奖。2008 年获得第 1 届海鸥年度文学奖小说组特优奖。2014 年小说集《荡漾水乡》获得中国首届国际潮人文学奖小说组特优奖，散文集《文学的武吉》获得金帆图书奖文学类大奖，并获得第 13 届马来西亚马华文学奖。2017 年小说集《小说的武吉》获得第 14 届花踪文学奖之马华文学大奖。2018 年获得新加坡第 5 届南洋华文文学奖。

阅读时空

班机于上午十一时二十分从新加坡起飞，抵达德国的法兰克福机场时，是当地时间傍晚六时三十五分。初春的天空虽然还是明亮一片，阳光却正是在向西方逸去。

从新加坡到法兰克福的空中飞行时间大约是十二个小时。两地之间的时差是六个小时。从新加坡起飞时，正顶着中午的阳光，法兰克福却刚在晨曦中醒来。飞机向西方飞去，阳光也正在西移。如果站在太空中看，大片阳光正向西方掩罩过去。但如果设想太阳是固定不动的，这时地球正在从西向东的运转中，把法兰克福（凌晨五点多）乃至整个中欧转进晨曦及中午的阳光里。这时，从法兰克福到新加坡的整片地球表面，都沉浸在上午的阳光里。

顶着中午的阳光,向西方飞去的飞机正与阳光竞赛,然而当飞机赶到法兰克福时,中午的阳光已赶在前头,到美洲的中部去了。尾随着的黄昏与夜色正慢慢地向欧洲罩阖过来。如果说太阳是不动的,地球这时就要把法兰克福转进黑暗,起飞地的新加坡这时却已沉睡在午夜中了。飞机的飞行速度跟不上地球的自转速度,经过十二小时的追逐,抵达法兰克福时,只能抓到阳光的尾端。

时间,是人类的主观意识。我们感觉到时间的流逝,因为我们的生理器官在告诉我们,我们的一些细胞在死去,一些新生的细胞在诞生、在更替,所以我们是在逐渐地老去,我们是在向死亡前进,我们于是警觉到时间就在我们身边流过,永远不再回头地消失了。时间变成了一种实质,我们因感觉到它的消逝而悸怵。

我们吃饭,过了一阵子,经过生理器官的处理,我们再次感到饥饿。饥饿,让我们感到时间在流逝。这就是我们主观的时间意识。我们说,现在是白天,过了一阵子,我们说,已经是黑夜了。主观的时间意识,让我们感到在"过了一阵子后",就有什么事会发生。我们确实感觉到时间曾经在那时出现过,现在"那段时间"消逝了。

我们也可以这样想象下:要是我们没有了饥饿感,我们就不会感到时间在流逝。由于没有饥饿感,我们根本就不会想到进食,并因没有进食的欲望而活活饿死。饥饿跟时间是紧密相连的。

我们都有这样的经验,就是时间的长短,有时是取决于个人的心情的。物理界的时间虽然还是依照着太阳与黑夜来计量,但几小时的辛苦工作确实远比一整天与爱人相处的时间还要长,还要难受,也就是说有时"一小时"会比"一天"还长。主观的判断与衡量,个人的喜恶,决定了时间的价值。有人分秒必争,有人却憎恨岁月停滞不前。

这种主观意识的时间计量一定给人类带来过很大的困扰。于是人们就以太阳的行动为准,大家如果约定在三天后回到这里见面,也就是说所有的人都许诺,在看到太阳从东方升起三次后,大家就要回到这个地方。于是"天"跟阳光、时间与太阳就拉上了直接的关系。

每一次太阳升起,到它再次升起(其间还要通过一个有月亮或星光的夜晚),人类就把这段时间定为一天。一天太长,于是有人就制造了个很大的沙漏壶。这沙漏壶装满了干燥的沙。当太阳移到木棒的顶端,影子都没了时,就让那沙漏壶里的沙流泻出来。有足够的沙以相同的速度从沙漏壶流出,直到太阳再次升起并移动到木棒顶端而且影子消失了时,才把沙漏壶的出口堵塞住。这一堆流出的沙平均分成二十四份。将每份沙放进沙漏壶,从沙开始流泻,直到全部沙漏下,这段时间就代表一小时。再把每一份沙平均分成六十份,这每一小份沙就是一分钟。如果再把这一小份沙再分成六十份,并把其中的一小份沙放进沙漏壶,这份沙流出的时间,正好是一秒。

如果还想把这小沙堆再细分,你就会看到电脑屏幕上的沙漏壶光标,正在闪烁着,上下翻动着了。

太阳的光芒与地球的自转,造就了白天与黑夜,也制造了"时间"。时间以"天"为单位,再把这一单位分隔成均衡的"时""分"与秒。太阳与地球的自转,就是一种客观的自然物理现象。

过后,均衡而又有规律性的摆动器械或是循环振动的物体被用来计量时间,种种测量时间的仪器也随着时间的推进而愈来愈准确。手表与时钟就是用来计量时间的器械。到如今,原子的振荡提供了更准确的时间。

除了物理现象的计量时间方式,还有一种"生物性的时间"。人类以及很大部分的生物,都有这种自身周期性的循环现象,例如自觉的醒觉与睡眠(不管外界是白天还是黑夜)或是动物的冬眠现象,都显示了动物自身就有自己一套时间观念。

当然,人类还有那套主观意识的时间,那就是:一小时的艰辛工作比一天的与爱人共处还要长的"心理时间"。而这种时间,就是各路艺术家最喜欢挖掘的素材了。

房间就是个三维度空间。

在房间的两面墙交结处,我们可以从一面测量到它的宽度,从另一道墙量出它的长度,再从那个交接点,可以找到房的高度,三维度空间就这么架构起来。

从太空望向地球,我们可以看到飞机在三维度的大气层内飞来飞去。要想明确地说出某架飞机的所在处,我们就要说出当时的时间。也就是说,标示出时间(就是所谓的第四维度),才能明确地说明了飞机的位置。地球在自转,旋转出白天与黑夜,也转旋出时间。飞机在移动,跟随着时间不停地在移动。我们可以说出它在什么高度朝什么方向飞去,但还要标示出第四维度的时间。因为在这一高度这一方向的飞机,下一秒,它已不在那里了。

时间是空间的第四维度的延伸。空间再加上时间,就产生了四维度的"太空空间"。

我们可以想象在太空中地球的自转与太阳光线是如何制作出人类的时间与空间的。就是这个时间与空间,让人类一直摆脱不了自囚的心理,所以从猿猴进化为人的那头猴子(他翻个筋斗是十万八千里),就是不明白为什么以他那种能研制出火箭太空船登月球及能窥探宇宙深处的能耐与智慧,就是不能从这四维度的时空里探出头来。

有这么一个传说:

孙猴子翻了几千个几万个筋斗之后,落下。

还是看到云烟深处的五根玉柱,这次他气得连尿也不撒,字也不题,顿足骂道:

"时空,老孙不跟你玩了!"

还有一个传说也是这么说的:

如来对着掌心中的猴子:"孙猴子,要认输。"

说着,如来翻掌按压,猴子顿时被镇囚五指山。

千年过去,猴子还是不解:所谓时间,所谓空间,怎会是在迷雾缥缈,波谲云诡,还有我老孙一泡尿腥味的掌心中。

这时,有一书生路过,猴子忙问:"时间与空间,我怎生翻蹦不出?"

书生站定:"你翻蹦不出的,是我的脑子。"

猴子大惊,喝问:"你是谁?"

"吴承恩。"

宇宙是四维度的,时间是其中的一维度。

爱因斯坦的相对论影响了人们对星际旅行的观念。

一个宇航员在离开地球后,如果他以接近光速的速度航行,那他的时间流逝的速率比地球上的流逝速率慢得多。当他在抵达遥远的星际,再回到地球时,对他来说,可能是几个星期的时间,但在地球上,可能已经是过了好几个世纪。时间的旅行与时间的跳跃可以让人们到遥远的星际去旅行,就如传说中猴子去天庭造访,但他必须跟他那一代的人及他所熟悉的世界告别,因为他回来时已是一个几百年后的未来世界了。传说中猴子就曾告诫:

"在天一日,在世一年。"

我们说时间在我们身边流逝或经过,或说我们是在跟着时间往前走。时间是种物理现象。

这物理现象的时间是否有个速度?

就空间而言,速度就是空间与时间的对比。时速三十里,就是说每小时会经过三十里的空间距离。

时间的流逝。每小时会流过多少时间,每秒钟内会流失多少秒?

这应该是荒谬的想法。时间是不能用时间来对比的。

那么时间与空间呢? 赤道的周长是 40,000 多公里。地球自转一圈是 24 小时,也就是说时间是每小时穿过 1,600 多公里的空间。小睡一小时,你已穿越 1600 多公里。虽然你的身体没动,但地球自转出来的时间把你在太空的空间内移动了一段距离,就像你浮沉在长河中,汹涌的河水,拥抱着你奔腾着冲向前方的瀑布。

其实,要不是有个死亡在时间前方的某个地方等候着,人类才不会对时间的流逝感到恐慌。恰恰就是这个死亡,让人们缅怀过去,也让人们惧怕未来。过去的回忆终究是生活过的,是苦是乐却是确实拥有过。死亡却是在时间长河的某处未来的瀑布等候着。

那是你吗,如来? 在你五指之内,那猴子说方圆不满一尺,我怎么会翻不出去!

那是你吗,如来? 烟雾盘迴,猴尿腥臊,银河在你掌中旋转,星座在你指间移动。

那是你吗,如来? 叶落风起,日升月沉,最后剩下的,都是无所谓的有和无所谓的无。

那是你吗,如来? 泉水滴响的是你双瞳中,倒垂的钟乳石。菩提树下,你一反掌,日月就在盲黑中熄灭。

那是你吗,如来? 万点星光,汇集成河,就在你的指缝间,不带声息,流过。

那是你吗,如来? 我们永远听到,泉水的滴答声,震撼着你五指之内的空旷。

是你,如来。

地球的经线连接南北两极,东西两向围绕。赤道周长 40,000 多公里。

经线的 1 度是 110 多公里。地球自转一圈 24 小时,每小时要绕动经线 15 度。赤道的南北纬线离赤道愈远,周长也就愈小。南北回归线的周长就比赤道的周长小。所以说,由于地球是圆的,时间走过的空间也不对等。在赤道上环绕地轴一周要 24 小时,愈向南向北靠,环绕地轴一周就不需要 24 小时了。到了极地(南北两极)的轴心,只要跨步一绕,就已环绕地轴一周。

在极地,时间不再是一个白天一个黑夜交替出现,而是半年的白昼与半年的黑夜交替着。

生物钟操纵生理的活动,饥饿的意识提醒时间的流逝。死亡还是在时间的前方守候着。

猴子说:"我只不过想换个座位坐坐。"

如来说:玉皇上帝苦历一千七百五十劫,每劫十二万九千六百年。玉帝该有多大岁数,方能主持这天极大道,你这初世为人的畜生,竟敢狂言皇帝轮流做,明年到我家。

如来说的是天庭上的年(时间)。

地球上的猴子走过的历史只是时空的一瞬。如此欺天冈上的猴子,监押五指山,吃铁丸子,喝铜汁,合该要等待唐僧前来搭救了。

班机于中午十二时三十五分从法兰克福起飞,抵达新加坡的樟宣国际机场时,已是第二天凌晨六时三十分,正好迎接到东升的晨曦。

如果站在太空中看,从法兰克福起飞的飞机是背着太阳逸去的方向飞驰。中午阳光正向西方大口大口地噬吞过去,身后的黑夜正朝中东欧洲掩蔽过来。这架东飞的飞机起飞后就闯进午后的光芒,穿过冷冽黝黯的夜,寻找另一"天"的晨曦去了。

如果说太阳相对地球来说是静止的,那么,是地球的自转把美洲大陆转向阳光,把中东与亚洲转进黑夜去。飞机穿过夜晚降落时,晨曦正升起,这时,起飞地法兰克福却已沉浸在深夜中了。

🌴 **作品赏析**

散文以"班机于上午十一时二十分从新加坡起飞,抵达德国的法兰克福机场"起笔,以"班机于中午十二时三十五分从法兰克福起飞,抵达新加坡的樟宣国际机场"收笔,作者在时间的流逝中表达有关时间的智性思索。

文章以知识性、趣味性、思想性取胜。作者的知识储备非常广泛，自转、公转、三维、四维等一系列智性概念穿插其中。除了极具科学性的专有名词，作者又将孙悟空、如来、吴承恩等人物杂糅其中，形成幽默、有趣的独特风格。此外，作者又以严谨辩证的态度探讨时间的流逝，闪烁着思想的光芒。

　　总之，作者以流利的笔触倾吐自己的思想与感触，以新奇的比喻将思想有形化，妙趣横生且不觉枯燥。

（张清媛）

梁　放

梁放,原名梁光明,祖籍广东新会,1953 年 8 月 10 日出生于砂拉越州砂拉卓。曾三度获政府优秀生奖学金。负笈吉隆坡工艺学院、英国布莱顿、苏格兰爱登堡,获土木工程学士与土壤力学硕士学位。退休前一直任职于砂拉越水利灌溉局。梁放自小受父亲影响喜欢阅读,中学时代即开始文学创作。曾获第一届官办砂华文学奖(1994)与第十四届马华文学奖(2016)。已出版小说集《烟雨砂隆》(1985)、《玛拉阿妲》(1989)、中短篇小说自选集《腊月斜阳》(2018)、长篇小说《我曾听到你在风中哭泣》(2014)、散文集《暖灰》(1986)、《旧雨》(1991)、《读书天》(1992)、《远山梦回》(北京 2002)、《流水。暮禽》(2014)。小说与散文作品多篇入选国内外大型选集,被多所大学中文系采用为教材,部分作品被译成马来文、日文与韩文。

他 乡 遇 故 知

那一种鱼,滑溜溜的一身泥灰色,扁扁的头,阔阔的嘴巴老向下耷拉着,像哭丧着脸,真是一点也不讨喜。每一回,鱼贩把它们个别堆着,不无嫌弃之意。在鱼虾难求的淡季里,它可以一公斤卖一元八角的,在平时,甚少有人问津。到后来,大条的都腌了,晒干后贱卖,小的全任人捡去当饵,捕螃蟹去了。

这种鱼,土语不知叫什么来着,我一时都忘了。英文名,仿佛是叫猫鱼。每每看见刚捕获就上市的,鳃儿还不停地翕动着,我总是欢喜难禁。本来,它们的身价一向并不尊贵,那匍匐在地上的可怜相,叫人也不屑多看一眼。

然而，我每当见着它们，犹似他乡遇故知。

是童年时代。我家的厕所就搭在河边。每一回潮涨，在小洞口上一蹲下身子，水面上已招来许多猫鱼，嘴巴朝上吐着泡泡。"咚"的一声犹未响，下面已三口两口吃个精光。那一大群的，还常为一顿美食不共戴天哩。虽然看了十分恶心，但潮涨如厕，观赏一场斗鱼，已是我小时候的最佳娱乐。

别后二十多年，在小渔村里又常见它们。店主每一回都向我兜卖，我都一一婉拒了。小洞口下的热闹情景，我一辈子都印象鲜明。让它上我的饭桌？谢了。

但是，世事就是这样。你不经历一回，就永远不会发觉其中的好处来。我就吃过河豚！虽然它的毒素可以置人于死地，但知道日本人对它趋之若鹜，不尝一尝，难道真的要老远去日本一趟花几百元吃这么一餐？河豚味鲜肉滑，真非一般所谓上等鱼可以比的，不信的话可以冒一次险尝一尝。

以前，我对海鲜并无好感，单是价钱，动辄每公斤十几二十元，已叫我裹足不前，况且那股腥味，自有知以来，我就一直排斥着。在渔村住下后，我不但认识了不少鱼类的名称，竟已是无鱼不欢。不论那一种类，只要新鲜，不添加作料，一样叫人垂涎三尺。就是对猫鱼，我还没勇气把它们吞进肚子里去。

尝了才知道！鱼贩也都那么说。

中秋节那天，工友们都自动告假，说要好好地乐一天。不知是不是在咖啡店坐太久了，看着店前的河水也已高涨，有人建议：何不撒网捕鱼去？我们都一呼百应，忙着张罗一番，借了渔具，真的沿着河岸开始捕捉鱼虾这新鲜玩意去了。

大半天过去了，我口里声声提起的龙虾、白鲳、午鱼、巴丁鱼都没捕获，倒是几条肥硕的猫鱼却都不识趣地自投罗网。当同伴们都以为我该在打点收获将它们养在桶里的时候，却看着我当着大家的面把它们一一放回海里去。好歹都是自己捕获的啊！我一时被围攻："干吗要扔掉？非煮了吃一顿不可！"

看大家的兴致都那么高昂，不是我忘了小时候的故事，也不是不在当时有意旧事重提，只是我话还未说完，阿金立刻反驳："都是大海里游来的，废话！"

水沸了，阿金即把活生生的几条猫鱼一起下锅，旋即扣上了盖。原来这种烹饪法是最可取的;去了鳃,剖了肚,反而糟蹋了好鱼。鱼一煮熟,别说连皮带鳞可以须臾给剥净,连内脏也可以轻而易举地给抠出来,一点也不会把鱼肉玷脏。阿金还有个怪癖,上一回烧烤会,大家争吃鲥鱼藏在鱼鳞下的肉时,他却谦让一番,接着掰开其腹腔,尽吃起内脏来,好不恶心。

我往汤里下了盐,仅是浅尝,心头一亮,不禁长长"Hm"的一声叫好。大家也全涌上前来了,连舀了喝着,也都叠声喊鲜赞叹。

汤都喝了,没有不吃肉的道理。我还怪自己把这几年住在渔村的日子都白过了。搁着猫鱼不吃,专挑贵的买,可见是势利至极。

一个大锅里,三下两下,只剩下这么一条了。我一一问遍了,大家都客气说不要了。我正称心——这回该可以独享天下第一美食了——岂料下叉把鱼腹挑破时,不由得吃了一大惊,猛地把叉子也丢个老远。

那黄澄澄的一堆,还闪着得意的油光。

小洞口下给囫囵吞去的,二十多年来,别来无恙?!

开 心 果

李察很胖。当他第一天由英国的建筑咨询公司派来做地质考察,出现在我们办公室时,几乎把门都堵住了。他腆着大肚子,一脸笑容,"嘿嘿哈哈"的,很快就与大家混熟。他借嘲人自嘲,往往让大家笑得直不起腰来。

大家都喜欢李察,除了会玩会笑,他很肯迁就人家,也在你需要时,随时很乐意帮忙。他三四十岁了,单身寡人,一脸的红光,说是拜啤酒之赐,大家也都领教过,他真的可以一口气喝六品脱的黑狗啤而面色不改。我们也在李察那里学到许许多多有关地质方面的知识。他娓娓道来,从不让你觉得那些特有的名词拗口与生涩,而且它们很快就融进你的记忆库里边,不容易忘记。

要找泥土样本,非到实地挖掘领取不可的。这么一天,李察在我们的安排下,来到这个盛产椰子、可可的沿海地带。那么多椰子、可可,那么多鱼虾,是生平第一次所见,叫他目不暇接,兴奋异常。

泥土勘察队在椰林里扎营,工人们看着李察晾在外的衣服,无一不掩嘴偷笑,尤其是他的裤子,横直难分,那裤管,顽皮的阿里把一颗椰子从裤头那一边套进，它随即无阻无碍地一骨碌从另一头滑了出来。李察也为此捧着大肚子大笑不已。阿里再把李察的长袖衬衫穿上，手脚大字张开，衬衫松垮的程度让人担心万一大风一刮，准会把他连人带衣给卷走。

在椰林里穿梭着，我们不甚觉得，但苦了李察，但他坚持要与我们同速度共行。

由于胖，他双脚举步不易，一路几乎是拖着走，路上藤蔓与枯叶多，他脚前不一会儿已铲上一大堆，有几回还给绊倒了。他一翻身起来，手脚给刮花了。但他向大家若无其事地扮鬼脸，惹得大家也一直笑个没完没了。

小沟小河，农民一向用独木舟或椰干搭着过去，独木桥李察试着，每每还是放弃，走下沟底，涉水而过。椰干较粗大，他竟是骑木马般地徐徐地蠕着前进，看来滑稽，大家不由得捧腹大笑一场。

"我的重心只要身体一动就大有变动，这圆圆的树干我绝不可能走得四平八稳。"他轻描淡写地说，还比画着显得很轻松。

一场筑堤坝工程正在如火如荼地进行着，挖泥机刚把烂巴巴的泥土砌好，看来十分整齐。

"这种泥土收缩性十分强，坍度大，所以一般在设计上，我们增加三倍的安全率。"李察与大家分享他的设计经验，不料脚不小心踏上烂泥土，已深深地陷下去了，在惊慌中又往前一扑，面朝下地整个人半埋在泥堆里，这时候，他另一只脚也陷进去了。他挣扎着翻身，终于站了起来，但两只脚也就这样插在烂泥里，无法拔出来。我们找木头，铺了过去，他还是无法举步自拔，我们只有试着上前拉他一把。他也气喘吁吁地任由我们摆布。忙了许久，他仍旧原地站着纹丝未动。挖泥机的操控员为了李察的安全，不敢动用机器，阿里建议我们还是把他身后边的泥土人工挖开，再铺木头，好让他逐步后退，安全地走出来。

"聪明的小鬼。"李察事后把身上的泥浆往脸上一抹，再拍了拍想出这法子的阿里的肩膀，很快地大家都参与这别开生面、互掷泥浆的游戏，玩得十分尽兴。大家都说李察这个人就是这样，最懂得为大家在繁重的工作中解压，真好玩。

"我说三倍安全率吗？应该是六倍。"李察又来了，大家又被逗乐了。

第二次下乡时，李察一样兴致勃勃，大家都受他的感染，在工地中揉进许多之前从来没有过的乐趣。

这一次遇到潮涨，我们过木桥时，李察一向落在后头。我们听到声音时回头，他整个人已经跌进水里，费劲地用双手在抓空挣扎，眼看就要沉下去!! 原来桥板下坚实的直木条因撑不住他的体重而折了。水面上，他那顶草帽在漂浮着，正往下流。

我们七手八脚地把李察救了起来，他已喝了一肚子的水。

"我不会游泳，真感谢大家。"他余悸未消地说，那秃光光的头颅，额头还给桥柱敲伤了，鲜血与泥浆混成一片。他两眼泛红，也不知是不是河水污浊的关系。

发生了这件事后，我们只有收拾东西回去了。一路上，我们一行人不自觉地分成两组，一前一后，把李察护在中间。

"你们都不知道吧？我一向就是那么胖的。"我母亲说，小时候我胖嘟嘟的，十分逗趣，笑起来都那么讨人喜欢，是真的很可爱呢。

大伙尽听着不语，连一向最贫嘴、最叽喳、最喜即兴调侃取乐的阿里也一路沉默着。

🌴 作品赏析

《开心果》中的主人公叫李察，他很胖，他总是腆着大肚子，一脸笑容，"嘿嘿哈哈"的，和大家混得很熟。他常借嘲人自嘲，往往让大家笑得直不起腰来。除了会玩会笑，他很肯迁就人家，也在你需要时，随时很乐意帮忙。他的专业知识很扎实，从他口里讲出来你会觉得那些专有名词并没有晦涩难懂，而且很快融入你的记忆库里很难忘记。接着作者又写了两次下乡的经历，两次下乡李察都遭遇了危险的情况，但是同行的人对于这两次危险情况的反应却不一样。

本文是一篇叙事性幽默散文，其中最令人印象深刻的是对主人公李察的刻画，文章中对于李察的刻画入木三分，如："他腆着大肚子，一脸笑容，'嘿嘿哈哈'的，很快就与大家混熟。他借嘲人自嘲，往往让大家笑得直不起腰来""由于胖，他双脚举步不易，一路几乎是拖着走，路上藤蔓与枯叶多，他脚前不一会儿已铲上一大堆，有几回还给绊倒了"。这几处都形象地描写了李察的胖，会使读者的脑海里浮现出李察的人物形象，给人以画面感。文章的题目就叫《开心果》，而在作者生动的描绘下，我们知道李察是一个幽默、滑稽的且愿意自嘲和接受他人调侃的一个人，但是在面对李察两次出现危险时，大家的反应却是截然不同的。第一次出现危险被大家解救后，李察用幽默的话语及顽皮的动作化解了当时的尴尬；而第二次出现危险大家把李察解救上来的时候，大家对李察幽默地化解却没有反应，文章写道"连一向最贫嘴、最叽喳、最喜即兴调侃取乐的阿里也一路沉默着"。我认为这里作者是想表达在面对危险的时候可能幽默的话语会化解尴尬，但是当事情再次发生的时候如若还是如此便不是惊喜，而更多的是惊吓。

作者的这篇文章虽然有着诙谐可喜的情趣，通篇都洋溢着一种轻松的喜剧情调，但实际上这是他的讽刺小说的风格。作者的讽刺大多较为温和，少见那种愤世嫉俗的尖锐锋芒，纵是冷嘲热讽，依然与人为善。这就形成了梁放文章创作的独特风格。

（李翠翠）

冬 阳

冬阳,生于马来西亚吉打州,美国阿肯色州大学工商管理系毕业,曾任船务主管 12 年。他厌倦人际关系复杂的上班生活,自动请缨当"家庭煮夫",陪双亲老去,也陪孩子成长。父亲病逝后,他接管父亲的农业,体验平静安详的农耕生活。日常生活不会厌倦的嗜好是阅读、旅行和投稿。

马来西亚人

在超市采购,华裔职员用马来话对我招呼:"你找番茄吗,那边还有更多!"我颔首,我的经验告诉我,用华语回答会让对方错愕,因为看错人。倒是一位杂货店老板,在我不得不开口真相大白后,如此打圆场:"用任何言语表达都无所谓,咱们的政府不是鼓吹一个马来西亚口号吗?我们都是马来西亚人!"我点头赞同,心想,他的解释是多余的。

偶尔被错看为马来人,我已经习惯,当作是一种恭维。其实,很多时候走在街上,我发觉,除了华裔,巫裔(马来人)和印裔(印度人)这三大民族,迎面走来总有我分辨不出的种族,我称之马来西亚人,我,算是当中之一,重要的是,我们都有共同点——我们活在一个叫马来西亚的国家,一个多元种族、言语、文化和风俗习惯的国家。

提及国家,我联想到的是政府,而最能直接体现政府精神的,是公务员。有关我国公务员,我在工厂当船务主管执行进口清关与海关官员的接洽往往是"急惊风遇上慢郎中"。工厂的工程师要求三天内务必收到零件,海关人员顾左右而言他:"跟你接洽的主管度假去了,你的报关文件是他签名的,所以,要等他回来才能进行,他下个星期才回来。"让当事人无所适从,急得跳脚。

撒开我国不够开放的政策,高官贪污舞弊和公务员官僚主义,我以马来西亚人的身份感到光荣。

计　较

老大读幼儿园时,与隔壁李太的儿子读同一间幼儿园,因妻和我都是上班族,遂要求乘搭她的车,当家庭主妇的李太勉强接受,附带的条件是:每个月要征收 25 元车油费。

老大转眼上中学,我们搬家,我从上班族变成"家庭煮夫"。对街林太的女儿和老大同龄,也上同一间补习中心,载送补习,林太自然地把这个任务托付给我,原因是:她要上班。

隔年,儿子的补习落在星期天,林太的女儿依旧跟着我,当我对林太提议"我载去,你载回"双赢载送计划时,林太勉强接受,迅即递来不友善的眼神,传达一个信息——你很计较。

富得只剩下钱

年头的收成后,富人的田地有了改变,一开始是红泥土填地,建筑材料陆续抵达现场,未几,养燕高楼的建筑如火如荼进行。照理说,富人把种稻田地改成养殖燕窝楼是他的自由,奈何,填地时,富人把排水沟一并填满,这意味,往后运河的水能流入田地,却没有排水出口。

周遭受影响的农夫们商议后,要求他在原位挖掘水道以便日后排水,富人振振有词道:"如果下游无法通水,水可从上游排出!"农夫回应:"水往低处流,要往高处排水,太荒谬了!"富人在城镇是超市富商,不曾务农,显然不了解稻田状况。富人极其不耐烦,提高声量答:"排不出水是你们的事,与我无关!"富人的话,与小学课本的故事——羊在下游喝水,狼在上游喝水,狼却怪羊弄脏河水——类似。商议的结果不了了之,因富人坚持:"你们听着,我的律师说,地契清楚阐明我的田地的面积,地是我的,没有人可以干涉我如何处理我的地!"顿了顿,又说:"多年来,你们的水流过我的地,我没有征收'过水费',你们还不知足!"随即扬长而去,农夫们怨声载道。

水道风波最后闹到村长面前,村长再三协调,富人勉强挖掘水道,众农夫松一口气。原来,某些人,除去华丽外表和万贯家财,人格上穷得无立锥之地,呜呼哀哉!

🌴 作品赏析

《富得只剩下钱》是一篇揭示与讽刺富人徒有华丽外表和万贯家财,人格上无情自私、"穷得无立锥之地"的文章。它主要讲述的是,富人将稻田改作养燕建筑用地且堵塞了排水道,不顾及周遭农人的田地无法排水的事,从而引发作者对富人外在富有而内在贫穷的深切慨叹与愤懑!

现实中确有很多类似的事例存在。作者选取了一个典型事例揭示人与人之间、人的外在与内在之间的矛盾冲突,读来让人深思。文章的标题颇具意味,"富得只剩下钱",乍一看是对"富"的肯定,实则是更进一步地对"富"的否定:富只是外表,穷却是人格。除此之外,本文还呈现了富人的几处令人愤懑的荒谬逻辑:"如果下游无法通水,水可从上游排出!""多年来,你们的水流过我的地,我没有征收'过水费',你们还不知足!"

作品正是通过这些荒诞的言行,来突显富人的自私与丑恶,同时也传达出对受害农人的同情与关切。

本文多用语言描写来刻画人物形象,三言两语即勾勒出富人无理、狡诈与贪婪的形象,控诉其人格上的狭小与贫穷。

总体而言,作为一篇讽喻现实的散文,本文短小精悍且感情色彩较为鲜明,所选事例典型、具体且贴近现实生活,给人以较为真切的感受,激发起人们的是非意识与善恶观念。

(李仁叁)

冯学良

冯学良,笔名林野夫,祖籍海南万宁。1965年生于砂拉,幼年迁居沙巴州山打根,40岁移居亚庇。从事文化及教育工作,积极栽培新秀,亦为大马作协永久会员。2007年受委担任大马作协沙巴联委会主席。曾出版个人诗集《一辈子的事》《1997,那一年的风花雪月》《因为有风》《企图》,散文《岁月长河》《古晋旧事》《在异乡边界望月》,小说《走过的岁月》《寻龙》。主编《破晓》《终于,我读懂了马来西亚》《在时光隧道听到风》《隐藏的乡愁(沙巴当代散文选)》《生命,因您而亮丽》。作者的作品亦被收录于"马华文学大系"——散文卷、新诗卷及文史卷,微型小说亦被收录于大马及中国所编辑文选,诗作亦获得两次"双福文学奖"及一次"琼崖文学奖"。

声音消瘦

夕阳西沉,黑幕低垂。

原本蔚蓝的天空,此刻已被夜魔披上了黑篷,逐渐削弱了光明,由亮变黯然,然后呈现凄意的金黄。微弱不堪的晕黄,不敌来自黑暗的势力,只能仓皇遁走,留不下任何痕迹,只好留下墨黑,像画仙不慎泼下了墨水,糟蹋了画面,只好涂鸦黑色。

黑色,是另一种心态的呈现。

这样的天色,虽然此消彼长,时间永远在拔河,但无人敢肯定,在黑白之间,是非对错是否就站对了位置,还是错综复杂,曲折难辨。

一如人性,难分难解,甚至无法区别虚实,更遑论真相。

黑幕已吞噬大地,唯一能与它抗衡的,只有万家灯火。

有稀疏的灯火在吐舌,也有亮丽的霓虹灯在闪耀。

都是灯,却有不同的诠释,灯无声,夜却喧闹。

人城俱静。

借着感觉的驱使,我和妻走在一条稍暗的走廊上,只为寻找可以慰藉五脏庙的味道。横竖是食店,少不了美食。

随着脚步的游离,我们走进了一间咖啡馆。

顾名思义,环境必然幽静,灯光柔和的馆子。

坐了下来,也随意点了菜。

突然有悔意,也许不该踏进这间咖啡馆,让我对所谓的咖啡馆有着负面的诠释,里外不合。无关布置,只有声音是这间咖啡最不妥协的衬托。

新春气氛弥漫全城,这一间咖啡馆也不能幸免,沦陷在一片喧闹之中,让彼此的声音互相碰撞,拼个你死我活,谁才是这场战役的最后胜利者?

很不幸,我们顶上就设有一个声量极大的喇叭,它似乎不甘示弱,击出震耳欲聋的鼓声,而且声声震动,我的小小心脏不禁跟着节奏颤动,似乎不能负荷。

耳根不得清净,只会激起千重浪,精神受到无礼的轰炸,远比身体被炸来得可怕,也更加惊心动魄。

馆内人声依旧沸腾,像极一锅热汤在咆哮,可是所流出的不是美声,而是聒噪叫声。

对于这间咖啡馆的印象,我的好感已殆尽。

没人喜欢噪音,当然包括我在内,尤其是在这种格调不错的咖啡馆。

还是按捺不住,只好要求侍应生把音量调小一点。

看得出,那是一张极不情愿的脸孔,而且颇有微词,我不晓得是否有诅咒,因为我浑身不自在,如芒刺在背,跟跄跌了一跤。

馆内的侍应生都是年轻人,但并非我族。

我仿佛听到另一种声音,字字尖锐刺进我的耳膜,不知是抗议,还是愤懑。

不听使唤,依然我行我素,少理我的建议,所以声音如雷,刺耳难耐。这是时下年轻人的态度吗?抑或心理不平衡?

馆内的来客清一色是我族,而且身着整齐。

不排除我的猜测是对的。

同时也听到另外一种声音,它比噪音更可怕。

当年在默迪卡的喊声清晰犹在耳边,但在这个年代已变调,找不回当年的初衷,还有激越飞扬的情感。当社会进步神速,很多物质都在变,包括声音也在变,变得犹在高喊空洞,制造无来由的噪音,而且刺耳。

有时候,某些声音也来自相同的群族中,所以我的耳朵经常不得清净。

这种声音,才叫凄厉,叫内心撕裂。

这种声音,只会显得意识区域狭小。

如此描绘,各凭揣想。

自小,我对声音很敏感,尤其是对噪音,心底会产生厌恶感,然后不安。

美丽的旋律陶冶心情,刺耳的噪音则破坏对美声的感受。

我企图在美丽的音符中重新对声音进行诠释,但天性使然,我无法接纳对声音标准之外的底线。

我极厌恶超越真善美之外的声音,那是丑陋的人性。

所以,我经常听到类似中国历代厮杀的声音,还有血淋淋的画面,也许血流成河,也许一片肃穆,只有昏鸦在尸体上狂噬血肉模糊的肉身,让偏西的暮色酝酿成凄清的景象。

中国历代皇朝没有不经过杀戮而成就霸业的。

都在嘶叫和咆哮声中建立朝代。

习惯使然,也成了一种文化。

但谁可殷鉴声音文化?

好声音已杳然无踪。

我无法用中华文化来理解这种风气,因为吵闹和争执,已形成不可理喻和理所当然的声音。

我们需要的是饱满而有力的声音,而不是嘈杂无力的声音。

声音消瘦,我们则无力为自身定位。

甚至误入歧途。

回到了这个咖啡馆,那也是无力的声音,原来我依然蹀躞繁华三千,无法自拔,身陷迷宫。

虽然声音轰轰滚动,内容却空泛无力,而且心烦意乱。

污浊尘埃中,各种靡靡之音,我只能掩卷沉思,或在错综复杂中善加思索。

我固然不是圣哲，也非骚人墨客，不过是尘世中的一粒风沙，对任何的声音起不了作用，但在这一刻，我决定不属于喧哗。

草草结束我们的晚餐，只想逃离这个不属于我们的空间，在张皇失措中只留下一个无可奈何的叹息。好声音难寻，我们的文化竟然已根深蒂固，当然无法连根拔起这种陋习，导致我们的形象是极爱吵闹的一群。

走出咖啡馆，耳边的声音戛然而止，只是这片刻的寂静，我能拥有多久？

人生藩篱，乍降伊始，我绝不为戏谑的声音而卑怯。

只好学习该听的时候就听，不该听的时候把耳朵关起来，那就六根清净了。

也许另一种声音，将在耳边乍起。

饱满、充实。

断　　想

拿笃镇距离山打根并不远，只需两小时车程便可抵达。

偶尔因为公干，我会驱车前去拿笃。

拿笃镇的市区范围不算大，由于靠海的关系，建筑物就显得有点拥挤。大致上说，市区的建筑物，以商店为主，并没有太多的高楼大厦，所以那几幢崭新的酒店，就显得鹤立鸡群，格外引人注目。

从飞机场的交通岛环绕而下，是一条很陡峭的马路，像一条倾泻的瀑布，流到市区内。路的两旁，是不同的景色，一边是钢筋水泥的建筑物，虽略带沧桑感，但那几幢新颖的大厦掺杂其中，点缀了繁华色彩，足以让它们感到骄傲；另一边却是一排排木屋，互相依靠，但是井然有序地屹立在那儿。这些木屋，很有规律地靠拢，但木屋建筑本质，却逃不过一股岁月的沧桑感，不管是地板、门槛、窗棂或屋顶，都是古韵犹存。

不同肤色的人，就在熙攘中擦身而过，无法鉴定的脸孔，令我局促不安。

警察局就在这些木屋对面的山坡上。

它的职丽，就是确保市民的生活安宁。

山坡下有一条马路，一直向前铺展。

路的一旁，有一座神庙。

那是关帝庙,坐落在车辆辚辚的路旁。

这一座庙宇,到底有多久的历史,我没去考察,只是从它的外表看去,不管是外墙、屋脊还是支柱,都可以揣测,这一座庙宇,也该建了好些年,走过了人间的兴衰岁月。

顾名思义,这一座庙宇所供奉的神明,正是家家户户所敬仰的关云长,俗称关公的神明。我驱车而过,恰好看见缕缕烟雾从庙内冉冉飘出,把整个庙的大门,披上了轻纱,模糊了视线。从这烟的浓度臆测,这一座神庙的香火,一定是非常鼎盛吧?

我没有下车的打算,更没有供神香火一炷的念头。

因为我是个赶路的人,时间委实急促。

看见了神庙,看见了香火,看见了香客,我忽生断想。

关羽是三国时代的战将,他的事迹,我在《三国演义》里读过不少,他的忠义和勇悍,都为读者所津津乐道,也被民间供奉成神明,成了家喻户晓的人物。关帝庙亦可说是无处不在,只要有华人的地方,就一定有华人在供奉关公。

从古至今,香火都是这样的鼎盛。

只是,有多少信徒是明白信仰背后的意义呢?

这一点,我就无法肯定,也许这是一种风俗吧?

见神就拜,已成了民间一种心理的寄托和祈望,但求心安理得。

曾经有一位朋友推心置腹地对我说:"华人是一种很奇怪,而且心肠很好的民族,喜欢膜拜一些在历史上失败的英雄,关羽是,岳飞也是,不分青红皂白,由纪念变成供奉,无端多了很多神仙,连包拯、孔子也是。"

关羽刚愎自用,结果败走麦城,赔上了性命。

正面的史迹,往往成了信徒歌功颂德的教材,没有人愿意把负面的疤痕,当成历史的镜子。

拿笃镇上的关帝庙,每天静观街上车辆川流,还有路上凌乱的脚印,他能够领悟众生皆苦,只有平常心最乐的道理吗?

佛家有言:不可说不可说!

我想,保持缄默是最好的方法。

香火鼎盛,足可掩饰他的人生中最大的败笔。

我不是盲从的人,所以无须停下匆忙。

而且我一向处事心安理得。

学习看清事理和真相，就不会被迷惑。

我的断想，是另一种生命中的领悟和体验。

我在学习着。

🌴 作品赏析

作者对拿笃镇的整体进行了描述，进而着重介绍了神庙。由神庙、香火、香客，作者忽生断想，从关羽到岳飞，连包拯、孔子也是人们供奉的对象，佛家的不可说不可说，正如作者所说的保持缄默是最好的办法，作者不盲从，一向处事心安理得，想要不被迷惑，就要学习看清事理和真相，因而作者得出他自己的断想是另一种生命的领悟和体验。

神具有象征意义，它象征了人们对美好事物的寄托、希望以及祈祷甚至是求个心安理得。用正反对比的方法，正面的事迹，往往成了信徒歌功颂德的教材，但没有人愿意把负面的疤痕，当成历史的镜子，具有一定的讽刺意味，从侧面表现了人们的侥幸心理，想借助神灵来求得内心的宽慰。通过人们的行为来突出作者自己的断想，是对另一种生命的领悟与体验，但作者从侧面反映了人们的肤浅，人们很容易被事物的表面所迷惑，不能够脚踏实地地学习看清事理和真相，讽刺了当代人的浮躁心态。

这是一篇幽默的散文，以幽默的语言来讽刺现如今人们浮躁的心态，不脚踏实地，想通过捷径来获得心安理得的效果。同时也表现了现如今人们盲从的心态，无法坚定自己的信仰，易被人误导，寥寥数语，却包含着深刻的哲理。

（张瑞坤）

刘爱佩

刘爱佩(英文名:LAU AI PEI),生于 1967 年 4 月 23 日,客家人,教师,有二十多年的教学经验,目前在马来西亚首都吉隆坡一所华文小学担任咨询辅导老师,也是该校乒乓校队的负责老师之一,假期时带领球员出征全国赛。空闲时喜欢阅读、写文章和旅行。爱学生,爱球员,更爱陪伴孩子成长。

我也走"红地痰"

2017 年第 54 届金马奖颁奖典礼圆满落幕。想起当天各地明星偶像电影人荟萃一堂,走在星光大道的红地毯上时,可谓光彩熠熠,亮眼又吸睛。

我也走红地毯,只是此毯非彼毯。故事要这样子说起……

这是一所接近百年的华小,也是许多家长的首选。华小隔壁是一所高级公寓,公寓前面曾经是百货公司,后来一再转手,也不晓得换了几回主人家。如今其中一个单位租给孟加拉国领事馆。短短的一个月内成了孟加拉国外劳的集中地,瞬间热闹起来。

天刚破晓,他们已经来到这里,蹲着站着靠着挤着,到处人头攒动。他们如此紧密相连并不是要在晨光中取暖,而是为了排队不留空隙,生怕一不小心,圈中人会像灵活的小老鼠般钻进去插队。这也是为什么我时不时会听到他们的起哄声。

每天早晨我必须走过近 100 米的路去上班,但是每一回我都必须快步冲刺,完全不能像走红地毯那样挺直腰背敲响鞋跟,悠游自在踏步向前。由于我走的是"红地痰",必须步步为营,左闪右避地雷般的痰阵,有时还要闭气三五秒,因为走在其间,不知是阵阵薄雾在空中飘散,还是烟气弥漫,真叫人无法呼吸。

此外，一不防备，就会听到清清喉咙，"呸"的一声，一团脓性分泌物、黏稠米黄色的"痰雷"就地落下。如果早晨清风吹起，"红地痰"的病菌和致炎物质就会在空中随风飘送，天呀！我怎能不逃之夭夭。

同事关心地叫我出门时务必戴上口罩，以免细菌感染。他们更担心我这弱质女子会因此招惹肺痨，这使我惶恐不已，因为肺感染会造成肺功能受损，这绝对是不可逆的事啊！外劳大哥们，请听我说，我完全没有歧视你们的意味，反而同情你们到本国成为劳工，赚钱养家糊口。我还听说你们是腼腆、善良、有礼、吃苦耐劳的族群，但是，拜托！拜托！请注意环境的卫生，请爱护自己和身边的人。如此，你们才能赚取财富衣锦还乡，祝寿享福啊！

我的红地毯，痰迹斑斑，到处是烟蒂、空塑料瓶、包装食品袋、纸张碎片等。这些固体废弃物，成分复杂多样，不仅污染环境，且危害健康。我的红地毯，原来你的别称是一座垃圾围城。

这道"红地痰"是我上下班必经之路，可是我只能做低头族，生怕踩到"痰雷"。我的心总是产生莫名的感觉，我怎么也想不通，孟加拉国的领事馆为什么会在一所象牙塔隔壁？谁能给我答案？我痴痴地望洋兴叹。而明天，我又要走"红地痰"了……

后　记

经过当地居民，家长，学校行政、董事和家教协会成员无数次地投诉，大家折腾了好几个月，最终政府下令有关领事馆必须搬迁，我们才恢复健康的环境，我才能昂首阔步向前走。

作品赏析

本文是一篇富有生活气息的写实性散文，主要讲述了孟加拉国领事馆搬到了华小附近后，作者每天上班经过这段脏乱差的孟加拉国外劳集中地段的遭遇。作者把走这段痰迹遍布、烟气弥漫的路戏称为走"红地痰"。

为了引出本文的话题并形成鲜明对照，文章开篇即提到第54届金马奖颁奖典礼时明星们走"红地毯"的情形，"可谓光彩熠熠，亮眼又吸睛"，紧接着便讲述自己走"红地痰"的来龙去脉，整体看来颇具有一种自嘲和调侃的现实意味。

本文的一大特点是善于通过心理描写，比如"……这绝对是不可逆的事啊！外劳大哥们，请听我说……拜托！拜托！请注意环境的卫生，请爱护自己和身边的人"一句，就尤为真切地刻画出"我"走这段"红地痰"时的忌惮和无奈，态度恳切而真诚。同时文章中夸张、比拟等修辞手法的积极运用也增添了语言的趣味性和形象性，比如"生怕一不小心，圈中人会像灵活的小老鼠般钻进去插队""'呸'的一声，一团脓性分泌物、黏稠米黄色的'痰雷'就地落下"等句就很好地体现了这一点。

当然，作者在具体展现自己走"红地痰"的忌惮与无奈的同时，还积极描绘了孟加拉国外劳集中地的外劳们的艰难和不易，表达了作者在批判的同时对辛苦"赚钱养家糊口"的劳工们的深切同情，这也使得作品因而更具有一层深切的社会现实意义。

（李仁杰）

杜忠全

杜忠全，马来西亚人，祖籍福建同安，1969年2月出生于槟榔屿。新加坡国立大学中文系文学硕士，马来亚大学中文系哲学博士。现为马来西亚拉曼大学中文系助理教授兼金宝校区系主任，长期专注槟城在地书写与民间文化搜集。2005年获第八届星洲日报花踪文学奖散文推荐奖。迄今结集作品有《槟城三书》(套装)、《我的老槟城》、《恋念槟榔屿》、《乔治市卷帙》、《作家心语：马华作家访谈录》等，并主编《乔治市：我们的故事》等书。

教书不是一份好差事！

教书不是一份好差事，这是这些天里我由衷的感受！

事情是这样的：最先是在几天前的一个入夜时分，我在新关仔角的露天小贩中心兜转搜寻着，瞥见了目标之后，正待兴冲冲地朝前凑过去，却让人在背后把我给喊住了。转过身，我看到的是一张既有几分陌生又捎带几分眼熟的青春面孔。"哦，是你呵，怎么会呢？"我笑呵呵地说。虽然没即时地把她的名字给喊出来，但我终究是记得她的。扯开话题谈了几句之后，仿佛一松手，我就放掉了几秒钟之前还紧紧抓在手里的味蕾纤绳，蓦地就掉落入了记忆的深渊！噢，岁月倏忽，这一晃眼之间，竟然已经过了这么多年了呵！当年的小毛头，而今都已变成眼前的亭亭少女了，时间真是残酷，都不让人有稍微犹豫与留恋的片刻！回来之后，我在心里埋怨着。

那之后没多久，我又接到一个旧学生发来的电邮。相当长的一封邮件，里头要让我知道的，不过就是她又一次毕业了，其他的都是她一股脑儿抒发的一堆感叹了。哼，又毕业了呵，但你还没回来开始工作呢！到了那个时候,如果再要发什么感叹的,恐怕就不是你了哩,我心里满不是滋味地揣想着……

我说的是没错的,教书并不是一份好差事!教书嘛,首先就少不得要一年又一年地迎新送旧,过着没完没了的"迎送生涯"。即使是学生不在自己的眼前毕业,有些却也难免要来通报消息,好意地说是来同沾喜气,其实却是带着铁一般的无情事实来示威的——嘿嘿,老师啊,你看你看,你的学生都已经大学毕业了,你就别再死皮赖脸地不肯跨越那18岁的门槛了,这虚张声势的不老神话无论如何已经是穷途末路的了,还是面对现实认了吧,老人家!一届又一届地迎新又送旧的,这迎来送去之间无声流窜而去的,终究还是自己的青春呵!我感叹地说了句青春易老,一个大学同学便即时从台北回复了电邮,说他正好参加了谢师宴回来,自己连续带了3年的高中班学生,这当儿终于毕业。青春的代价,感觉就只换来那样的一场筵席,吃饱喝足又嬉闹扯淡了一番之后,青春小鸟们便都一去不回头,留下那继续留守岗位的老青春看着远去的一个个背影斯人独憔悴,这真是够残酷的!

教书无论如何不是一份好差事,不待这一刻的到来,还在几年前,我就已经有所省悟的了。那个时候,我曾经向学生开玩笑地宣布:"教书这一行啊,我们的'售后服务'似乎是无限期延长的!"说得庄严与有文化一些,那是叫作什么"一日为师,终生为师",其实呵,那里头真正的含义是:不管学生毕业离校了多长的时间,即使是三年五载都不曾来探问冷暖的,但一旦对当年我们所教的功课乃至相近的范围有了疑问,那么,即使是在三更半夜急惊风的电话铃声过后,我们还是得扛起那"传道解惑"的天赋职责,给提问者回一个满意的答复与方向——即使那家伙是来"不耻下问"的!

教书绝对不会是一份好差事!商场上有一句人尽皆知的"货物出门,概不退换"的响亮口号,原则上,只要是"银货两讫"了,买方与卖方就两不相亏欠了。然而,对于教书这一行来说,这终究是,啊,无效的啦!在"一手交钱,一手交货"的一次性交易里,天晓得,"教书的"在这"交易"里头,往往却是金钱收益最为微薄的一方!然而,在"银货两讫"之后,他却得独自承担那"知识销售"之后所附送的"保用年限",并且还是不计年限地提供着"后续服务"!在这"保用年限"内,"买方"似乎是终生享有免付费且无限次地在电话乃至互联网"线上下载更新版本",乃至于进一步取得"最新开发升级版"的"消费者权益"。对于受业的一方来说,这真是一桩"买一次,用一世"的完美交易!然而,对于授业的一方来说,就算是后来自己都离开教职了,但却"万般带不去,唯有业随身"——这些过去所结下的"业缘",往往都还要紧紧尾随在后,终生都不得开脱的呢!

喔,一直唠唠叨叨地数说着教书这一行的苦,其实这只是为将重新"下海"掺和着"玩两手"的自己寄以一份期勉,只是这样而已了,千万别想得太多了呵!

🌴 作品赏析

《教书不是一份好差事!》这篇散文主要从三个方面说明了作者在文中反复强调的"教书不是一份好差事"的感受。其一,教书少不得要一年又一年地迎新送旧,过着没完没了的"迎送生涯",在这一届又一届地迎新又送旧中,教师的青春也无声地流窜而去;其二,教书这一行的"售后服务"似乎是无限期延长的,无论过了多久,无论何时何地,只要教过的学生有疑问,一个电话过来,教师就要扛起那"传道解惑"的天赋职责;其三,教书这一行不仅金钱收益最为微薄而且还得不论年限地提供着"后续服务",终生都不得开脱。文章看似是在唠唠叨叨地诉说着教书这一行的苦,其实是一种自欺欺人,只是因为即将离开教师这一岗位,为自己的内心找一份安慰罢了。

这篇散文语言幽默风趣,笔调轻松诙谐。文章开篇就由一句"教书不是一份好差事"的感受,引出了自己前几天在路上碰到了一个曾经教过的女学生。两人谈话间,作者"仿佛一松手,我就放掉了几秒钟之前还紧紧抓在手里的味蕾纤绳,蓦地就掉落入了记忆的深渊!"时间是残酷的,它让一届又一届的学生来提醒教师们,"还是面对现实认了吧,老人家!"作者更是将教书和商品交易做类比,指出教书的"售后服务"是无限期延长的,并不是"一手交钱,一手交货"的一次性交易,这样的比喻新颖独特,表达了作者对于教师这一行的苦深有体会,同时也表现了作为教师的该有的职责。作者将本该严肃、神圣的教师的"传道授业"的天职用这样一种金钱交易作为对比,其实也是以幽默的笔调揭示了教师的无私奉献和辛酸不易。文章最后却用一句"千万别想得太多了"开玩笑似的结尾,仿佛一切的诉苦只是作者的一个玩笑而已。

杜忠全善于运用这种幽默笔调,略带自嘲式的风格,描写了教书这一行业"传道授业解惑"的神圣职责，以及教师背后的无私奉献与辛酸不易，其实更深层次地揭示了教师在这个社会上的地位和价值。读完文章，不免让人陷入沉思。

（刘世琴）

许通元

许通元,生于 1974 年,马来西亚人。现任南方学院马华文学馆主任、图书馆副馆长,《蕉风》编委会主席暨执行编辑。曾荣获第十一届大专文学奖小说首奖等。出版小说集《双镇记》、散文集《等待鹦鹉螺》。主编《有志一同:马华同志小说选》,编有《跳蚤:商晚筠小说集》《等待一棵无花果树:黄远雄诗集》《诗图志:辛金顺诗集》等。

记得遮住 Bird Bird

(一)

电脑屏上,久未联络的女同学热情 MSN 传讯,诚邀登录刚完成的博客。这时代流行博客,记录心情写照,上传手机相片、喜欢的音乐、某条警句、感人情诗,与好友共享。不学学唯恐落人后头,她说。然后请我瞧瞧掷金费时拍摄完成的新婚照。过程似乎再艰辛也不为过,当新娘新郎脸上绽放最灿烂的笑容时。

蓦然瞥见她 MSN 照片换上新造型时,我质疑的是查看影中人怎么神似容祖儿,确认后才敢继续沟通,担心不小心搭讪骚扰。她自嘲左看右看上看下看近看远看,无论怎么看,完全不像真正的自己。心里暗忖,或许是解嘲,另一种赞美自身的说法。抄下网址,快键按下 ENTER。画面转换,原本记忆中的女同学身影,无需想象——眼前人披上旗袍、婚纱、西藏传统服等。平常一贯的轻松装扮,转眼形同高贵典雅少妇。照片再转换另一张时,少妇遽然化成野蛮女友,露着使坏的表情,搞得我会心一笑。滑鼠轻按,画面呈现年轻貌美,脸如天使纯洁的少女。原本略黑的脸孔白皙红润,惊人的是脸上的所有疤痕似磨过砂,滑似豆腐。梁朝伟与刘嘉玲在不丹的婚纱照亦成模仿对象,新娘穿起来犹如土著服装。

大学同学紧张地追问花费整万元新币的照片效果。这是为了准备人一生一次的结婚仪式,同时为了刚设计装修好的新居,增添墙上风采。我联想悬挂于米色墙上的肖像照,两人笑得再灿烂的脸,额前不露一丝皱纹,眼尾没有鱼尾纹;脸颊难见凹凸丘疹疙瘩;她先生黑发覆顶,未见脱发迹象,灯光打照下脸色稍微红润。犹如完人的效果。她还电邮晚礼服照片,询问婚宴上,穿哪件晚礼服能惊爆压场,孔雀开屏般做最完美的演出。我差点要直吐:演垂死天鹅啊,还来最完美的演出!

在 MSN 上,我虚伪地说:"怪不得你多少钱都砸下去,人一生很大可能才那么一次!"

她连忙回应:"在诅咒我?"

我说:"虔诚的祝福,新娘总是特别敏感。"

她开怀地接受"虔诚"祝福,忘记了"咒语"。我甩掉壁虎尾巴般跟着逃亡,连忙转移话题:"学部部长召唤,即将开会讨论课程问题,待会再聊。"我马上将其名在 MSN 上暂时删除,以免不必要的骚扰。

(二)

对于婚纱照、肖像照等,过来人兴趣难免缺失。班上学生爱手执手机,镜头对准前方猛拍。我常技巧性地避开镜头。避开时还不能露出丑态,尽量保持仪态,担心他们真的拍摄到鬼样,兴奋地放上部落格请全校同学轰炸留言。我常故意恐吓学生,搬出肖像权,要付模特儿费用。一切妄语无效。他们依然在课堂上,在我举手投足之间,偷偷提起手机,然后宣称自拍,不然假借说留作日后的纪念,或讨我"欢心"说老师这么帅,多拍几张都是上镜的啦! 我说不用专业相机,起码采用数码相机拍摄,还跟老师学过摄影呢! 学生回应:"老师,什么时代了! 手机拍摄的效果,pixel 好得吓人,可以放大到你逃得没命的国度。"那清晰度更不用说! 我只差没被这班相熟的学生激死,骂老古董。其实,私底下,我亦偷买了最新款的手机拍摄房内静物,户外风景,走动的路人,举起步伐不看人的死猫,效果算好,但是与专业相机比较……怎么比? 时代产物与专业摄影,别搞笑说废话了。

回到宿舍后,煮了番茄蘑菇意大利面,加入特多的芝士,配上一碗蘑菇汤,轻易满足。观赏半个钟头的蓝地球纪录片溺宠自己后,我开始照片修复工作。未赴美国进修前,我在新加坡相馆及新山相馆流连。在摄影棚拍照,熟悉修复照片的过程,下手特别谨慎,尤其是照片呈现的自然性。新娘穿无袖婚纱,原本要露性感,结果腋窝形成的黑线在照片放大后过于明显,更何况还不小心露出乌黑的腋毛,确实不太雅观。于是,我移动手指,在轻轻触笔挥舞之下,腋窝几乎若隐若现。朦胧感产生距离美,隔一段距离之后观赏,效果更佳。

　　触笔修复过程下手不宜过重,唯恐照片失真,难现真人效果。这是实习照片修复工作时,修复师傅教导的第一法则。师傅继续啰唆:"人在所谓完美之下,想象往神或完人的模样靠移。"神或完人并非人。我心里在嘀咕废话。人需要舒服的色调,某些自然的线条。当然这亦可特别加工,让顾客误判自己亦可变成完人,即使是永存影像的那瞬间。对于常人,那已知足。或许人生有太多的不完美,所以人才一直在追求完美。但完美反而失却了人真正的气息,似太干净的街道少了人气,仅是刻意打造,不似有人存活的空间。时尚杂志常犯"完美"的错误,将明星打造得近乎完人……我的思绪开始游移。第二法则:触笔下手过轻呈现不出效果,仿佛未修改。如何平衡是经验累积,长期训练。我当然记得师傅所言,即使是废话。重点是修复一张照片两分钟,数元入袋,一沓照片几百元入袋,恰好满足购买一双 NIKE 球鞋的高涨欲望。

　　眼前照片上的新郎国字脸下巴被画圈,意味着相馆要将太方的国字脸,修成瓜子脸下巴。我不懂这是什么美学。师傅那时没说,仅告知就是这样修改,一分钟半后,向我炫耀突显的效果。师傅说:"你看,是不是?那脸马上好看很多。"我奉承您吃的盐确实比我吃的饭多,不点破大家都是打工赚新币,其他事只眼开即可。从那刻起,我开始明白为何以前我在小学英文老师家中瞥见她女儿的新婚照片,无论如何远观近看,都长得不像她女儿本人。她女儿与我相熟。未上高中的假期,小学老师请我为她初中的女儿补习。我说老师,您自己教即可。她谦虚地说:"我只教马来文啊,你可以教全科,而且我放心。"因此,我是"眼睁睁"瞧着她女儿长得亭亭玉立。然而,她女儿挂在墙上的婚纱照,感觉极度陌生、怪异。以前不知问题所在,一直到我学习修复照片,逐渐明白现实与照片的真正距离,尤其是花大笔费用买来的美丽婚纱照,打造完美效果最为紧要。相馆最重视顾客满意的甜美模样。

　　翻阅着手中的照片,新娘低胸婚纱照露出的乳沟太深,红圈牵扯着我的目光。耳边响起师傅的声音:不是每个女人都够条件露乳沟,尤其东方女性相对而言保守,少露。因此除婚纱照看起来不太自然之余,乳沟若太深在照片的视觉效果显露得过野。乳沟线条修复浅一点,是照片修复的基本原则。若新娘怀孕至凸出大肚或小腹,那修复过程更麻烦费时。相馆开门做生意,总不能让付了昂贵费用的顾客在一生中留下未婚先孕、先上车后补票的凿凿证据。因此,这种照片通常都会画大圈,需要在电脑画面上大修特修。微凸或圆滚的腹部,转眼成了平坦、健美的腹部。不着痕迹,真的感谢电脑软件的功能。如果是早期底片修复的年代,还要用溶剂从底片的某处去掉氧化层等,那"动手术"的工程可想而知。当时的我,在旁仅嗯嗯的回应。

瞥见眼前印度夫妇的新婚照,我为之高兴,因为他们肤色够黑。并非我种族歧视,反而还得感谢他们黑黑一团,无须怎么修都是那么好看。重点是工本费用照收不误。那时师傅曾开玩笑地说:"一白遮三丑,一黑遮全丑。"等实际接触了真正的照片,我才明白师傅玩味的话语。其实师傅还曾亲授我另外一个好笑的"武功秘诀":记得遮住 Bird Bird。我初次听闻时,马上回应:"什么来的?"他继续说:"记得遮住 Bird Bird,这是我家小朋友称呼的。"我笑出声了,当他指着新郎裤裆突起的部分。他说新郎站在新娘身旁或坐其侧,倘若裤裆突起,要安抚作怪的小弟,或突然皱褶得不是很好看的部位,修复时尽量让皱褶自然点,庞然巨物似乎仅适合留给好友话题或闺中术,不适合挂在大厅、网上部落格或寄给朋友。我再次笑出声,打着师傅的肩膀说,想不到您还专业到挺幽默的。师傅嘿嘿两声,继续说修复照片就是睁大眼睛注意照片的种种漏洞,照顾顾客的雅态,别让他出糗。

(三)

在新加坡的摄影棚修复照片的工作中,纵然师傅异常关照,实习经验与日俱增,终非我长久谋生的目标。况且在邻国,每日工作往返新山,身心俱疲,于是回返新山觅职,与周遭的相馆开始熟悉。逮到机会,储够了钱,我远赴美国修读媒体影像。硕士毕业后,虽然在学院教书,兜兜转转,我又回到修复照片的工作上。教书虽然愉快,每天贪口舌之快,但是我也拒绝不了修复照片赚外快的良机。结果照片修复的工作愈接愈多,两三间相馆有时都赶紧要,日夜赶工,我干脆辞掉教书全职,转为兼职,专心修复照片。一个月的酬劳比教书薪金高出一两倍。之前以为自由无束缚,结果时间不受控制,小命累坏残喘。

每次修复完一个"工程",在送货时,死硬拖着屋友赴电影院观赏刺激感官的电影,岂管那电影是精品、赝品或劣品。屋友讥讽还读什么媒体影像,选了垃圾电影浪费时间。我回应舒缓一下紧绷的神经。况且整天对着电脑修复,或观赏艺术电影写评论,或教学生一大堆他们根本毫无头绪的课业,生活也太"无趣"!屋友怪我媚俗,说我反而应当开导学生去探索未知的领域,扩充视野,多尽一些职责。我辩说媒体人总要跟随时代的脉搏跳动,那是媒体人关心的本分。

我的时间似乎越来越紧,原本说少教书,辞了全职,争取时间做学问,多阅读书籍,多看电影,以实现博士梦想。屋友知晓我认真,好意陪同我直赴新加坡图书馆找升学考试资料。事实是修复照片的工程一单接一单,没完没了。有时日夜赶工,腰酸背痛,睡到黑眼圈,躺卧床上赖床,连课都不太想教。最后索性搬回老家,预留多一点时间陪家人。仅有教书的一日半,在走廊偶尔遇到前室友,打招呼,闲聊两句。他询问:"这就是理想的追求吗?"我嘿嘿两声,回应道:"梦想依然在西方航行,不过车期待供,未来学费在筹。"他笑着说:"改日再聊,学生在课室等候。"他如疾风来去,我望着他远去的背影。

路经相馆,"蛱蝶・绿林"的店名,巨大的广告牌打着大自然主题,但是照片罩上了灰蒙蒙的色调,失去生气的婚纱照。车上的家人马上说有点阴沉,像遗照。我笑出声来,急忙仔细打量。我没跟家人扯谈修复照片的课题,她们似乎也避开,仿佛一种会心的相知。或许家人连修复照片的概念都搞不清楚,但是这又有什么关系。今日特意闲赴一场海鲜飨宴,重点要吃得爽,拍几张好看、无须修复的照片留给家人。照片无须修复,不用增添自己的负担。多花一点时间、记忆,留给家人,当成补偿。补偿未来无法陪伴的时间,虽然尚不知何时将再次借着修复照片筹获的储蓄,重新踏上未知的旅程。我突然想起修复照片的师傅,也应该找个时机请他吃顿饭,感谢他教我苦中作乐,多亏他讲得出:记得遮住 Bird Bird。

(四)

"哥打肉骨茶之旅",全名应称"哥打丁宜肉骨茶奇异旅程"。纵然有点似好多年前刘德华、李绮虹主演的《奇异旅程之真心爱生命》,但比电影有趣好玩。此旅不仅有美食,更配搭佳肴之景,拜会奇异之士,品会生活难得之美好。

未赴会前,同事们早已传言这场美食之旅自士古来开车费时一个小时,等待美食端上至少半个时辰,甚至一个时辰,急躁发火走人者皆有。另一友人透露此肉骨茶胜在其景之佳,仿佛反映并非其味让食家留恋……车上行旅时,传话之中,听闻不仅警察对其树大招风的声誉深感兴趣因某事而前来查封,甚至更有高权势者路过,见诸多车辆停置半途马路边,事觉蹊跷。询问下属,为何有此奇景,有人吐露此处出售山猪肉骨茶,侵犯甚受保护的柔佛山猪之权而产生了查封的借口。后来彻查,原来是场有山与无山的猪肉误会。传开后肯定持续展开其传奇性,毕竟人都爱听故事,特别是谣言或妖言,尤以惑为者更甚……出发前,早餐原定于老东升茶室,但开斋节没做生意,于是换去卫生园。

安德鲁所称的"更上层楼"茶室,源自书法家金荣的"更上层楼"牌匾。百年咖啡店,移植过来传了三代后,楼下无需招牌,登楼才瞥见郑天炳以醉墨之名书写的"卫生园"。店址在乌鲁地兰,某条卖金没金、卖表不见表的当铺街二楼。老字号咖啡或奶茶,金荣推荐奶茶,另点了擦加椰与抹牛油的蒸面包与烤面包。菜脯黑酱油撒在洁白的水粿上,外加米粉配块酿豆腐及甘榜煎蛋。吃到饱的美食之旅开始了。原本约好同赴哥打,初次见面的友人,一位在室内似王家卫戴着黑眼镜略瘦的退休按摩师,另一位绰号"天下第一雕",我与友人笑称"天下第一雕"——容易联想起陈百祥饰演的《唐伯虎点秋香》中祝枝山作书画时,最后赤裸贴上画纸的那只神雕。

而雕哥胜在雕刻木匾,人也偶吐幽默,笑称卫生园,偶尔故意跟朋友聊成在"卫生棉"喝咖啡时,还放低声量。

美好时光快慢过。

没直赴哥打半途的强记肉骨茶,略嫌路途偏远耽误了早餐时间,而早餐吞噬肉骨茶对肠胃稍微激烈,况且安排者已经订位选肉自携菇菜茄瓜加料,安排成此旅压轴好戏。因此穿越沿途热带风情如棕榈树等,步入久闻的正艾(Cengal)木厂。木厂地上表层垫底的木屑,使人忆起了故乡甘榜尾河边靠近三姑家的木板厂,每次赴民丹我外公家要越过对岸的河边板厂,还有实习时赴诗巫估价走一两天才走完的板厂。然而眼前所在的木头及木板,并非一般三夹板或板块,而是西马珍贵的正艾木,甚至有些是深埋雨林地底600年的树根、树干。不识货的俗人仅当朽木不可雕,而当宝者用此防虫防蛀坚硬扎实的特质树木,制作艺术茶桌、字牌木匾、个人风格办公桌、书桌或西式餐桌、洗茶槽、梁柱、庭院桌椅、长凳、装饰物等。由于其木色褐红,或接触空气雨水一段时间后变成暗红或呈深褐色,另有自然诗意的气息,深受文人雅客喜爱。

转赴一两百英亩的菜园,瞥见厂房地上铺展晾干的是带有豆荚的沙葛种子,才惊觉自小爱吃的芒光菜板,种子是有荚子包住的。在喝茶长桌旁摆放着多件家私,如私人展销会,再配上眼前的一丘丘菜园,偶尔缓缓越过的载菜车,赏心悦目喝闲茶,自叹好时光。菜园庄主跟随一辆开篷马赛地跑车走进视野,车主自携孖公仔普洱茶。庄主亦打开苦茶夹着喝。听他们各自精彩的故事,从甘蔗白糖的故事,到油棕油提炼的过程,喝着嘻哈玩乐知识性无事型的早茶,在精美的艺术茶桌上,在倒茶品茗间,美好时光快慢过。

肉骨茶果然名不虚传。

强记肉骨茶在哥打巴鲁马威路旁,搭建了亚答屋。纵然是中午时分,人满苦候,但感觉有部分树有遮阴亚答屋顶的功能,凉凉的。不然炭烤的热烘烘得肉骨茶,肯定让顾客流汗。

原载于《星洲日报》副刊

2012 年 10 月 19 日

消解乡愁

不知是为了讨我欢心,还是你也爱上我的乡愁,询问想去哪里吃晚餐时,你会蓦然地杀出去吃"砂勝越哥罗面"。我一定兴致勃勃地点头说,好哦。于是我们出发,从南院大门向左边两旁大树荫的反方向开出大路,绕道去对面的皇后花园 777 海鲜美食中心。我指向后面的大树荫说,一年 365 天南院最美的地点,就是清晨时从金山岭慢慢走下山坡一直到南院大门口的那段路程。你附和说是呀,那有小亭流水莲花池的人工花园仅能陪衬一片遮阳的树荫。

车子开出路口,经过开张不到一年就被收购的 Xtra Hypermarket。车子在天桥底下奔驰,路过进入胡姬花园的路口。然后在蚬壳油站的第一条路径,随大多数流动的车辆左拐,抵达原本号称新山最大的购物广场Kemayan City 的路口。排长龙的塞车再现,尤其是下班时间。那路小,驾驶者小心翼翼地避免与旁边的轿车强吻。Kemayan City 未建好就沦为废墟，屋瓦破落，支柱撑天，镜片落满地而开花，停车场与店面没屋顶遮掩，水淹及膝乃平常事。那天李添兴导演路经此地时说："是拍鬼片的绝佳地点。"果然很传神。

Kemayan City 在易手过两三次后，及时补建一条方便购物者从左到右的通道，最后只便宜了我们，如今善用此道，更快抵达目的地，解决辘辘饥肠。车子趋近国光华小，驶进皇后花园，奔向不远的皇后广场后，右拐。榴梿、山荔枝到处贱价在售卖。我开你的玩笑说，猜猜看为何榴梿跌下时，从来没误伤捡榴梿的阿伯。你正经八百地说因为榴梿长眼睛，不似椰子直坠时，击伤人头酿悲剧。我说因为榴梿的刺怕刺痛阿伯。你骂我无聊时，我们经过"一家人美食阁"店外，正宗砂朥越哥罗面的面摊。那胖女业主还未开始营业，都快晚上七点了，怪到无药可救。之前我们挨饿地等，跑去隔壁的漫画店，浏览一些日本漫画、电视小说、日剧、韩剧……期望会在沙砾中捡到金屎。

他那时未婚，是我们的饭友，爱载我们来享受胖女业主的哥罗面，说比777 更大碗，吃得特饱。他的论调趣味十足：由于胖女业主的身型，因此给予顾客的分量特别慷慨。他说若不相信，我们可做对比。正如他所言，分量确实多了一半。果然是诗人敏锐的观察。虽然，胖女业主煮的面食本质是接近砂朥越哥罗面，但是她配搭的作料让我不敢恭维。我经常请她别放红烧肉，青菜要多一点。她会淋上特多的肉碎，捧上一碗汤，浮荡着两颗云吞。那云吞肉馅有如酸梅仔般大。最让我介意的是她好心赠送几粒炸云吞，抓了一把正方形的炸云吞皮，堆满了一座山似的碗。再加上她放的葱油特多，吃到最后略嫌腻。凡是砂州人都知晓哥罗面长什么样，配什么作料。哪里会杀出炸云吞、炸云吞皮。屡次劝她别放，她偶尔会忘记，故意地好心加料，似乎如此就可以讨好士古来这一带的顾客。我常怀疑她到底是哪里人，虽然口口声声来自砂朥越。哥罗面来到异乡打出砂朥越的名堂，却是符合士古来的变种食品。她煮的干盘面，质地不似哥罗面被电成卷发般，但是配料与哥罗面如出一辙，味道似乎没什么分别，让我啧啧称奇。

我那位诗人饭友最后爱上了来自砂朥越的福州女子，可能是与哥罗面有关。因为我相信与砂朥越辣沙无关。她某次煮砂朥越辣沙时，我在专家楼底层筛选陈松沾的赠书。当我不小心闻到乡愁时，赶紧跑上去探看为何乡愁会钻进南院来。很明显,香气源自砂州的她之巧手。他偷偷摸摸与她形影不离后,我们也就不敢越雷池一步,饭友成了陌路人。某次他竟然约我们这些前饭友吃饭,受宠若惊后才发现,原来是她在煮砂勝越辣沙,而他因嫌辣沙的虾有"毒"不吃,宁愿陪我们吃饭。那应该是饭友告别的最后一餐。因为我再也没在南院嗅到砂勝越辣沙的香气,而他也没在我们吃饭时似阿拉丁神灯的魔神突现。即使他出现了,我们可能会寒暄几句后迅速抽身,避免打扰人家相聚之好事。到了这种阶段,饭友之缘也算告个段落。

走过胖女业主面摊,留恋之前卖椰浆饭的那个小子一瓮瓮盛着的咖喱羊肉、忍当牛肉、炸鸡腿、鲜红的亚参大虾等马来菜肴,尤其是潘兰椰浆饭喷香,挑起腹内跳动的食欲。现在此处最显眼的是台湾香肠招牌,它在晃呀晃。右拐时经过卖糕点面包粽子的档口,买了一包奶色的鸡蛋糕,母亲说这是最容易做但也易被乱开价的祭品。祭品除了祭祖,最重要的是祭拜自己的五脏庙。每次吃祭拜后的食物,总觉得确实少了一些原来食物的味道,然后手上的汗毛就会肃立,自己吓自己。

777 海鲜美食中心的大荧幕正播放《警察故事》,张小姐早期未整容前的土模土样青涩无比。我不管三七二十一点了三碗哥罗面,因为知晓你们是无须考虑就会陪着我一起吃的。你们还叫了一盅西洋菜汤或老黄瓜排骨汤,而我只想单纯地消解乡愁之味。那最纯朴,源自童年、成长一直到成人的记忆,那种牢牢套住无法自拔、无药可救的味觉嗅觉再加上视觉的一种"飨宴"。

浇上均匀红烧油的哥罗面终于端上来。上面铺了一层红烧肉、切片黄边白鱼饼、青菜、青葱等。一小碗汤虽不似砂州纯种的肉味清汤撒些青葱,但是有我爱吃的紫菜。吃一口筋道的哥罗面,免去了每次有同乡回家时叮嘱他们记得打包飞机上的哥罗面的困扰。吃一口充满乡愁的哥罗面,母亲在电话中总是询问几时会回家哦!再吃一口,我开玩笑地跟你们说,吃不饱,我等下再打包回家,临睡前再一次消解乡愁后,进入甜美的梦乡。你们笑得见牙不见脸。我相信是哥罗面的关系,多过我言语的幽默。

🌴 作品赏析

散文《消解乡愁》讲述了"我"作为一个游子,通过食物"砂勝越哥罗面"

来缓解乡愁。其中"我只想单纯地消解乡愁之味。那最纯朴,源自童年、成长一直到成人的记忆,那种牢牢套住无法自拔、无药可救的味觉嗅觉再加上视觉的一种'飨宴'"这一句话,可以视为文章的主旨句,直白地表达出许通元内心深处浓浓的思乡之情。

在《消解乡愁》中,有不少颇具幽默感的句子,如"跑去隔壁的漫画店,浏览一些日本漫画、电视小说、日剧、韩剧……期望会在沙砾中捡到金屎""祭品除了祭祖,最重要的是祭拜自己的五脏庙""吃一口筋道的哥罗面,免去了每次有同乡回家时叮嘱他们记得打包飞机上的哥罗面的困扰"等。文末一句"我相信是哥罗面的关系,多过我言语的幽默"则道出了许通元在创作《消解乡愁》时幽默感的灵感来源。

许通元的散文总是充满着密集的信息,围绕某一话题可以生发出无限丰富的联想,用片段刻画和素描的形式集中表达内心所想所思。有时段与段之间并无直接关系,使得读者在阅读时深感作者思维之跳跃,但总体而言每段都是为同一中心思想的表述而服务,从多个角度和方面加以阐释,由此可见许通元对阐释的可能性的多样探索。

(岳寒飞)

泰
国
卷

司马攻

司马攻，1933年生，本名马君楚，笔名有司马攻、剑曹、田茵，泰籍华人，祖籍中国广东潮阳。先后出版了散文集《明月水中来》《司马攻散文选》，杂文集《冷热集》《挽节集》《蹄影集》，特写集《泰国琐谈》《湄江消夏录》，随笔集《梦余眼笔》《人妖·古船》，微型小说集《独醒》《演员》，诗集《挥手》，文学评论集《泰华文学琐谈》《司马攻序跋集》以及《司马攻文集》等。还主编《东南亚华文文学大系·泰国卷》10卷文集（1998年）和《泰华作协千禧年文丛》32册（2000年）。1985年，他被聘为"泰华写作人协会"顾问，后被选为第4届副会长。1990年，"泰华写作人协会"更名"泰国华文作家协会"，司马攻被选为会长，为泰华文学创作的组织、繁荣和发展进行卓有成效的工作，做出重要的贡献。

木板桥故事

小的时候，我曾经有过整整七年的时间，几乎每天都要走过一座小小的木板桥。

这座木板桥离我家不远，它架在一道小河上。小河宽不过四米，木板桥也就不长。它简单到不能再简单，一头枕在河的一边，另一头也很随便地枕在河的另一边。

天天走着这座小木桥过河去，不觉得这座木桥有什么重要。

有一天，木板桥不见了，很多人过不了河，都要绕道走，真是不方便！木板桥哪里去了呢？原来木板桥不见的前一天晚上，天下着大雨，小河里的水涨起来了，涨着，涨着。涨高的河水把木板桥浮起来了，漂到很远的地方去了。

第二天,有人找到了木板桥,把它抬回来,小河上又有了桥。

人们又踏着木桥过河去。木屐把木板桥敲得咯咯咯地叫着。流水在桥下偷偷地笑。

又有一天,木板桥又不见了!

天没有下雨,又不是潮涨的时候,桥怎么会不见?啊!有人把木桥偷去了!

偷桥的是谁?把木桥当柴烧吗?还是拿去做家具?偷桥的人默默地接受了数百个咒骂。

河上没有桥,人们又要绕道走。这一回是不方便了很多天。

新的木板桥造成了,架在小河上,从此木板桥再也不会跑掉,人们将它两端用铁索锁起来了。

河水好奇地仰视着新的木板桥。

偷桥的人也在桥上走着。

🌴 作品赏析

这篇文章主要写小时候作者几乎每天都要走的木板桥,它架在一道小河上。小河宽不过四米,木板桥也就不长。天天走着这座小木桥过河去,不觉得这座木桥有什么重要。有一天,木板桥不见了,很多人过不了河,都要绕道走,真是不方便!原来木板桥被水冲走了,人们找到它并把它放回原地,终于又恢复了正常。然而不久之后木板桥又不见了,这回找遍了周围所有地方都没有找到,可能是被人偷走了,河上没有桥,人们又要绕道走。这一回是不方便了很多天。新的木板桥造成了,架在小河上,从此木板桥再也不会跑掉,人们将它两端用铁索锁起来了。这回木板桥终于可以牢牢地架在河上,方便人们的出行了。

作者的这篇幽默散文实则是带有讽刺和批评性意味的散文,作者实在是不理解为什么会有人偷架在小河上的木板,在文章的最后作者连用几个问句:"桥怎么会不见?啊!有人把木桥偷去了!偷桥的是谁?把木桥当柴烧吗?还是拿去做家具?"这几个问句加强作者的语气,表达作者疑问及无奈的情感。"新的木桥造成了,架在小河上,从此木板桥再也不会跑掉,人们将它两端用铁索锁起来了。河水好奇地仰视着新的木板桥。偷桥的人也在桥上走着。"这里作者实际上是在讽刺偷桥的人,讽刺偷桥的人连河水都在鄙视他。

本文篇幅较短,内容却很丰富,作者用一则简短的小故事批评和讽刺了偷木板的人,语言简单,但是作品的意蕴很深,通过幽默风趣的语言表达出作者深深的忧思,形成了作者独特的创作风格。

(李翠翠)

曾 心

曾心,学名曾时新,1938年生于泰国曼谷,祖籍广东普宁,毕业于厦门大学中文系,深造于广州中医学院。回泰国从商、从医、从文,现任泰华作家协会副会长、"小诗磨坊"召集人等职。出版著作《大自然的儿子》《蓝眼睛》《曾心自选集——小诗三百首》《给泰华文学把脉》等19部。作品多篇选入"教程""读本""大系"和中国省市中考、高考语文试题。

捻耳记

年近七旬的王大妈:矮、皱、瘦。几十年来,站在秤盘上称,总是二十九公斤。在家里,白天儿媳到公司办事,孙子上学校,里里外外她是一把手,是个总管家。不知从哪年哪月起,她就养成捻耳的习惯:每次太轻信人家的话,受骗上当,或差点落入骗套,就用大拇指与食指在自己的耳垂上轻轻捏一下,以示要谨记,别再重犯!

据她自己说,三年前,就开始用一个本子记录,每捻一次耳朵,画一笔,至今共画了十二条杠杠。平均每年四次。但不知怎么搞的,也许今年生意不景气,股票猛跌,市场萧条,揾食太困难,因此,社会上的骗人伎俩,五花八门,层出不穷,真叫人防不胜防。今年才过了四个月,大妈已捻了三次耳朵。有人指着大妈的耳垂逗笑说:"大妈! 看你这样捻下去,恐怕你的耳朵会长出半个来!"大妈摆着手势道:"去去去! 难道你该捻耳的事会少吗?"

现在说说王大妈今年三次捻耳的事。

一月三日下午,王大妈独自在家。有人按铃,大妈隔着铁门一瞧,是个戴着圆帽的骑士,屁股还坐在摩托车垫上,在急问:"这是坤谐的家吗?"大妈即答:"是!"

"坤谐的汽车在碧盛路坏了。我是他朋友帮他推去修理。现在快修理好了,可是坤谐的钱不够,还欠三百五十铢!"

大妈还有点警惕性,问:"什么车?"

"白色的。"

"车牌几号?"

"哦!记不太清楚,只记得最后两个字:七三。"

大妈暗想:"他答得全对!"于是,她从头到脚瞧着他,觉得他的仪表和穿戴,都不像骗子呀。

此时,太阳已偏西,大妈担心孙子放学,没车去接,便蹙着眉头说:"车修好,叫谐儿马上去学校!"

"是的,大妈,坤谐也很焦急,怕孙子在学校等久了,会哭的,所以叫我骑摩托车来拿钱。"

一向疼爱孙子的大妈,听他这么一说,耳又轻起来. 说:"那好吧,你等等。"大妈转身上楼拿钱去了。

不料这时门铃响了三下,大妈惊喜,"哦"的一声说:"孙子回来了!"大妈匆匆下来,急问孙子说:"你怎样回家的?"

"爸爸载我到巷口。爸爸说他的车很脏,要到油站洗车。"孙子天真地回答。

说时迟,那时快。那个戴着圆帽的骑士,发觉情况不对劲,立即脚蹬手转,发动摩托车,"嘟嘟"地飞走了,屁股冒出了一道浓烟。

大妈如梦初醒,摸着孙子的头说:"好孙子,你回来得及时,不然婆婆又受骗了!"

孙子莫名其妙抬头望着婆婆,只见婆婆在捻自己的耳朵。

又三月六日上午,王大妈提着菜篮,正要上哒叨(菜市场)买菜。门口,忽然驶来一部红色的小轿车。右车门打开,走出一个打扮不俗的中年妇女,笑嘻嘻很亲热地用潮州话打招呼:"大妈这么早就上哒叨呀!"大妈抬高松弛的眼睛看着她:"你是谁?"

"哎呀!大妈不认得我了。那天你到龙莲寺拜佛,人挤来挤去,大妈差点跌倒,是我马上扶着你的。"

大妈一想:"也不错,几次差点跌倒,都有斋友相助。"如今见到斋友,如见到菩萨心肠的人,便说:"外边天气很热,请进屋里喝杯茶。"

尾随着那位妇女进来的,还有一个衣冠楚楚的中年男子,双手捧着一尊约有一尺高的铜像。

大妈正忙于倒茶,就听见那妇女说:"大妈一向心善,每年生日,不是到养老院,就是到孤儿院捐钱,真是功德无量。"

大妈听到有人赞扬她积善、积德,便笑在眉上喜在心:"是呀,别人生日,请吃桌①,我勿!把吃桌的钱,拿去添汶②!"

那妇女顺水推舟地说:"大妈的善心,谁不知道,连我们某某善堂的理事长还赞扬你呢!"说着从旁边的男人手中接过那尊佛说:"大妈,今天我们理事长本来要亲自来送的,由于临时有急事,不能来。"

大妈看到捧在她面前的是尊三保公佛,虔诚之意满心窝,立即合十敬拜:"三保公佛祖保佑!"

"大妈诚心,如果捐三千五百铢送佛祖一尊!"那妇女满脸堆着笑容说。

大妈早就想"租"③尊三保公佛来家保平安了。现在有人送上门来,"租"金也不贵,又是捐款做善事,大妈当然没拒绝,便轻易答应下来。但她清点在家现有的私钱,才五百多铢,加上买菜钱,共六百多铢。

那女人乘机说:"大妈,那先捐五百铢好了,剩下一百多铢可买菜。明天一早,你再准备三千铢,我再拿佛给您。现在我们急着要到某某侨领的家去!"

于是大妈把一张紫色的五百铢钞票,放在掌心上,双手合十,半闭眼睛,嗫嗫说些保佑之类的话。那妇女接过钞票,抱起三保公佛,在大妈眼前一献说:"愿三保公保佑合家平安!保佑孙子读书考第一名!保佑儿子步步高升!保佑大妈活到百岁以上!"这些话,句句说到大妈的心里,说得大妈"憨憨"地笑个不停,说得大妈那晚躺在床上还觉得挺舒服,并做了个甜梦。

第二天,大妈一早就吃斋,还特地到哒叻买了四个柑,穿得整整洁洁,满脸欢喜地一直等到孙子放学回家,还不见他们的影子。大妈捻着自己的耳朵,嗫嗫地说:"真没想到,他们连佛祖都拿出来骗人!"然后,用干瘪的手招呼孙子说:"来来来!把盘里的柑拿去吃!"

————————

① 吃桌:潮语,吃酒席。
② 添汶:泰语,捐献善款。
③ 租:泰国人买佛像叫租,以表尊敬之意。

四月五日,电话铃响了。大妈拿起电话筒,一串串雅话传入大妈的耳膜。

"哈啰! 是坤谐的家吗?"

"是。"

"哦,那你是坤谐的妈妈!"

"是!"

"你的孩子真能干,现在已升为经理了。他们的公司常在我报登广告,我是亲自处理的,总把他们的广告放在显要的位置。现在我们的报纸为了纪念四十周年,出了纪念特刊。今天就亲自上门送特刊,并请光顾本报一年,报费优价,全年只收一千三百铢。到时还会恭请坤谐与大妈共同出席庆祝会!"

大妈被说得乐滋滋的,心想:这个月,孩子正交代订份中文报,因为现在做生意与中国打交道日益增多。于是她掐着手指细算,订全年的报费,可便宜约五百铢,便满口答应了。

放下电话,大妈边喝热茶边想:原来订的报纸,是先派报纸,后拿钱。现在一下子要先收全年报费,这里面可能有问题? 大妈自语:"还是让我先打电话问问报馆有无这件事。"她戴起老花镜,在两本厚厚的电话号码册里,翻来翻去,找了老半天还是找不到。

忽然门铃响了,大妈在阳台伸头一看:"是谁?"

"刚才大妈答应陈先生订一年报纸,现在我送来特刊,并收一年报费。"那个戴着圆帽的骑士抬头望着大妈说。

也许由于大妈经常捻耳之故,这次耳朵不会那么轻了,立即舌头打了个转说:"哎呀! 现在孩子不在家,我的手头又没钱。这样好吗,你把陈先生的电话与泰文真实姓名留下来,今晚让孩子再联系。"

那人有些慌张,不肯说出电话号码与陈先生的泰文名字。

大妈便打圆场说:"记不清楚也不要紧,回去告诉陈先生,今晚八点钟打电话联系。"那骑士"嘟嘟"把车开走了。

那晚,大妈等到深夜,陈先生还没来电话,便自言自语地说:"可能又是骗子,差一点又受骗了。"于是她又捻着自己的耳朵上床睡觉去了。

大妈捻耳的事,也许听来有趣。但如果每人都像大妈那样严格要求,想想自己也必定有不少该捻耳的事吧!

捻耳的事,启示我们:人的一生,往往是活到老,学到老,也受骗到老。

1993 年 4 月 25 日

灭 蚊 趣 记

雨季来了。

老伴总在我耳边说:"家里蚊子怎么这样多? 查查纱窗有没有破。"我总是敷衍道:"雨天,蚊子必多嘛!"

一旦放纵了蚊子,它便放肆地在我面前"示威",不管白天与黑夜。当我看书时,它在我的耳边嗡嗡叫;当我在爬格子时,竟敢围绕着笔端飞舞,还常常趁我不注意,突然在我身上偷喝一口。我总是本能地"啪"的一声打去。照理应该打到,但仔细一看又没打到。于是乎,我自怨自艾地说:"也许老了,动作迟钝!"老伴倒嘻嘻地笑起来:"不是老了的问题,而是外面刚进来的野蚊子,瘦小飞得快。"

哈! 还是老伴观察得细致。

老伴是个清晨念经拜佛的人,奉行"不杀生戒",对蚊子的咬叮,总不忍"用手足伤杀对方的生命",只轻轻用手赶走。老伴对蚊子这么"仁慈",我心中总觉得未免太"那个"了!

蚊子一天天地多起来。我想蚊子一般的寿命只有七天。这么多蚊子,莫非纱窗真有破漏? 因此,我戴起老花眼镜,逐一细查。不出所料,竟有几个纱网老化了,出现了漏点。

我觉得问题还不太大,便采用懒办法——透明胶纸粘贴。

老伴似挑逗道:"早告诉你了,而你不信,现在怎样?"

我心里认输,但嘴巴还硬顶:"那小小的漏子,蚊子能钻进吗?"

也许我"顶"得对,贴实了那些小漏点,蚊子还不见减少。老伴又在我耳边嘀咕起来,"再查查看,还有什么地方漏的"。

我说:"家里三层楼,几十个纱窗,个别漏洞,可能还是会有的。难道蚊子就那么厉害,无孔不入。"

也许老伴的话又是对的,有句谚语说:"蚊子叮鸡蛋,无孔不入。"我灵机一动说:"干脆全换新的!"

换了新纱窗,我又用灭蚊器进行全面"歼敌"。

不料,蚊子只少了一两天,第三天又渐渐多起来。

老伴又在我耳边唠叨起来:"再查查看,还有什么地方有漏洞。"

我摆摆手说:"再等几天,观察看!"

蚊子又一天天猖狂起来。我静它动,我动它飞,我拍它逃,不时对我暗中伏蜇!

对这些小"生命",我似乎处于无可奈何应付的地步。

一天,我无聊,想捉几只来玩玩。说来好笑,小时候什么蟋蟀、蚯蚓、蚂蚁都玩过,甚至金苍蝇也捉来,用手拧断它的头,看它还能飞多远。似乎唯独没有"玩"过蚊子,故此,看着一只蚊子,勇敢地叮在我的小腿上,我静候它吸得饱饱且醉醺醺的。猝不及防,我用力一"努",哈!它的长嘴在我的肌肉里拔不出来,乖乖就"擒"了。别看这小东西,它也有自己独特的结构:一双透明的薄翅,三对有爪的细脚,一张长嘴像利针,略扁长的腹部,因吸我的血,充盈得红亮。一时我没有放大镜,看不出它是否有眼睛。如果没有眼睛,它怎能吸蜇人畜的血呢?莫非它像蝙蝠那样,靠本身发出的超声波来引导飞行,引导吸蜇呢?一只蚊子在手,使我想起中草药的昆虫类,有许多也可入药,如萤火虫、虻虫等,不知蚊子可入药否?我翻开李时珍的《本草纲目》,也叫我一喜!在昆虫类中竟有记载:"蚊子处处有之。冬蛰夏出,昼伏夜飞,细身利喙,咂入肤血,大为人害。"可惜书中未记载其"气味""主治"等。但从这段记载中可以看出中国与热带的蚊子略为不同。中国的蚊子"冬蛰夏出,昼伏夜飞"。但热带的蚊子,冬不蛰,四季出,昼不伏,日夜飞。或许热带的蚊子"野"了,或许肚子饿了。

正当我胡思乱想的时候,耳边突然听到"啪"的一声,好像拍在我的胸脯前那样震惊。因为老伴被蚊子惹火了,居然也打起蚊子来了。

"闻其声,不忍食其肉。"戒杀生,本出于"仁爱"。但"仁爱"也得有个界限呀!我想,对一切有益的生灵应当不杀,尤其对于受保护的飞禽走兽,更要奉行"戒杀",而对一切害人虫,如蚊子,就不能心慈手软了。因为它不仅要饮人畜的血,而且还会传播疾病,如流行性乙型脑炎(伊蚊)、疟疾(按蚊)、血丝虫病(库蚊)等。

不知怎么的,想着想着,我竟对手中的蚊子处以"酷刑"——慢慢地撕掉它的双翅,扯断它的六脚,甚至两手一捏,溅出一滴血。

此时,我耳边又闻到老伴的"啪"的一声说:"又拍到一个血淋淋的!"

我想,老是拍,即使是次次拍中了,也是无济于事,总要找到滋生"蚊源"才行。

因此,我灵机一动,采用楼上分层观察;楼下分段——客厅、饭厅、厨房等三段观察法。结果找到"蚊源"在厨房。我拿了白石灰细心修补,凡是有"洞"的地方,以至一个绿豆眼那么大的小洞,都"堵"住了。

心想,这下子,蚊子有天大的本领,也无空子可钻了。

没想到,蚊子比我想象的还聪明,依然还从"空子"钻进来。

这就怪了,我与老伴搜查了一遍,却不见有滋生孑孓的污水瓶瓶罐罐。我不禁傻想:难道现代的蚊子,也有现代人百般狡猾钻营的能耐?

还是老伴脑子转得快:"会不会上半月隔壁修房子,搞坏我们的厨房顶?"

"对!"我茅塞顿开。两颗心能想到同一点上,便能通力合作。两双眼睛立即变成四道光束,在房顶上透明的塑料板上"扫描"。"扫"了一会儿,也没发现什么"可疑"的地方。

此时我的脑子突然比老伴转得快了:"上二楼看看。"

真是居高临下,一目了然。原来是隔壁的新水槽太迫近我家的厨房,有块塑料板被"挤"得微微翘起。

下楼来,我垫起了两张椅子向那翘起处一"平视",高兴地叫起来:"真的有一裂缝!"

裂缝堵住了,一时心情有如打胜仗那样痛快。

老伴也开怀地说:"这下可算彻底堵住了。"

我也心血来潮说:"我要写一篇《灭蚊记》。"

老伴嗤了一声:"难道这也可写成文章?"

我说:"当然可以。文章就要写自己日常生活,引起心灵一亮一震的东西。写自己生活的故事,往往最好写,也最动人!"

老伴是个不懂写文章的人,毫无兴趣,把我的话当作耳边风。

嗨……

作品赏析

　　《灭蚊趣记》记叙了"我"和老伴儿与蚊子斗智斗勇的故事。面对无孔不入的吸血蚊子,我和老伴儿绞尽脑汁想出各种应对办法:补旧纱窗、换新纱窗、用白石灰修补厨房漏洞等,但仍然不见效。素来吃斋念佛的老伴儿也难以忍耐,竟然开始破戒"杀生"。最终,"我"登高望远,站在二楼发现原来是厨房顶的一块塑料板被隔壁的新水槽挤得翘起来,产生裂缝,为蚊子提供了寄生场所。由于水槽迫近"我"家,所以"我"和老伴儿遭受了蚊子的侵扰。在裂缝被堵住后,我们一家终于宣告赢得了这场人与蚊的战争。

　　曾心在《灭蚊趣记》中运用大量对话性的语言去结构全篇,使散文带有浓厚的日常生活感。关于"我"和老伴儿与蚊子"做斗争"的心理过程,曾心花笔墨进行了细腻描写。无论是夫妻两人的日常拌嘴调侃,还是灭蚊失败的无奈、灭蚊成功的欣喜,都被作者一一记录下来。生动细腻的心理描写较好地将读者带入情景之中,跟随男女主人公一起去探寻"蚊源"。虽然灭蚊本身是细小之事,但经过作者的处理,尤其是借助大量心理活动、对话记叙及动作描写,也就变得"惊心动魄"了。灭蚊这项"工程"是每个人都不得不面对的,选题的日常性也在一定程度上拉近了读者与作者的距离,能够引起读者的共鸣。

　　曾心的散文每每从细微之处入手,在日常琐事中选取题材,捕捉描写对象,用以小见大的手法去记录生活的趣味,去体悟生命的奥秘,去感受自然的灵动。平淡质朴的语言不乏趣味和幽默,生动细致地描写增强了散文的精致感,同时也显示出曾心对于生活的热爱和珍视,唯有真正热爱生活的人才能够以审美的眼光在一地鸡毛的琐碎生活中源源不断地发掘出乐趣和生机。

(岳寒飞)

梦 莉

梦莉,原名徐爱珍。泰籍华人,祖籍中国广东澄海。现任泰华作协副会长、泰国暨南大学校友会理事,中国社会科学院文学所世界华文文学研究中心顾问、广东暨南大学海外华文文学研究中心特约研究员。出版了《烟湖更添一段愁》《在月光下砌座小塔》《人在天涯》《片片晚霞点点帆》《心祭》《相逢犹如在梦中》《梦莉文集》。作品多次在中国获奖。获奖作品有《在月光下砌座小塔》《临风落涕悼英灵》《人道洛阳花似锦》《在水之滨》《李伯走了》《抹不掉的情思》《珍藏一个喜悦的拜见》《温暖的手激动我的心》《我家的小院长》。多次担任泰华小说、散文大奖赛的评委。

我家的"小院长"

此女小燕,在我四个女儿中,性情最为"古怪"。她想得很多,做得也多;她总是闲不下来,并且经常找苦吃。

小燕有一对乌溜溜的大眼睛,人长得有点秀气。那一年,她是朱拉大学预科的高才生,尤其对于数学,小燕特别有天才,曾获全国数学联考第三名,她拿定主意在考大学时,数学系是她第一个志愿。

有数学天才,加上勤奋和对数学的兴趣,考上大学进修数学系,应是没有问题的。但是,世上往往有些意料不到的事发生,有时还会改变一个人的志向。

在小燕大学预料将毕业的一个暑假,泰国一般学校的暑假时间较长,小燕和十多位同学,利用这三个月时间的假期,一起到泰国边境一个偏僻、干旱的山区去体验生活,同时教导山区的失学儿童认字。

她们在山区里一座破旧的佛寺广场旁,以木板、竹竿、枝叶搭起一间简单的课堂。又逐户去说服失学孩子的家长,让他们的子女到"学校"上课。

她们这群预科学生,除了给孩子们上课之外,还为孩子们理发,帮助居民掘井、疏通水道等。

有一次,我心血来潮,心里很记挂小燕,便前往山区去探望她。她去的那个地方,交通极不方便。从曼谷到那里去,坐了近十个小时的汽车,还要改乘一程牛车。我在牛车上颠簸了一个小时,才到达她们的"学校"。

小燕和她的同学见到我来,就像一群燕子,叽叽喳喳地围上来,妈妈长妈妈短。而我一见小燕,眼睛都湿了,本来皮肤白皙的她,现在变得又瘦又黑,成了一只黑燕子。

"妈,我真高兴你到来,欢迎,欢迎你到这里来参观。"小燕高兴地说。

这真叫我哭笑不得。

夜里,小燕疲倦地睡熟了,我却无法入眠,我发现几只很小很小的蚂蚁爬上她的身,她竟毫无感觉! 我想:"孩子,你又何苦呢!"

隔天,我便对她说:"小燕,你还是跟妈妈回去,你的身体不适应这里的环境。今天,我们就回去吧。"我低声对她说。

她听后,反而笑了起来,笑得很开朗,她说:"妈,你看,我不是生活得很好吗? 就算黑了一点,也显得更健康。再多一个月,学校就要开学了,这里目前正需要我们……开学了,我准会回去的,妈,你就放心吧。"

我沉默,我知道再说下去,也不能说服她。

我了解小燕,正像了解年轻时候的我。

她的向往,她的梦境,也是我当年曾经拥有过的。我的梦破了,难道她要继续我的梦……

三十年前,我也曾经和母亲"斗法",结果,我失败了。为了"历史不再重演",我无可奈何地依了小燕,让她在山区里多吃些苦头。

离别时,我放不下心,再对小燕说:"最好在开学前一个星期回家,也好准备准备功课。"

"妈,你放心,我在这里也经常温习功课,我想做个数学家,功课不会放松。"小燕天真地边说边笑。

学校开学前八天,小燕回到了家,第二天,她便认真地对我说:"妈,毕业后,我不想投考数学系。我要考医科。"

我听后吃了一惊,小燕变心了。

小燕等待的眼光留在我的脸上,我有点不大相信:"你说……你不选数学系?要读医!这……这是为了什么?"

小燕把停留在我脸上的眼光拉回去,悠悠地对着自己的鼻梁,说出了一桩使她遗憾的事……

就在我前往探望小燕之后不久,有一天,山区里一位名叫仑越的老头,他的一头老牛托运木材的时候,失足扑倒,摔断了腿。病了一段时间,眼看无法治好,恰巧仑越的小外孙女叻拉刚满月。仑越晚年,看到这个自幼失母,由他一手抚养长大的女儿比耶结了婚,并为他添了一个小外孙。

为了隆重庆祝小叻拉满月,仑越就把那头牛宰了,宴请亲朋。

小燕和她的十几位同学,当时也是仑越宴请会的座上之宾。

第二天晚上,他的女儿比耶突然患了急病,肚子疼痛,又吐又泻,发高烧,昏迷不省人事,仑越急得到处求助。当小燕她们知道这个消息,就急忙和仑越把比耶扶上牛车,连夜赶到附近一个镇上的卫生站去。

到了卫生站,门紧闭着,敲了很久,门开了,那个开门说,卫生站夜里没有医生,于是,她们在镇上租了一辆汽车,把比耶送到了县立的医院。重病垂危的比耶,在牛车上颠簸了那么长时间,病情更加恶化,将她抱上车的时候,已是奄奄一息。

再花了一个多小时的时间,才到达医院。虽经医生急救,但已太迟了!比耶与世长辞了。

仑越年轻丧偶,现在又面临失女之痛,比耶走了,永远地走了。他难以承受这突然而来的巨大的创伤,悲恸地搂着爱女比耶的尸体大声号哭,哀叫着:"比耶!比耶!比耶不会死,比耶没有死……"

我听小燕讲完了这个悲惨的故事,心中也涌起了一阵凄恻和悲凉。我很同意小燕去读医。年轻时,我也曾经有过当医生或护士的梦。小燕选修医科,我十分赞成,可是目前投考大学的人多,医科更是热门科目,千中选一。小燕几年来的努力放在数学系大概不会有问题,现在却要在最后时刻改变志愿,到时要是考不上医科,那不但前功尽弃,还要失学。我心中矛盾,便对小燕指出利弊。小燕却有把握地说,她一定会考进医科大学。

发榜了,小燕如愿以偿,考进了玛希隆学院,她在玛希隆毕业后,又到是里叻医学院学了四年。

大学毕业分配工作的时候,小燕竟主动选择泰国东北部一个县立医院去工作。这家医院也就是当年仑越的女儿比耶逝世的那一家。

啊,比耶死的那一幕,小燕一直耿耿于怀,她把当年的那个遗憾,深深地藏在心中,她希望有一天能到那个医院当医生。原来她是蓄意已久。

依照公立医院的惯例,驻院医生经过一段时间后要调动,小燕还是选择到内地一个接近边境,更远更偏僻的医院去工作。

我们全家都希望她调到曼谷来,而她还是执意要在那偏僻的地方当驻院医生。不管你怎么说,总是说不动,最后也只好依她。

过了一段很长的时间,几番谈判和妥协,目前小燕才愿到大城府一家医院当院长,我们一家都叫她“小院长”。

1993 年 7 月 16 日

🌴 作品赏析

《我家的“小院长”》是一篇幽默散文,作者以生动活泼的语言编织起自己爱女小燕的形象,亲昵地称呼她为“小院长”,其聪颖活泼之姿、坚韧刚毅之品行跃然纸上,读来令人忍俊不禁,同时深深感受到作者笔下浓浓的母爱,以及为女儿骄傲的心理。

作者从多个角度对女儿小燕进行刻画,展现了女儿不同时期的不同面貌。其一,小燕是聪颖活泼的。这是她的“本我”特征,也是其最直观的呈现,为读者留下对小燕的第一印象。其二,小燕有着坚韧的品行。这体现出小燕的“自我”意识,她开始有意识地安排自己的人生,比如喜爱数学、支教、改学医学、在偏僻医院上班等等,小燕冷静理性地选择了自己向往的生活和事业。其三,小燕有着悲天悯人的情怀。目睹了生死的小燕对生命的感悟颇多,她对人生的追求已不再停留于工作、事业等物质层面,而是超然于物外的救死扶伤,帮助最需要救助的病人,小燕的思想意识逐渐向“超我”觉醒。作者对小燕不同经历的记录及对她心路变化的揣摩,恰恰也是见证了小燕的成长,母女间的互动也通过这一方式跃然于纸上。人们常说:父母之爱子,则为之计深远。作者作为母亲,了解小燕的脾气个性,故而给了她充足的自由生长的空间,小燕如今难得的高尚品性,也是母亲培养的结果。“小院长”是作者对小燕的昵称,可见无论小燕是否已长大成人,是否有了独当一面的能力,在母亲的面前,她依然似孩子一般有着天真的脾性和纯粹的心思。

母亲对女儿的爱全然是无私的,作者笔下的小燕有着悲天悯人的情怀,有着救死扶伤的信念,亲昵地称其为"小院长"亦是对她的支持与钦佩。《我家的"小院长"》以诙谐有趣的口吻,写出了浓浓的母爱。

（孔舒仪）

博　夫

博夫，原名樊祥和，1946 年 12 月生，字正荣，号博夫。祖籍中国江苏张家港。世界文艺出版社社长兼总编审、泰国华文作家协会理事，泰国留学中国大学校友总会文艺写作学会理事、中原书画研究院高级研究员、泰华小诗磨坊成员。出版有长篇小说《圆梦》《爱情原生态》，小说集《爱不是占有》，诗集《路过》，散文集《父亲的老情书》，游记《芭堤雅的夜生活》，百字精粹小说集《情怯》，以及《中华六十景诗书画印集》、《世界印坛大观》、《中国龙典》咏龙篇。2007 年开始与人合作，每年出版一册《小诗磨坊》等。

相识就是缘

有人说相识是一种缘分，我很相信这句话。想想看，一生只有一种选择的命运把你推到这个世界上游荡，擦肩而过的人有多少，而真正能停下来相视地交谈的又有几个？所以在记忆中我总是竭力记载这样的缘分。

一生中最初相识的人当然是父母。可又有多少人能真正和父母成为知心的朋友呢？也许等到自己步入黄昏时才能真正了解自己的父母。这也许是个岁月的玩笑，是一个永远解不开的情结。

学生时代，朦胧的思绪，茫然的幻想，伴随着伙伴，个个不同的身影，现在想起来，依然是记忆犹新。他们中有些名字已经模糊了，绝大多数失去了音信，留下的只是片段的往事。只剩下几个朋友偶尔还寄送着节日的问候，想想人生真是没有不散的宴席。

兄弟姐妹之间是一种特殊的亲情，整日耳鬓厮磨，在一起消磨掉了少年的时光，渐渐都长大成人，到了各奔东西的时候，那份亲情才渐渐浓厚起来。

与爱人的相识,也许是文字记载最多的部分。无论结局是悲剧还是喜剧,都会有一段动人的故事。两个完全不同的人走到一起,两段不同的轨迹,会合成一段绚丽的足迹,心就像暴风雨中的海,沙滩上会留下深深的脚印。那是一个平静的港湾,一个心灵的归宿,岁月的流逝,暴风雨后是一个晴朗的清晨,辉煌的阳光洒满了海岸。生活的船帆在绚丽的风景中起锚,不再是一个人心的流浪,船里满载着希望。这种相识也许是一种缘分,也许这希望之船会在一次暴风雨中搁浅,但你会把船重新修好,再驶进人生那冒险的旅行。若是缘分尽了,并不意味着生活到了尽头,新的曙光总会升起在明天的早晨。

　　在与人的交往中,有时会发现共鸣的火花,有时你会与他(她)保持很久的交往,无论在何地,无论经过多久,当你们再次相遇的时候,依然是那么一见如故。这是一种淡如水的友谊。生活中不仅有家庭,还应该有这样的朋友。

　　当一个节日来临的时候,你的心里就会有一个个名单,该是寄送问候的时候了。同样当你也收到亲人朋友们的问候时,你会惊喜地发现这个世界有多么美丽!我有几位异国的朋友,快二十年了,几乎每年我的生日都会收到他(她)们的祝贺。我真的很感激他(她)们对友谊的珍惜。

　　是的,知道珍惜友谊的人才懂得生活,才能体会到幸福。而坦诚的人,才真正敢于面对生活。生活对每个人都是很不容易的。为什么不让生活多一些乐趣呢?为什么不能给别人增添一点快乐呢?

　　朋友,当你读到这篇短文时,也许这也是一种缘分。我们虽然没有见过面,却不妨碍我们的交流和分享。

　　一起来数一数,我、你、他(她)之间,认识的有多少,而真正成为朋友的又有几位呢?

🌴 作品赏析

　　博夫的《相逢就是缘》是一篇幽默散文,以清浅的文字细细诉说了亲情、爱情、友情的发生与发展,其中心思想立足于"缘"。博夫用"缘"字解释多种关系,也用"缘"字阐释它存在的偶然性与必然性。

　　博夫此篇散文似独白似对话,剖析自己的内心世界,以期得到回应。博夫笔下的"缘"涵盖了人生各个阶段的关系,有父母子女的"缘"、兄弟姐妹的"缘"、同窗的"缘"、朋友的"缘"、夫妻的"缘"以及相识的"缘"等等,关系虽各有异,或深或浅,或长或短,都因"缘"建立了联系。博夫所书的人生与多数人一般,一生都会遇到无数人,从家庭到学校再至社会,建立了许多关系,有必然注定的,也有偶然间发生的。这些"缘"中,我们与父母、兄弟姐妹的"缘"是天生注定的,自出生起便决定了家庭血缘关系且将贯穿人生始终。我们与同窗、朋友、伴侣的"缘"大多发生于偶然间,何时、何处因何事遇见何人均不在个人的掌握之中,因此这样的相逢往往令人欣喜。这样的必然性与偶然性看似寻常,实则因"缘"发生了化学反应。正是与父母、兄弟姐妹的相处中,人形成了自己的脾气秉性,有了自己的爱好,明白世间道理,可以自主地寻找适合自己交往的圈子,与性格相投、脾性相符的同学朋友形成了良好的关系,必然的"缘"与偶然的"缘"渐渐产生了交集。即是如此,"缘"的神奇才为作者津津乐道。不仅如此,作者认识"缘",也在探究它。无论是何种关系,都是建立在"缘"的基础上,细心地呵护、维系,让"缘"更加长久、更加圆满。作者发出的疑问:"真正能停下来相视地交谈的又有几个?""有多少人能真正和父母成为知心的朋友呢?"疑问过后便是留给读者的遐思,既然"缘"是既定存在的,那么便应懂得珍惜,如此才能收获快乐和幸福,才能让"缘"长久的留存,这对于任何一种关系都是适用。

博夫的语言平淡朴实,似对着自己的家人、朋友倾诉衷肠。他禅悟生命中的"缘",也盼着真挚的情谊都伴随着每一个人。

(孔舒仪)

张锡镇

张锡镇,1947 年 8 月 21 日出生,北京大学国际关系学院教授,博士生导师,东南亚问题专家。祖籍中国河南沁阳。16 岁随父亲迁居北京。2010 年北京大学退休后,受聘于泰国法政大学比里·帕侬荣国际学院,现任该校中国研究专业主任。主要著作有《当代东南亚政治》、《东南亚政府与政治》、《西哈努克家族》(政治传记)、《泰国民主政治论》(合著)、《湄南河畔》(散文集)等。已在《世界日报》和《泰华文学》发表文学作品约 20 万字。2015 年参加泰华作协,现任作协理事。

曼谷的流浪狗

早就有意写一篇曼谷流浪狗的故事,可打了个题目,存到电脑,过了几年,竟再没下文。在泰国居住七年有余,对狗的兴趣似乎淡漠了,见怪不怪,熟视无睹,也就不去想了。

最近,眼前一幕,勾起了我重拾这个话题的欲望。那天,漫步在街边人行道上,看见一位老妇人将一袋子骨头倒在墙根儿的盘子里,又将一袋用什么汤拌好的米饭倒在另一个盘子里,最后,将一小桶水放在米饭的旁边,一荤一素一汤(水)。当老妇人在安放这些家伙事儿的时候,有两只狗,已经从远处十分从容地穿过马路,走了过来。它们知道,开饭的时间到了。接着,另外几条狗也优哉游哉地走过来,淡定得很。看着它们的不卑不亢的步伐,我惊呆了。这狗好绅士啊!没有饿狼扑食的疯狂,也没有猎豹争食的恶斗,几只狗井然有序地从盘子里各自叼了一块骨头,便蹲在一旁咀嚼起来。它们就像这里的人们一样,那么谦恭、有礼和斯文,始终保持着狗的尊严,丝毫没有流露出流浪者的卑微。这就是曼谷的流浪狗。

曼谷的流浪狗其貌不扬，没有北方狗那毛茸茸的皮毛，更没有藏獒那般高大威武。这些狗也有各种颜色，白、黑的居多，也有黄的，灰的和花的。尽管毛色不一，但它们有共同点：体毛极短，透过短毛，粉红色的肉皮清晰可见。这是这里的热带气候所致，气温太高，厚毛不易散热。没有蓬松的毛，个个都显得苗条，精干，没有赘肉。它们的尾巴也颇具特色，不像北方常见的狗尾巴，长满长长的毛，显得粗粗大大，而且向上翻卷。曼谷狗的尾巴短短的，尖尖的，很像猪尾巴，但并不打卷，酷似一条光秃秃的肉棍儿，看上去，很是不雅。

因为无人照料和护理，有些狗患有各种皮肤病。严重的，一身癞疮，不堪入目，让人想起"癞皮狗"这一骂名。还有的狗出于种种原因，身有各种残疾，对此，人们流露出某种怜悯，但又无可奈何。

据曼谷流浪狗基金会估计，曼谷有流浪狗 64 万只，平均每 10 个曼谷人有一只流浪狗。这些狗分布在曼谷的大街小巷，有人喂养，但无人管理和拥有。它们有充分的来去自由，有的独来独往，有的成帮结伙，很少看到它们打架斗殴，仿佛是一个和谐社会。不过，它们不大理会人类的交通规则，往往大摇大摆地横穿马路，所以，葬身车轮的事件，也偶有发生。我住在近郊，人口密度不大，可狗的数量并不少。一大早，开车上班，经常被漫步在大道上的狗拦住去路，我只好减速，礼让那些慢条斯理的狗。

人狗共处，天人合一。我曾写过一篇文章，是说在大学的餐厅吃饭，鸟也在餐厅飞来飞去，甚至与人同桌共餐，人鸟共处，天人合一。同理，泰国人同狗也浑然一体，他们的关系也出乎我想象。在曼谷，人不犯狗，狗不犯人，人不怕狗，狗不怕人，和平共处，相得益彰，相映成趣。

在法政大学小南门外边的人行道上，行人熙熙攘攘，狗就在人腿之间穿行。这里天热，狗特别贪睡，于是，就大大方方地侧躺在人行道上。四腿舒展，双目紧闭，任凭行人脚步从它的身旁踏来踩去。它们绝对相信人们对它们的尊重，就在这嘈杂喧闹声中，放心地做着自己的美梦。

特别怕热的狗，有一种奇特的睡姿，趴在地上，将肚皮接触地砖的面积尽可能更大一些，四肢伸展开来，连下巴也要紧贴地面，看上去，活像一只大青蛙，可笑极了。人们对此熟视无睹，丝毫不去惊扰它们。

有时，在超市门口，也会看到类似情景。室外高温难耐，而超市里边却凉爽如秋。超市门是自动开关的，每当有人进出，门一开，有股凉风就从室内扑面而来。有的狗懂得这一道理,就睡在超市的门口,好让一阵阵凉风吹拂全身。当然,它们也似乎十分理解和尊重人类专门针对它们的一条戒律——不得将狗带入超市,于是,它们就那么规规矩矩地躺在门的外侧,不会越雷池一步。那么乖巧地趴着,就占那么点儿小便宜,让人看了,怪可怜的。

曼谷的流浪狗不怕人是有道理的,那就是人对狗的善待。狗比任何其他动物都更容易同人建立感情,只要你对它友好,它则甘心情愿驯服于你,所以曼谷的流浪狗一般不咬人,也不吼叫。那些带有狂犬病病毒的疯狗和狗渣则另当别论。

泰国人信佛,不杀生,对一切生命都慈悲为怀,不要说对狗、猫、鸟、鱼、龟等,就连有百害而无一利的蚊子,有的人也不忍心拍死。当他发现蚊子落在胳膊上,正肆无忌惮吸吮他鲜血的时候,不是拍打,而是用嘴轻轻地吹气,将它赶走。对狗这样的"忠臣",就更是呵护了。有时你会发现,在路边,哪怕是很偏僻的角落,也放着盘子、水盆。盘子里有吃剩下的狗粮、米饭。有的地方,干脆在地上铺张报纸,上面放有狗粮或米饭。这些都是当地普通民众爱心的闪现。

在学校的餐厅吃饭,也常常看到狗在饭桌底下乱窜,搜寻某位食客施舍的鸡骨头或猪骨头。十几年前,我在泰国农业大学讲学,常在学校餐厅吃饭。餐厅四周开放,没有围墙,自然,这里也是流浪狗光顾的地方。本人自幼喜好动物,《动物世界》的节目一集不落,对狗的态度可想而知。我坐在板凳上吃饭,旁边总少不了狗。那天,像往常一样,我照例将吃剩的鸡骨头扔给身后的黑狗。当我餐毕,正在饮水,突然感觉有什么东西在我的屁股上敲击了几下。我回头一看,是那条黑狗,它用右前爪敲击我的臀部,意思是说,"等了半天了,咋不见下一块骨头呢?"我苦笑着,耸耸肩,和它告别了。

流浪狗,吃、住、行都不成问题。当它们碰到特殊时期,比如,怀孕、生产、育儿时期怎么办?我还真碰巧目睹了这一幕。还是那年在农大的时候,在我每天经过的那条路上,有一只黑狗,肚子圆圆的,显然是有孕在身。我几乎每天都看到它,眼看,肚子一天天大了起来,我有点杞人忧天,将来它到哪生产呢?

果然,几天后,那狗不见了,一连两周,没有它的影子,我断定是在哪里产仔、育儿呢!后来,我又看到它了。我有点好奇,就在它后面尾随而去,穿过一片枯黄蒿草,那狗在一个废弃建筑物的墙角停住了。我也停住了脚步,离它十几米远,清楚地看见有五只小狗崽,一看妈妈来了,便骚动起来,嗷嗷待哺。我仔细观察,旁边放着一个小盆儿和一个小碗。看不见盆内的食物,显然,有细心人对这位狗产妇和幼儿有所关照。目睹此情此景,我对泰国人的善心和爱心大为折服。

又过了几天,趁狗妈妈不在,我再次造访那窝狗宝宝。不料,原来的五只变成了四只,我诧异了。看着这几只狗宝宝生得干干净净,毛茸茸的,活蹦乱跳,煞是可爱,我断定,一定是有人被这可爱的小精灵征服了,将它带走领养了。这对母子来说,倒不失为庆幸之事。

看到这么多流浪狗,试想,国人会做何感想?肯定会心生疑问,"这么多狗,咋不吃呢?"在中国的文化中,早有吃狗肉的习俗。一个成语叫"挂羊头,卖狗肉",这表明狗肉肯定有人吃。吃狗肉在中国有些地方很流行,还有人把狗肉当作上品,说狗肉"大补"。从流浪狗中看到了这个国度放射出的那种美好的精神之光。

不过,物极必反,这是颠扑不破的自然法则。凡事都有度,过度,则走向反面。曼谷的流浪狗也如此,已是狗多为患,对社会产生了负面影响,如环境问题、传染病问题、狂犬伤人问题等等。这已经引起有关部门的注意。曼谷的流浪狗基金会 2016 年宣布,预计未来 7 年,将投入 5.5 亿铢,对曼谷流浪狗消毒,并注射疫苗,以解决传染病蔓延问题。

至于流浪狗数量过多,泰国政府几年前曾试图把它们圈到野外饿死,但立即招致强烈反对之声。无奈之下,政府又不得不放狗归城。曼谷流浪狗成灾的问题恐一时难以解决。笔者管见,何不采取绝育这种较为人道,当然也符合狗道的措施呢?

人们常常处于尴尬境地,往往在道德和利益之间面临两难选择。但愿,曼谷的流浪狗问题得到两全其美的解决。

幽默小议

乐趣是人们生活中不可缺少的一部分,也是决定人们幸福指数的重要组成部分。乐趣多种多样,例如有读书的乐趣,表演的乐趣,竞技比赛的乐趣,欣赏音乐的乐趣,林林总总。几乎各行各业都有人把它当作一种乐趣。于是,乐趣也就千差万别、五花八门。但有的乐趣却是人类共有的,例如欣赏幽默。人们喜欢充满幽默的语言表演艺术,例如中国人爱听相声,美国人爱看脱口秀,因为这种表演充满幽默和风趣。自从 1990 年春晚,赵本山的幽默小品《相亲》一炮走红后,便一发不可收,一连 12 年的春晚都有他主演的幽默小品,而且他演的小品年年获奖。他和宋丹丹简直成了中国人崇拜的幽默偶像。可见人们对幽默表演的兴趣之浓。

追求幽默的乐趣是人类共有的,但幽默感有时却大相径庭,美国人说个笑话,老美们会捧腹大笑,而中国人却丝毫不觉好笑。同样,中国人觉得好笑的,美国人却不以为然。这是因为文化不同,社会生活背景不同。在同一种文化背景下,人们形成了观念默契、价值默契、伦理默契、情感默契和情趣默契,人们很容易形成同感和共鸣。不同文化背景的人在一起不可能形成同感和共鸣,因此,一个笑话很难引起哄堂大笑。就拿近几年来在美国走红的华人年轻幽默脱口秀表演者黄西的一个最有名的段子之一来说,那是在美国一个大型记者招待会上的表演。观众几乎从头笑到尾,尤其是他讽刺美国现任总统奥巴马的那一段,他说:"奥巴马总统经常被指责为过于软弱,但他一手策划了两场战争,但诺贝尔居然还给他发了和平奖,他居然还接受了。"中国人要听到这段,那就是严词抨击,丝毫不可笑。然而在现场,简直令美国人笑得人仰马翻。为什么? 这是美国的文化,美国是一个崇尚民主、平等的国度,人们常常拿总统开涮,习以为常,所以把这种玩笑开得越花,就越可笑。中国哪有这种玩笑?

同样,中国人的某些笑料同样不能惹美国人发笑。如果一个中国人在大庭广众之下宣称"我喜欢戴绿帽子",准惹得哄堂大笑,而在场的外国人会觉得你们笑得莫名其妙。这也是因为它反映的是中国文化。在我们的文化中,早已形成了一种价值观和道德观上的默契。

可见,幽默常常存在于有共同文化的人群中,不同的文化有不同的幽默。

然而,奇妙的是,不同文化之间的碰撞也能产生幽默,把不同文化元素扯到一起,同样使人感到妙趣横生。例如冯巩和朱军的小品《笑谈人生》中,冯巩说:"有句话说得好,和帕瓦罗蒂比劈叉,和美国总统布什比说普通话。"宋丹丹在小品《钟点工》中说:"我这鞋,阿迪达斯的。裤子,普希金的。衣裳,克林顿的。皮带,叶利钦的。你再瞧我,我这兜里头用的都是世界一流名牌化妆品。"这些都是令人捧腹的点睛之笔,这就是文化混合产生的幽默奇效。

近年来,我所教的外国学生越来越多,同他们交流过程中无意间发生了很多笑料。我想以自身经历介绍一点不同文化背景的人在一起进行语言交流时产生的可爱幽默,这里凡举两例。

例一,一次课间休息,一个波兰女生问老师:"'口交'(音)是什么意思?""口交是性交的一种方式。"老师颇为严肃地回答。另一个美国男生知道她问的那个东西,马上说:"不,和性交没有关系,老师,与脸有关。"老师解释说:"当然了,那肯定要接触到脸。""不是的,老师。"那男生继续争辩,"是这样往脸上戴的",同时用手做了个动作。老师恍然大悟:"哦!那叫'口罩'"。老师捧腹大笑。

例二,在外国学生的课堂上,老师讲解了"阴"和"阳"两个字后,让学生用'阴'组个词。许久,没人吱声,老师启发说:"马路两侧流污水的地方叫什么?"无语。"像河一样",老师进一步引导。"叫阴河。"一个学生抢答。"不对。""叫阴渠。""也不对,像流水的通道。"老师再次提示。"我知道了,老师,叫阴道。"老师啼笑皆非,"那叫'阴沟'"。

或许有人觉得这种笑话有欠高雅。其实,过分强调高雅、健康之类,也就没有幽默了。常常有人指责赵本山的小品低俗,我想这是苛求,不够厚道。你不能对这样的事实视而不见吧——亿万中国人就是喜欢他的表演,人们看了,就是笑得前仰后合,他的小品就是个个获奖。表演艺术的对象是观众,没有观众,再高雅和健康的东西都没有艺术欣赏价值。不能把少数人那种所谓高雅的标准强加给大多数民众,或者自己笑过之后又去横加指责。

不同文化的交流和碰撞就会产生新奇的东西,这就是杂交优势,幽默也是一样。这不是媚俗。

作品赏析

《幽默小议》这篇论文属于文化散文。渗透于文化中的幽默感引发了作者的思考。文章第一段以"乐趣"引出"幽默",并且举例说明了人们通过观看小品来表达自己对幽默的热爱。随后,作者用大量文字描写了中外文化对欣赏幽默的不同态度，其中举例在国外的一场脱口秀上，表演者的一段内容对美国总统进行了讽刺，又举例中国人经常使用的一个词语"绿帽子"，如果在公共场合使用不妥当肯定会引起哄堂大笑。作者直接指出了出现这种现象的原因，即是因为文化不同和社会生活背景的不同，不同文化背景的人在一起不可能形成同感和共鸣，因此对幽默会产生不同的理解与感悟。文章的后半段作者结合自己在课堂上亲身经历的事情，主要是与外国学生语言交流而产生的幽默误会，文章最后作者还通过两个例子浅议了幽默的雅俗性，值得人们思考。

作者行文风格十分简朴明了、通俗易懂，用最简单的文字表达了一个具有思考性的主题。在阅读这篇散文时，让人不禁联想到老舍先生的《谈幽默》一文，相较之下作者浅议幽默简单易懂，并且明确地指出了欣赏幽默时出现不同态度的根本原因。作者在文中举了大量的例子，有历史上真实发生的例子，也有自己亲身经历的例子，在举例子后随即引出自己的观点，这可以帮助读者更好地理解不同的幽默。

（王思佳）

小　草

　　小草,本名纪淑琴,女,1950 年生,原籍中国黑龙江,笔名
小草。1968 年下乡北大荒,1972 年入学南京邮电大学。毕业
后一直从事电信技术软件科学研究。改革开放后,从事电信
技术研发管理。2004 年北京大学信息管理系读研,2006 年毕
业。2011 年至今旅居泰国。曾任法政大学和蓝康恒大学兼职
教师。2013 年开始文学创作,在《世界日报》《泰华文学》发表
过多篇散文和小说。2017 年,在中国当代世界出版社出版个
人文集《曼谷的雪人》。

娱乐灵魂的哀叹——读《娱乐至死》随笔

　　在网上评出的"过去十年最有影响力的三十本书"中看到《娱乐至死》。
感到书名甚值玩味,猜想内容一定诙谐有趣,可看封面设计又觉得像科幻小
说,而编辑给出的评价是:作者"所关注的是电视的娱乐化对人的影响,而在
今天,当互联网异常发达,每个人都面临着娱乐至死的风险"。好奇心的驱
使下,我在网上寻到此书,看了个究竟。

　　看惯文学作品之人翻阅社科书籍难免缺乏耐心,因为它既无小说那样
跌宕起伏的情节,亦无诗歌那种音韵之美的意境,更缺乏散文那么清雅隽
永、回味无穷的文字,有的只是冷静、客观,甚至有点晦涩、刻薄的叙述,但坚
持下来却感到一种震撼。作者尼尔·波兹曼是美国著名媒体文化研究者、
批评家和传媒学教授。他以 20 世纪 80 年代美国电视主导的媒体娱乐化引
发的社会问题为对象,深入研究和分析了从纸媒体到电视媒体的变革对大
众以及社会产生的深远影响,认为人类将毁于自身所热爱的事物。

　　我之所以被此书吸引,很大程度是出于对作者洞察力的钦佩。20 世纪

80 年代,电视业方兴未艾,互联网还未商用,但作者已经看到其信息被娱乐化、碎片化对人类思想、教育、文化和生存渐渐产生的不良影响,而受众却对此毫无意识,沉迷其中。作者隐约看见一种不可避免的未来世界——人类将毁于自身不惜代价追求的视频娱乐。他用很多事例说明信息泛滥、科技过度外延,以及泛自由化造成的人类感官体验凌驾于其他体验和思考之上的问题及结论,放在当下的互联网时代依然鲜活,甚至更有针对性。

书中写道:"一切公众话语日渐以娱乐的方式出现,并成为一种文化精神。我们的政治、宗教、新闻、体育、教育和商业都心甘情愿地成为娱乐的附庸,毫无怨言,甚至无声无息,其结果是我们成了一个娱乐至死的物种。"乍一看这段内容不免有点耸人听闻,可回想 1997 年自己在美国进修时看到电视上的脱口秀节目不厌其烦地把总统克林顿的桃色事件当作笑料翻炒,很多频道整日播放那些极其无聊的肥皂剧,而观众无不笑得前仰后合,乐此不疲,便觉得作者如是说倒也无可厚非。转而联想眼下互联网时代催生的文化现象,更不免产生一种共鸣。

我国甚少有政治、宗教类信息被娱乐化的现象,但其他信息无一幸免,其效果确实令人担忧。如今,网络媒体已化身主流媒介,人们不再满足于电视机前的娱乐,而是捧着手机,纷纷沦为"低头族",已达到人机合一的境界。那么,最吸引大家的内容是什么呢?无非是些娱乐新闻、明星八卦、网络段子等,并无更多值得深思的信息,阅后不过付之一笑,人们并不关心笑过之后该思忖些什么。推送信息者关注的也只是人们的眼球,对他们来说,其点击量和下载率才是王道,那都可以换来真金白银!

网上阅读有点累人,看了两章,我便退出内容页面,旋即被封面上那幅着装整齐却没有脑袋的一家四口围坐在电视前的图片深深吸引,不禁为之叫绝,这张画恰如其分地诠释了本书之要义;同时为读者想象画中人的实际面容表情,留下了无穷空间。我渐渐脑补出四张哈哈大笑,幽灵般的脸,气球形状、半透明,柔软地在书面上弹来弹去。这让我不由得想起汤显祖在《牡丹亭》中的词文:"问君何所欲,问君何所求,牡丹花下死,做鬼也风流。"变通一下,此情此景不正是:"问君何所欲,问君何所求,电视机前死,做鬼也快乐!"看着看着,我的脑海里浮现出几天前在地铁里遇到的低头族,与插图里的躯壳别无二致!

那是春节后的一个上午,我牵着外孙的小手走进地铁站候车。外孙本来长得比同龄孩子瘦小,四岁的孩子身高才一米挂零,体重二十七斤,受节前那场来势汹汹的流感袭击又瘦了一圈,外形看着很是可怜。他却十分懂事要强,从不要人抱,无论跟我去哪儿,都坚持自己走。车来了,我们走进车厢,虽不是人流高峰,仍座无虚席。我让孩子靠着过道上一根柱子站好,叮嘱道:"桃酥,站好!别摔了。""放心姥姥,我这只手抓着铁棍,这只手拉着您。"他信心百倍,小大人似答道。此刻,我旁边的一个青年人抬起头,将一双无神的眼睛从手机上移开,看了看外孙,我以为他要让座,便积极地回视他。未承想,此君只是挑了一下浮肿的眼皮,生硬地翘了翘嘴角,又立刻低下头专注于自己的手机。我强压怒火,心中暗骂:"没有德行!"

转眼看外孙,小家伙正若无其事地抬着小脸,瞪着那双亮晶晶的大眼睛全神贯注地看那张贴在门旁的北京地铁交通图,并兴奋地对我说:"姥姥,这张地铁线路图与妈妈给我买的那张一模一样。"我假装疑惑道:"真的吗?""真的!不信,您看看,我们乘坐的是 4 号线,到西单转乘 1 号线,然后在大望路下车。"孩子认真答道。或许这番奶声奶气且富有逻辑的话语多了几分吸引力,坐在线路图旁的一个胖女人睁开睡眼,用惊讶的神情看着外孙,我又生出希望,谁知那眼神不过持续数秒,又立刻失去光泽,被沉重的上眼皮盖上了。

中关村站到了,无人上下,一切如故。所有人无不沉浸在手机的世界里,除了那个装睡的女人。我的内心五味杂陈,脑海里浮现出前几日网上热传的一幅《孝心图》:一位老奶奶被一帮低头看手机的孙男孙女围坐在中间,兀自哀伤。此时此刻,我自觉比那个画中老人幸运得多,只是为社会公德和风气的恶化深感痛心。"低头族"连一分钟都不舍得牺牲,一味追求娱乐和自我,对近在眼前的老弱妇孺视而不见,充耳不闻,没有一点儿同情心。

又一站到了,只见那个装睡的胖妇直至车门打开才恋恋不舍地离开座位下车,好似心里一直在计算本次乘车的投入产出值,以便让自己坐车的利益达到极致。我抱着外孙坐在那个好不容易空出的位置上,故意充满弦外之音地对孩子说:"桃酥,长大了一定要想着给老人和小朋友让座哦!""嗯!"桃酥似懂非懂地点头回答。这话触怒了坐在旁边的一个小伙子,他抬起脸,很流利地白了我一眼。但我心里仍甚感快意,毕竟我的话刺激到了他的神经,远比对面那对仍沉浸在游戏闯关中的麻木情侣好多了。

坐下来,更让我难受的视觉冲击映入眼帘。对面车壁上贴着四个鲜明的蓝色圆形标志,分别代表老幼孕残,下边用黑体字清楚地写着"有需要人专座"。而坐专座上的漂亮姑娘正戴着耳机,兴奋刷屏,摇头晃脑,乐不可支。那表情,那举止,犹如正在演出一幕自编自导的讽刺小品。

我绝非斤斤计较之人,也从不倚老卖老地去抱怨那些不给自己让座的年轻人,世风日下,早无须为此大惊小怪。可那天,我却为幼小体弱的外孙站在那里无人问津气炸了肺,并开始认真思考:伦理道德危机的始作俑者是不是互联网媒体?过度娱乐的生活会不会挖空人们的头脑,乃至心灵?这种不顾一切地刷屏会否吞噬人们的思维能力和基本情感?如真那样,人们将丧失灵魂的需求,也只能"娱乐至死"了。

关上电脑,打开微信,一位老同学发到群里的消息引起我的注意:"我邻居家一个上初一的孩子,因玩网络游戏成瘾,和两个一块玩的孩子陷入虚拟世界的厮杀不能自拔,将网吧里的另一个孩子杀了。游戏害人!网络害人!千万管好自己的孩子!"我惊呆了,这样的孩子已不是娱乐至死,而是娱乐找死!

我无心浏览其他信息,放下手机,哀叹不已,寻思着如何才能让更多的人听到"娱乐至死"的警钟,拒绝娱乐灵魂!

🌴 作品赏析

本文是一篇读书随笔,从《娱乐至死》的读书心得出发,联系到了现实生活中的一个事件:春节后的一个上午,地铁站的人都沉浸在手机的世界里,没有人为自己和幼小体弱的外孙让座。由此讽刺了世风日下,人类丧失灵魂的现状。

作者以辛辣的笔触描写了当前人们因追求娱乐与自我而丧失同情心与爱心的现状,特别是地铁让座一事,从语言描写、外貌描写、心理描写等多种手法刻画自己内心的气愤与他人的冷漠,更将孩子的举动与成人的行为相对比,加深了讽刺之意。

文章思路清晰,视野开阔,充满了忧患意识。从对《娱乐至死》的智性思考展开,联系了汤显祖的《牡丹亭》、网络热传的《孝心图》,并结合实际进行分析,全面地传递了作者对过度娱乐的否定态度。

(张清媛)

若　萍

若萍,本名翁惠香,出生于 1952 年 8 月,泰籍华裔,祖籍广东潮安,原居泰北清迈府,长期任职于报界,20 世纪 80 年代开始投稿各华文报副刊。出版著作有《龙城河畔》《佛邦漫笔》,译本有《佛法是什么》《佛法讲座》等。作品《生日礼物》曾获 2008 年泰华作协举办的微型小说比赛亚军。《半个油饼》获 2013 年泰华作协举办的闪小说比赛季军。现任泰国华文作家协会副秘书长。

等　车

我站在巷尾转角的地方等出租摩托车,在这个寂静的巷子里,除了偶尔来往经过的车辆外,星期天的下午,更是难得见到行人。和我一起在等车的,还有一个穿着花衣的中年女人,从我第一眼见到她,她就坐在路旁墙边的一条水泥凳上,把手机贴在耳边不停地在讲话。

这条全长不到两公里的巷子,两边都是花木扶疏的豪华别墅,如果不想在两旁的树荫下安步当车地走到外边大马路,就只好站在这巷尾的地方等待出租小车或摩托车。记得当初搬来这幽静的社区,相当长的一段时间我都感到难以适应,因为即使是白天,整个社区也是静悄悄的,又高又长的围墙把墙里和墙外分隔成两个世界,我生性喜欢热闹,守在听不到人声也听不到车声的家里,感觉上就好像被关在监牢里般的不耐烦。尽管我几乎每天黄昏都在社区内散步,但偌大一个社区,算起来我认识的人,并没超过竖起来的五根手指。

但是,不知从什么时候开始,我渐渐地能在我这个静悄悄的家待上较长的时间而不会感到厌烦了——除了一些自得其乐的消遣外,在曼谷这个大城市里,能有多少地方是从早到晚都能听到鸟儿在鸣唱的呢?

就像现在,我在路边等车,"苦苦苦——苦苦苦——"空气中传来被强迫落户牢笼中的山鸠的哀鸣,但听在人们的耳里,却是"姑姑、姑姑、姑姑——"说不出的悦耳动听。

沿着小巷望过去,两边人家的花树不甘寂寞地把灿开的各色花朵,从墙上篱间伸展到墙外来迎风招摇,一眼望去万紫千红充满生气。这时节,正是金凤花盛开的季节,火红的花朵像红云般地笼罩在树梢,尽管是炎热的四月天,但习习的凉风吹走了闷热的空气。我游目四望,在等待出租摩托车,也在欣赏这些点缀了世间的花朵,同时聆听着可爱的小鸟在树梢热闹地欢唱,毕竟这是一个令人心旷神怡、充满了松懈感的星期天。

"……那家公司破产了,我的一千多万也没有了……来不及把那只股卖掉,又输了五百万铢,就是那个该死的交易员……"耳边传来了那个女人的声音。

哦?还是个在证券市场里吃了大亏的"投资人"。我那飘荡在树梢与花香间的神思立刻敏感地被她拉回,目光扫向坐在一旁的她,这才注意到她那一身又肮脏又土气的衣着和放在她前面脚边装得鼓鼓的一个大塑胶袋子。

近几年来,为了扶掖股市,刺激指数上升,官方利用种种媒介宣传,鼓励人民把存款从银行里调出,转移到股市,说是可以得到比银行利息更高的回报,结果是大鱼吃小鱼,少数富有的人更加富有了,而更多的是粉身碎骨的扑火飞蛾,成为云谲波诡、浮沉难料的大赌场的牺牲品!

——微风吹乱了她卷曲的长发,贴上那油腻浮肿而又显得憔悴的面庞,瞟了她一眼,心里真有点怜悯的感觉。

"……哦,你说的是那个董事长夫人的宴会?你知道吗,我那天戴的钻饰就值了好几百万铢……最近运气不好,好多事都不顺心……好了好了,不要多讲,我叫司机开了我的奔驰轿车去接你。"耳际又飘来那妇人的絮叨。

钻饰?奔驰轿车?我忍不住再转头望了那妇人一眼,泰人有一句谚语"抹布包着的黄金",大概指的就是这样的人了吧——衣冠楚楚,可能是银样镴枪头的囊中羞涩之人,但一些衣着邋遢,不修边幅的人,说不定就是家财万贯的大富翁、大富婆,真是真人不露相!

一辆摩托车来到我面前停下,坐上后座前,我盯了她最后一眼,一阵微风扬起她的乱发,我才赫然发现,握在她手里的,——只不过是一个装水果汁的小小纸盒!

贵庚几何

很多人都不喜欢被人问到年龄,尤其是逐渐步入高龄的人,或许是基于一种还不肯接受青春已不在这个残酷事实的心理,对这个问题会特别的敏感。然而,尽管这是一个不受人喜欢的问题,但是仍然有很多好奇心重的人对第一次见面的人,很直率就是一句:"贵庚几何?"

尽管答案真真假假,但相信很少人会就此老老实实地向对方报告自己的"贵庚"。

很久以前有一次我乘火车到华欣探望亲戚,坐在我对面的是一位华人青年,彼此对望了几眼,交换了一个微笑,就有一搭没一搭地闲聊起来。谈着谈着,他问我年岁多少,我就以要他猜测为回答。

那个男人望了望我的脸,回答了一个数目。结果是他的答案使我听后甚感没趣,不自禁地脸色一变,在接下去的路程上,我选择把目光投到窗外,再也提不起劲来和他胡扯了。

问人贵庚几何,就是这样一个很无聊的话题,对发问者和被问者都没有什么好处。

一位朋友,神通广大地把自己身份证上的年龄削减了好多岁,由可以当我的姐姐变成我的妹妹,在善于保养和精致的化妆下,的确也真好像比我年轻。可是尽管她如愿以偿地减少了岁数,但这并不意味着她真的就年轻起来了,除了偶尔有必要把真实年龄悄悄地告诉算命先生之外,对人,尤其是相识的人都成了一个不愿提及的尴尬秘密。

但是世事也并非一成不变,后来我发现年龄已经不再是一个讨人厌的话题了。

"李先生,您贵庚几何了?"

"八十二岁。"

"哇!看不出来啊,您那么健康,从脸色上看起来好像只有六十多岁!"

"哈哈哈哈,老了老了……"

"哈哈哈哈……"发问者和被问者都在高兴地笑。

"丹凤姐,你穿这套衣裳真好看,身材还那么苗条……"

"哪里哪里,都已经七十六岁了……这套衣服还是十多年前的旧衣裳呀……"连丹凤姐都自报年岁了。

接受了事实之后,年龄再也不是令人讨厌的问题了,尤其是现在来往的圈子里,多的是发苍苍、眼蒙蒙,脸上、身上都掩饰不住岁月痕迹的夕阳一族。

有一个时期,我常常在有人问我年龄时多报几岁,然后很开心地感受对方对我的赞美:

"真的吗?你看起来没有那么老啊……"这些恭维的话,总会令我感到飘飘然。

不管我承认不承认自己老,有一个不争的事实是:现在上公车,常常有人起身给我让座;当我紧抓着车门的把手,小心翼翼地跨下公车时,耳边会飘来售票员对司机的大声关照:"慢点,慢点,老人下车……"

"老人"的称呼,听起来真是刺耳!但假如我不是"老人",我能够享有在公车上有人让座,或是在我亟须有人助我一臂之力,而在东张西望的时候,总会有援兵出现的好处吗?

行笔至此,刚好在北部的好友打电话来:"阿萍呀,你还在染发吗……我已决定不再染发了,认老了,下次理发后头发就全白了……"

朋友传来一张近照,修剪得短短的头发花白斑斓,娃娃脸上笑容可掬。

朋友和我同龄,但是她长得娇小玲珑,肌肤白皙细嫩,和满脸褐斑、不受欢迎的深深皱纹已不知何时爬上额头眼角的我走在一起时,乍眼一看,还以为是老妈子带了女儿出游。

我忍不住对镜拨开我的头发,映入眼帘的,是发根又已冒白的"三千烦恼丝"。

啊!又要染发了!

☘ 作品赏析

年龄能够直接暴露一个人是否还依旧青春,所以人们见面常会因好奇心重而直率地问他人"贵庚几何",这样的情况现实中也比较常见,然而这样的"无聊"话题往往对交流双方都没有好处——作者开篇即结合自身事例与读者谈论了对于此事的最初的看法:我们大都希望为"保持"年轻而宁愿隐藏真实的年龄。但后来"我"对年龄的看法又发生了转变,"我发现年龄已经不再是一个讨人厌的话题了",甚至"我常常在有人问我年龄时多报几岁",并能收到对方对"我"的恭维,而且"老人"还能因年龄大而在坐公车以及其他生活方面得到别人的关照和帮助,所以似乎作者对自己的年老一事已然变得释然、豁达了起来。但出人意料的是,作者最后笔锋再转,当看到同龄的朋友依然面貌年轻的近照时,"我"对着镜子又看见了映入眼帘的"三千烦恼丝",于是不禁再次感叹不已,"烦恼"又生。

这则幽默小品文在情节上可谓一波三折,作者对年龄的看法和对自己年老的态度"一变再变":先是抵触,而后接受,再后来仍然慨叹。这既透露出作者的幽默与乐观的心境状态,也透露出作者对年轻的渴慕以及对年老的不甘。透过文章中的一些句段(比如"我选择把目光投到窗外,再也提不起劲来和他胡扯了","啊!又要染发了!"等),我们即能感受到作者在言语中所透露出的那丝依然保有的孩子气和年轻态,显示出作者一定的积极乐观精神和自嘲自娱的心态。

本文贴近生活,态度率真,富有一定的感情色彩,总体上能够给读者带来较为轻松幽默的阅读体验。

(李仁杢)

今 石

今石,原名辛华,祖籍中国山东莘县,1953 年 11 月 27 日出生。现居泰国。1977 年开始在中国国内报刊发表文学作品。移居泰国后,业余时间在泰国和中国多家报刊发表诗歌、散文、小说。至今发表五百多万字作品。与文友合著散文集《湄南散文八家》、《小诗磨坊》(2007 至 2018 年版),创作的散文诗曾被《中外华文散文诗大辞典》收录。现为泰国华文作家协会理事、小诗磨坊成员。

大 蒜

平时俺喜欢就着大蒜进餐,这是在山东鲁西家乡养成的习惯。那时一天三餐吃面食,馍馍、花卷、烧饼、大包子、饺子、面条等。

自己觉得吃面食不吃蒜,就好像嘴巴没味,肚子里不过瘾似的。

蒜辣,在俺家乡里有"辣椒辣嘴,蒜辣心"的说法。家乡的方言里形容一个人气急败坏的样子,就说他:"你看你看,像猴吃蒜一样。"

在俺家乡,吃蒜的人占大多数,彼此嘴里的蒜味,都司空"闻"惯了。吃完饭大家都刷牙漱口,蒜味就淡了。

俺出了山东,尤其是到南方去,吃了蒜,嘴里就要多加小心了,出门见人,俺先刷牙漱口还不行,衣兜里总备着口香糖,随时往嘴里扔。

有一次在广州午餐吃了蒜后才接到通知,说下午要会客,俺心里嘀咕着,早一会下通知,我肯定是不会吃蒜的。

到了会客室,俺一摸口袋,忘了带口香糖。与客人见了面,俺首先向客人李先生道歉说:"俺午餐时吃了蒜,嘴里有蒜味会影响到您,请您多多包涵!"俺用手半捂着嘴对他说。

不想李先生竟哈哈大笑起来,轰天炮似的大嗓门就对了过来:"中午吃饭时俺也吃蒜了!您嘴巴有蒜味,俺的嘴巴也有蒜味。蒜味对蒜味,就无所谓了!哈哈哈!老乡见老乡,嘴巴蒜儿香!哈哈哈!"

俺也跟着笑起来。原来李先生是山东苍山人,苍山是大名鼎鼎的中国大蒜之乡!苍山的大蒜个头大蒜味冲,是蒜中良品。以前俺在济南汽车运输公司工作,有车跑临沂、苍山一带,总让司机捎点大蒜和蒜薹回来吃。

移居泰国后,我把在家乡吃蒜的优良传统也带到泰国来。

泰国本地产的蒜个头小,只有手拇指头大,这种蒜在俺家乡农村叫"狗鸭蒜"。

泰国人主要用来做调料,用石臼捣碎后,放到炒锅用油炒黄炒脆,吃粿条、面条时放点进去调味。

来泰国俺第一次包饺子,请了泰国朋友乌泰先生来品尝。韭菜、猪肉、虾仁馅的三鲜饺子,第一锅出来,俺先给乌泰端上,同时把一碟香醋和一头大蒜推到他跟前。

乌泰眼里只看饺子,一口一个吃得香极了。俺问他好吃吗,他点点头,伸出大拇指。

俺指指大蒜和香醋,对他说:"在俺家乡,吃饺子一定要就着蒜和香醋吃。这样更香。"

俺示范给他看,先把饺子放到醋里一蘸,一口饺子一口蒜,吃得咔吧咔吧的。

一转眼,半头中国产的大蒜就让俺吞进了肚。

乌泰瞪大眼定定地看着我,说:"真不可思议,真不可思议,这样辣嘴辣心的生玩意,您吃起来,就像吃荸荠一样!"

我对他说:"这全在习惯上,我们家乡没这玩意就餐,吃饭不香。"

他点点头说:"是啊,就跟我们泰国人一样,吃饭没辣椒就吃不下饭。"

在我的鼓励下,乌泰迟疑地把一瓣蒜放进了嘴里,刚一嚼,就啊了一声,噗噗地吐了出来,嘶哈嘶哈地用手捂住嘴。

我马上给他递过去一杯冰水。

吃完饭,我沏上茶,大家喝着茶聊天。我对乌泰说:"大蒜的有效活性成分中有一些含硫的化合物叫蒜素,这种蒜素可提高机体细胞的免疫力,能消毒杀菌,此外蒜素对稳定血压血脂,都有帮助,在我故乡山东产大蒜的地区,苍山一带，胃癌的发病率很低，专家们研究，可能与长期生吃大蒜有关。"

乌泰先生专心地听我聊着，说："大蒜还有这些对人体保健的功效。"

我说我长期吃大蒜，五十多岁了，血压血脂心脏都很正常。我的吃法是切成片，或者砸碎调香醋，就着面食和米饭菜肴吃。

吃完蒜嚼点茶叶去蒜味，挺有效，能吃酸的，切片柠檬放进嘴里嚼嚼吐掉，去蒜味也很管用。

在泰国吃蒜让我经常想起山东故乡。

作品赏析

《大蒜》这篇散文描述了自己山东老家的一个吃饭的习惯，吃饭的时候一定要吃蒜。在一次会客中，因为自己吃了蒜，害怕因为味道太大不礼貌，让客人不高兴，所以作者主动说了出来，但没想到对方也吃了大蒜，"蒜味对蒜味，也就无所谓了"。作者又介绍了让泰国朋友吃蒜的经历，山东人吃蒜正如泰国人吃辣椒一样，其实也是一种文化，每个地域都有自己的饮食文化，每次吃蒜都可以让作者想起自己的故乡。

作者描述的语言简单幽默，以对话的形式贯穿全文，让读者读起来也忍不住笑出声音来。这个选题角度也新鲜有趣，讲述自己家乡的饮食习惯，展现出了文化的差异以及自己对家乡的思念之情，最后还为我们介绍了大蒜的好处。

作者的这篇散文生动幽默形象，幽默中有文化，文化中有感情。

（张瑞坤）

杨 玲

杨玲,祖籍中国广东潮汕。生于 1955 年 5 月。作品发表于泰国《世界日报》《新中原报》《亚洲日报》《泰华文学》以及中国等地的报刊。现为世界微型小说学会副秘书、泰华作家协会副会长、《泰华文学》编委、小诗磨坊成员。2012 年出版泰文小说翻译集《画家》,2013 年四川文艺出版社出版微型小说集《曼谷奇遇》。2005 年和父亲老羊合著出版《淡如水》文集,2007—2018 年和泰华诗坛诗人合作每年出版《小诗磨坊》。2008—2009 年再和父亲合著微型小说集《迎春花》和诗集《红・黄・蓝》。2014 年获首届世界华文微型小说双年度优秀奖。2016 年再获第二届世界华文微型小说双年度优秀奖。

微自传

我是泰国华文女作者,祖籍中国广东潮汕。

从小受父亲(老羊)影响,家庭熏陶,爱好中华文学,喜读华文书籍,青少年时在中国受教育,回泰国后在华文报业当泰中文新闻翻译,也客串过华文教师,现任泰国华文报纸文艺版编辑。

我的文学创作起步甚晚,但遗憾的是大器没有晚成呀! 20 世纪 80 年代同辈文友已经在国内外华文文学征文比赛中初显身手,夺奖无数,自己还在混混沌沌继续当书迷。直到 1997 年,在泰华文坛前辈积极栽培下,终于下决心踏上文学殿堂,练笔、磨笔数个年头,至今约 20 个春秋,也不见文笔长进多少,但字数写下还是很多的。我写的文类有散文、诗歌、小说和泰文翻译作品。作品发表于泰国《世界日报》《新中原报》《亚洲日报》《泰华文学》和中国、东南亚各国等地的刊物。

于21世纪,在泰华华文文坛青黄不接的时期,我仍然坚持用华文在写稿,并任编辑,还先后当上了泰国华文作家协会理事、秘书,现在是副会长,这是幸还是不幸?因为我总觉得我是一个"滥竽",混在泰华文坛里,无才有德。

我总觉得身上的担子很沉重,老是生怕我辈成了泰华末代华文作者,常有前见到古人,后不见来者的感觉。这种感觉叫人怕怕,但愿我的感觉失灵。阿弥陀佛!

2004年我又开始学写小诗,2007年被泰华小诗磨坊招揽,成了7+1的成员,是当时泰华小诗磨坊唯一的女性,又一次觉得自己是一个"滥竽",冒牌诗人。至2012年,泰华小诗磨坊增加三名年轻成员,自然我也升级成为磨坊里的大姐,成了"老滥竽"了,是喜是悲?

近二十年来我和文友常代表泰华作协出国访问,又利用网络信箱和各国文友通信,认识了各国华文文友。加上我在网络上开博客(泰国杨玲)、微博、微信(曼谷杨玲),结交了不少世界各地的网友,以文识友,先神交后见面,所以到各国各地都有文友、网友接待,真是人生一大快事也!

2012年出版泰文小说翻译集《画家》,2013年四川文艺出版社出版微型小说集《曼谷奇遇》。2005年和父亲老羊合著出版《淡如水》文集,2007—2014年和泰华诗坛诗人合作出版《小诗磨坊》共八集,2008—2009年再和父亲合著微型小说集《迎春花》、诗集《红·黄·蓝》。

现为世界微型小说学会副秘书、泰华作家协会副会长、《泰华文学》编委、小诗磨坊成员。

2014 年 7 月

摆乌龙

进入21世纪,我喜欢上了旅游,每年除了利用出席国际、国内各种文学交流的会前后时间去各个开会地点附近游玩之外,我总会和几位志同道合的文友组团到处走走。另外现代信息技术的发展,使世界变成地球村,全民使用微信、脸书、推特、Line等联络工具,使失联多年的老朋友又重新连线,各种老友群纷纷成立,微信群像滚雪球,越滚越大,越滚越多。线上聊天,友情增进,有机会就相约聚会,由此我去中国找老朋友的次数比以前增多了。

每次我要出远门去旅游,都提前约一个月收拾行李,把行李箱放在床前,要带去旅游的衣物陆续放进箱子里,出门前最后一个星期再三检查,力保万无一失。

但是因为记忆力退化,每当提着旅游箱到目的地,总会发现自己摆乌龙了,又是把什么忘记在家里没带出来,要立刻采取措施补救,常常搞得自己手忙脚乱的,于是在心里嘀咕:下次绝不能再犯这毛病了。就说说最近几年发生的乌龙事件吧。

记得前年去中国旅游,我忘记带睡衣,下飞机后立刻群发微信:"各位来酒店看我时请给我带一套睡衣。"结果惊动好几个朋友,几个人各带了一套睡衣来救急,我一下子收到四五套了,就住四五天,这也太夸张了,立刻再发微信:"慢来的不要再带睡衣来了,已经有了。谢谢各位朋友! 谢谢微信!"

去年去汕头游玩,心里想这次一定不要出乌龙,不要忘记带睡衣,往旅行箱放衣物第一次放的就是睡衣,接着陆陆续续再收拾衣服用品,检查了几次,确认自己都带齐必需用品,放心上机场飞了。等到下机时要打电话给接机的朋友时,我傻眼了,忘记带电话簿了! 因为平常常用的电话号码都输进手机里,按了就打电话,方便快捷。这些长途电话号码还未输进去。幸好有微信,又是群发微信:"急! 请给我你们的手机号码,我忘记带来了!"微信发出以后,好了,回信来了,有了手机号码,一切搞定! 又是谢谢各位朋友! 谢谢微信!

今年到中国过春节,这一次睡衣也带了,中国朋友电话号码也输进手机了,心想万无一失了吧,不会出乌龙了。信心满满地飞了,在飞机上我把泰国手机卡换了,心想这样下飞机我就可以给接机友人打电话了。下飞机后等行李,等了好久行李不见出来,我就拿出手机给友人打电话,想和他说耐心等我,谁知电话拨不出去,微信也上不去,没有网络。怎么回事呢,难道我的中国手机卡给停用了,我带着满肚子狐疑领了行李,上了友人的车,去到酒店。

利用酒店的 Wi-Fi 又是群发微信:"我的中国手机号不能用,请大家和我联系时打电话到酒店房间。呜呜呜!"我的一位朋友回微信问我:"手机怎么不能用?"我说:"不知为何打不出去啊,可能被停用了。"他说他去查查,过了一会他发微信给我,你的手机号没有问题,你查看手机有什么问题? 我这时才想起来,我带着三张手机卡。我一定又摆了个大乌龙装错手机卡了,把手机卡拿出来看,这不是香港手机卡吗,怎么当成内地卡装进去了,手忙脚乱地重新装好,一下子天下太平了!又群发微信:"手机号码可以用了,谢谢!"

我想朋友们都被我搞糊涂了,手机一下子不可用,一下可用了,此人一来到就摆乌龙,而且乌龙越摆越大,简直无可救药了!

我期望这乌龙篇没有续篇,乌龙就此够了,打住吧。

2018 年 3 月

✦ 作品赏析

《摆乌龙》作者为我们讲述了几件她亲身经历的乌龙事件。前年作者去中国旅游的时候,忘记带睡衣了,结果最后从朋友那里收到了四五件睡衣。去年去汕头玩的时候,提醒自己千万不要忘记带睡衣,结果忘记带电话簿了,然后又用群发微信,让朋友发来电话号码。今年到中国过春节,作者本以为睡衣也带好了,电话号码也输入了,不会再出什么事情了,没想到最后却把电话卡装错了,导致手机又不可以用了。

作者笔下描述的这一件件乌龙事件,生动幽默,非常接地气儿。其实就是我们生活中经常遇到的一些忘带东西的事情,但是被作者用自嘲幽默的手法写出来,真是让人跟着一惊一乍,不禁跟着作者一起感叹,这乌龙事件可以就此打住,千万不要再有了。

(张瑞坤)

吴小菡

吴小菡,女,1961 年 5 月 12 日出生于广州,祖籍湖南,党报记者。现为旅泰华侨。1994 年旅居泰国至今 24 年,1996 年投资创刊《泰国风》杂志至今 22 年,任社长兼总编辑。先后出版人物专访集《人物春秋》《新华侨之路》《春华秋实湄江情》等书籍。系泰国留中总会文艺写作学会秘书长、泰中经济协会副主席、东盟媒体人协会会长。

鸡鸭之战

记不得从哪一天开始,亲如兄弟的阿鸡哥和阿鸭兄闹翻了脸,相互不再理睬对方,而且一直寻事挑衅。本来,大家都是一个动物协会的,也是左邻右舍的好关系。

其实,阿鸡哥心里像吞了只苍蝇一样,一个月来都阵阵反胃。他不愿意回忆耻辱,那天,他最爱的母鸡小花儿生了一只蛋,他兴高采烈奔去鸡窝照看,突然他鸡冠通红,伸长了脖子嘶叫,拼命追打小花,何故?原来,小花儿生了一只鸭蛋!!

阿鸡哥心如针刺,乱绪如麻,他思来想去,将作案目标锁定在阿鸭兄身上。他是鸭族群里的大哥大,有威望有实权,哪个鸭兄鸭弟鸭姐鸭妹不讨好他?众星捧月般围着他。可他这个王八蛋也不能吃着碗里的看着锅里的,把鸭蹼伸进鸡窝里来吧?

这天,刚巧,阿鸭兄散步池塘边,经过啄虫的阿鸡哥面前,阿鸡哥眯起眼睛审视他:撅着个肥腚,走路一跛一跛的,活像个笨死的棕熊,哪里有我们雄鸡的昂扬健美,凭什么欺骗无知少女小花儿?!

阿鸡哥昂首挺胸,拦住阿鸭兄的去路,挑衅地说:"久违了,怎么不敢和我打招呼？心虚了吧？"

阿鸭兄看着阿鸡哥，摇头说："莫名其妙！"

阿鸡哥往前顶两步，阿鸭兄向后退两步，阿鸡哥更加坚信，阿鸭兄就是奸夫，他的心虚已说明一切。

若照着阿鸡哥的一贯性格，他早举红鸡冠直冲上去，抓住鸭脖子往死里掐了。可如今，他学会了遇事冷静，因为，手中没凭没据呀……

阿鸡哥思忖着，得找个评判官来，把这档子糗事说道说道，讨个说法。动物协会里，德高望重者，请。

最先想到猫先生，猫性格冷静，谨言慎行。可又一想，现如今二世祖猫儿们都是爷们儿，懒惰的一代，早懒得捉老鼠了，整天吃猫粮睡大觉，要不就赖在主人怀里假装看电视，他定不肯出面主持公道，多一事不如少一事。

找狗先生吧。对，狗忠诚，勤快，公道。阿鸡哥便和狗先生去说了这事。谁知狗摇了摇尾巴说："我们现在都被人叫作'狗拿耗子——多管闲事'了，我还去管你那偷鸡摸狗的烂事呀？我目前主要精力在追求一只贵族狗，她别提多性感了，充满贵族气质，我沐浴爱河享受还来不及，实在没心情为你们去斗嘴皮打官司，抱歉……"

阿鸡哥很是垂头丧气。

阿鸭兄见他来者不善，便调侃他说："怎么，发鸡瘟了？"阿鸡哥就怕刺激斗志，他打鸡血般兴奋起来，说："我想过了，凭什么新成立的鸡蛋协会，你当会长呀？这不公平，这不是鸭管鸡事吗，和狗拿耗子有什么区别？"

阿鸭兄说："你想怎么样？"

阿鸡哥信心满满地说："我只希望公平，用民主制度和你论输赢。你赢你还当会长，你输你就下台。"

阿鸭兄说："我输我下台，你来当呀？"

阿鸡哥大义凛然说："我也不当，我没那瘾，我们鸡族群里大把精英人才，民主投票选举一个能人出来当，不用你再鸭管鸡事。"

最后，按照阿鸡哥的提议，双方同意用"石头剪刀布"定输赢！

阿鸡哥和阿鸭兄约定用三局两胜制，可三局下来，都是阿鸭兄输了，他忽然回过神来说："你小子耍我呀，我一出鸭蹼，永远是布，你一出鸡爪，永远是剪，我永远输你永远赢。不玩了……"

阿鸡哥说："你输了，你下台，你不许耍赖，你如果耍赖，我就让你的鸭寮终日不得安宁。"

阿鸭兄说："你小子无理取闹是吧？安生日子过腻了，想发动内战怎么着？"

阿鸭兄也不得不思忖起来。这臭小子，整天和我过不去，原来是盯上我这个鸡蛋协会的会长宝座了！嘿嘿，为了息事宁人，我得想一招对付他……

第二天，阿鸭兄主动到鸡窝前来邀请阿鸡哥，请他去河边凉亭喝酒品蛙肉，还备了一盘上等蚯蚓招待，雅兴之余共商大计。阿鸡哥猜不透他葫芦里卖什么药，可转念一想，便趁机仔细观察：小花儿见到阿鸭兄没有一点慌张神情，阿鸭兄看小花儿的表情也平淡如常，没有一丝深情感，阿鸡哥开始怀疑自己的判断了……

阿鸡哥说："你少来黄鼠狼那套，有话直说。"

阿鸭兄见请不动他，还误会了他的善意以为他来给鸡拜年，就直接说道："兄弟之间不必无理取闹，这样吧，我们再成立一个鸭蛋协会，我提名你当会长，你看如何？"

阿鸡哥一边听，一边还在琢磨，到底谁是给他戴绿帽的混账呢？一分神，他没仔细听阿鸭兄的话，问道："你说什么？我没听错吧？你当鸡蛋协会的会长，我当鸭蛋协会的会长？"

阿鸭兄说："你没意见吧？明天我就到动物协会大会上提议。"

阿鸡哥说："你干吗就霸占着鸡蛋协会不放手呢？"

阿鸭兄说："你不就是想要当个会长吗，你管它鸡蛋还是鸭蛋呢？"

阿鸡哥说："问题是，你是鸭，你怎么就不明白呢？"

阿鸭兄说："没错，我是鸭，你是鸡，但是我是动物协会的主席，你不是，鸡蛋协会是我多年前创建的，你没份儿！所以，今天让你当新成立的鸭蛋协会会长，我当老资历的鸡蛋协会会长，怎么就不合理呢？你鸡哥的思维怎么不会与时俱进呢……"

阿鸡哥说不过阿鸭兄，又深深被嘲弄刺痛，忍无可忍，他冲进河边的鸭寮里，一阵排山倒海，把鸭寮捣毁了。

遭此横祸，阿鸭兄也不肯善罢甘休，他到动物协会状告阿鸡哥，开除了他的会籍，自然，新鸭蛋协会的会长，也是阿鸭兄顺理成章担任了，因为他才是鸭，才有资格，才名正言顺。

阿鸡哥被阿鸭兄彻底斗败了，他始终想不明白，自己输在哪里了？

不过,一件令他高兴的事接踵而来,小花儿含泪对阿鸡哥坦白说:"那天来了一个研究转基因的国际著名大教授专家,他说叫我试试他的新成果,让我怀孕一只鸭蛋,我不是为了赚他那笔试验费,给你买个结婚纪念戒指吗……"

　　原来小花儿没有给他戴绿帽,他冤枉小花儿了,他心头的苦藤结瞬间打开,非常开心昂起头,高唱起:"咯咯咯……"小花儿推了他一把:"你疯了,现在是夜里,你乱叫,一会把太阳吵醒了……"

　　阿鸡哥拥着小花儿睡了,他打定主意,养精蓄锐,明天太阳出来,就去看鸭寮重建的笑话,再想办法混进动物协会,再把鸡蛋协会的会长位子夺回来,最好就是把动物协会的主席位子夺到手……他睡脸上漾开了微笑……

(2014 年元旦写于曼谷)

嘟嘟清迈

　　根本不用跟团跟导游,玩清迈,只要手里有地图,嘴里有泰语,荷包里有泰币,便可如鱼得水般,在清迈古城的大街小巷里穿梭摇摆,尽情游历。元旦时分我们飞到清迈,就这般爽爽地玩了一把。

　　清迈,绿色崇山峻岭怀抱中的一个稚嫩少女,又如一个聚仙聚气的宝盆窝窝。新年时分,清迈不再清静,这座处处保留着古典风格的宁静小山城,除了满大街见怪不怪的欧美背包族,又平添许多年轻中国客,他们成群结队自助游,多数人换上泰国旅游休闲装,大花朵朵入乡随俗着呢。年轻男女戴着时髦遮阳帽,穿着泰式凉拖鞋,悠闲又探寻的脚步,穿梭大街小巷,出寺庙进餐厅,入展馆出商店,好不自在。一拨一拨各国游客的虔诚造访中,山城又热闹起来。

　　我们本打算租辆的士跑全城,首选上素贴山,拜访闻名遐迩的双龙寺,瞻仰那金光灿灿的尖耸佛塔和美丽的金质藩盖。可步出酒店一打听,租车费 1500 铢,而且是辆双排嘟嘟,不雅不划算。于是我们改在路边招手,随叫即停的双排嘟嘟将我们送到素贴山脚下,一人才 20 铢车费,不雅超划算。我们再转坐另一辆旅游双排嘟嘟,车上巧遇一帮泰国女大学生,她们假期约伴而来。全车人上山转悠三个景点——苗族村落、蒲屏皇宫、双龙寺,每个景点停车 1 个小时,自由游览,全程来回 40 多公里,每人 280 铢,不管雅不雅也是划算。

次日,我们便打算租辆嘟嘟车,敞开着兜风,到四方古都城内转悠转悠。好主意! 于是我们在酒店路边拦车。一辆蓝绿色半新旧的嘟嘟车停在我们身边,我扫了司机一眼,60 多岁的黑瘦老头,长相不出众,笑容憨憨,可靠。我们爬上了车。

司机是本地人,他自我介绍叫 YO,我说:有? 他回答:YES。没想到,YO 还挺能侃,当然侃大山水平远不及北京的士司机。他边驾驶嘟嘟车飞快奔跑,边大声和我们说:清迈古城里有五处古城门,我们一会就都能看见。果然,不宽的绿荫路旁出现了红砖斑驳的古城墙,一段古城墙里连着一个古城门,保留在原址上,至今每天使用着,变成永不关闭的城门,让你有恍若时光倒流之感。耶,这城里城外的清迈人,狠狠懂得珍惜自己的历史文明,让外来游客深切感到,清迈原住民是有根有脉有源头的,并有历史厚重感的族群。

坐在嘟嘟车上飞驰,紧握扶手,算是把清迈古城看个真切。这座山城处处保留着自己的文化,古朴自然又舒适。街道市井,木屋处处,居民们依然居住在低矮的旧式的小木屋里,屋里屋外装饰着兰那王朝风格的木雕,使用着天然木材打制的原色家具,古香古色的装饰品,都让你有恍若隔世的错觉。清迈是个盛产木制小工艺品、小装饰品的地方,这与山城林木环绕的天然资源有关,也与兰那王朝遗风有关。

漫步在古城街巷,闻着美食的香味,伴着习习的山风,我顿时悟到清迈人的性格,他们似乎不受外来文化的侵袭和诱惑,不追逐现代化大都市高楼大厦的生活,不急于赶超世界先进水平,清迈人始终踏着自己不变的步伐,走着自己的路,过着自己的日子。让别人发达去吧!

清迈人绝不会拆掉古城去建设一个所谓现代化都市,清迈人珍惜古代留下的一砖一瓦,一寺一屋,古城里的寺庙动则数百上千年历史,至今依然香火缭绕,信徒众多。清迈人更喜欢那薄雾袅绕山城的清新和清静,哪管世上已千年,我自闲庭信步。这是何等的淡定与从容,活得何等自在与自由!

我终于看见了清迈人的奢侈。他们依靠大山森林的赐赠,奢侈地豪用天然木头,家具、房屋、寺庙都用上品稀贵的木材建成,大都市里的现代人视为珍奇资源的原木,在他们眼里稀松平常。连一只喝汤的勺子,连一只小动物的造型,他们都用天然柚木手工制造。

昨天已和我们混熟的嘟嘟车司机 YO,非常乐意第二天再被我们租车。他飞奔 40 公里带我们去看清迈家具中心班塔歪,YO 说,这里的家具你们肯定喜欢,因为是原木的造型,很美很美。果然,这里是天然木工艺家具的天堂,展示着清迈人和天然木材的缘分和他们创造生活的智慧。

中午吃饭我们选择泰餐厅,我邀请 YO 和我们共进。昨天他很懂规矩地拒绝和我们午餐,自己歪靠在嘟嘟车上吃糯米饭配炸猪肉条。今天他没有拒绝,因为我们下午要飞回曼谷。一起进了餐厅,但见他坐姿很不自然,像个犯错的小学生面对老师的难堪。我请他点菜,他黑脸白牙傻笑着直摇手说不敢不敢,只说这里的“腊目”最好吃。(腊目:泰菜,酸辣碎猪肉。)我们点了几道清迈特色菜,YO 和我们边吃边聊,他的故事被我问出来了。他说他59 岁,但我看他像 69 岁,他一听很沮丧,说他开嘟嘟 20 年,被太阳晒老了。他离婚多年,有一个儿子跟随他在清迈读书,儿子的妈妈在夜丰颂府务农,儿子不愿意跟妈妈在农村受苦,就来清迈找他一起生活。原来 YO 是个缺爱单身汉,难怪昨天我们逛寺庙时,他歪靠在嘟嘟车上等候,我出来看见他笨手笨脚用胶水粘他的破胶鞋。他边吃饭边说,认识我们这两天好开心,给他生意,还请他吃饭,他感谢。我问他:还要点什么菜吗?他像个犯错小学生般嗫嚅说:腊目。哇耶,我居然忘了,马上加菜,一道“腊目”。当菜端上来,他高兴得像个得奖的小学生,却很懂规矩地让我先尝。我尝了一口,味道不敢恭维,可还是赞美地说:好吃好吃。他得意地笑着,吃着,一直把这“腊目”碟子吃干净为止。

到清迈机场时,YO 抢着帮我们搬行李,还恋恋不舍地问:“你们什么时候再来?”他把一张名片双手呈给我,叫我一定电话找他,他去机场接我们,再带我们去更好玩的地方观光。我拿出相机,他主动和我们合影,沧桑的脸上傻笑着,眼里闪出泪光。我们就这样分手了。第二天早晨,我居然接到 YO 的电话,他问我们到曼谷顺利吗?下次什么时候来清迈?千万不要忘记找他。我真的被这位嘟嘟司机的质朴感动了,我们对他的尊重,也许触动了他内心的那根冷弦,温暖了他冰冷已久的心,他转而把我们当成朋友和亲人。“景色再美也留不住人,只有人才能留住人。”这是泰国旅游界的一句名言,此刻我突然悟出它的道理。为了那位闪着泪光的嘟嘟司机,我们决定,今年宋干节重访清迈!

作品赏析

　　《嘟嘟清迈》是一篇游记散文。作者在泰国清迈,通过嘟嘟车这种交通工具进行旅游。在嘟嘟车上,敞开着兜风,到四方古都城内转悠。在司机YO 的介绍下,作者看到了古朴自然的山城小木屋,木屋中的木雕、原色家具、装饰品;漫步在古城街巷,闻到了美食的香味,感受到了清迈人的淡定从容、悠游自在;在与 YO 的相处中感受到了清迈人的质朴善良。

　　文章闲散自然,信笔由缰。语言随着心情与思绪缓缓流淌出来,夹叙夹议,随感而发。作者善于从寻常朴素的事物中挖掘出美,从简单的日常生活中寻找打动人心的美好与宁静。从普通的小木屋中感受到那林木环绕的天然资源与王朝遗风,从古城门看到有根有脉的厚重历史。

　　总之,作者在简单的一次泰国清迈行中,不仅体会到了清迈的文化韵味,也领略到了其中自在从容的生活趣味,以及清迈人质朴善良的美好品行。

(张清媛)

苦　觉

苦觉,名卢山云,字苦觉,号卢半僧、卢听雨等。1970 年生,祖籍中国广西南宁。大学文化(中国画系),职业书画家,爱好写诗、写文、篆刻。其作品在中国以及韩国、日本、美国、澳大利亚、加拿大、欧洲、东南亚诸地参展、发表,部分美术、书法作品在参赛中获奖,在参赛中被收藏。合著出版《泰华散文八家》《小诗磨坊》,出版《风车》《卢山云国画选集》《卢山云书法选集》《卢山云篆刻选集》等文学作品。散文诗作品入选《二〇〇六年中国年度散文诗》和《二〇〇七年中国年度散文诗》。书法作品《K》被泰国开泰银行收藏,并被当成商标。《湄南河诗刊》创始人及编辑,泰京山云书画院、听雨草堂主人。

詹通臣木楼探秘

仅仅是听到"传奇"与"神秘"这四个字。

那天我接到诗友岭南人的电话,相约去詹通臣木楼探秘,我二话不说就爽快地答应了下来。

"好!星期天早上九点半见。"

詹通臣木楼的地理位置不错,位于曼谷市中心的拍喃一路和奔集路与素坤逸路的交接处,北依(一墙之隔)曼谷市的黄金水道——皇家田至挽甲必交通繁忙的小河道。南靠捷运站及群侨服务中心(玛蒙宫),东为世界贸易中心,西是华侨医院,按照中国风水学的说法,木楼所在的地方,应是藏龙卧虎之地,詹通臣选在这样的地点建造房子,其实,早已为后来的神秘埋下了伏笔。

当我和诗友岭南人及今石来到木楼前,游客早已熙熙攘攘了,但当我端起整个正眼,扫描了整座木楼时,因为先前已有"神秘"两字伏在心中,那一柱一瓦,那一草一木,那服务员的穿着与脸色,都觉得跟别的观光客不太一样——神秘兮兮的。

参观开始,我跟所有的游客一样,都要服从安排,按顺序一个房间一个房间地参观。

尽管那为我们导游的小姐,服务态度不错,面带笑容,但我总觉得,我们和所有的游客都像一大群牛,被人牵着鼻子在谜样的宫楼里东拐西拐,进进出出。

当然了,遗憾是接踵而来;我们三人的泰语都有一定的基础(相当不错),可是我们却故意要找一位讲华文的导游(解说员);要求提了出来,可负责人说,讲哪一国语言的都有,就是没有华文的解说员。(当然更谈不上有什么华文的说明书了!)

怪了,难道没有中国人来参观? 否! 华人一定不少,我用耳朵来回扫描锁定,当时就发现有相当多的客人是讲华语的,那么,过去呢? 明天呢? 未来呢?

我想,并非找不到会华语的导游,说不定,詹通臣生前早就规定了下来……这就是最先输入我大脑的第一个秘密。

还好,老天还是长着眼睛,分配给我们的解说员,相貌长得很中国,一问,她真的还有中国人的血统呢! 虽然听不懂华语,可也心地善良,在一些禁止拍照的场所,竟也为我们偷拍了数张不错的照片。

随着房间数的加深,迷宫般的东拐西拐,谜团也渐次加深了。

詹通臣是泰丝大王,专门经营泰国的丝绸,让泰国的丝绸走向世界,泰丝因此名闻天下。关于丝绸的只是少数,而佛像神像及中国的瓷器,却是大多数。解说员说,他并不信佛;但有这么多佛像,我想这个谜,我们是无法解开的了。是用佛像来弥补什么吗? 抑或是……

而每间房的展品大都塞得满满的,给人一种稍不小心,就会碰落某种东西的感觉。詹通臣生前,在这么拥挤的物品中生活,日子不知该怎么过? 我在想。

所有的佛像神像又都以断头缺臂的居多,我看到这情景,再把眼光移向墨黑色的房顶及一根根门闩窗闩上,一道道似藏有机关的门槛。似乎每一个角落都有一双眼睛在盯着我们。

目前泰国电影界正兴起"鬼"片热,从《娘娜》至《疲三巴》到《疲旅馆》等等,一部比一部恐怖,这些影片中,又都少不了木楼,少不了破门破窗开关时发出的诡异的声音……一想到这里,仿佛此刻在木楼里参观的游人的脚步声,都变成了串串的鬼步声了,由浅而深,由慢而快,正击鼓般地向我心头奔来。

詹通臣,一九〇六年出生,"二战"时为美国士兵,一九四六年来泰经商。据解说员讲述,他于一九六七年在马来西亚神秘失踪,有人说当时可能已经死了,也有说他当时根本就没有死。

有一点奇怪的是,他失踪后,他生前经营的公司生意特别红火,业务蒸蒸日上。当然,我很赞成后者的说法。他当时失踪就没死,只是藏了起来,自己把自己藏了起来。以他生前的阅历及精明,他还在那十几间(抑或更多)布局如同宫殿般的房间里(他亲手设计的)。我们在木楼里走了很长的路,见识了很多收藏品,可转来转去其实还是在原来的地方。仿佛游人就是在推磨——路途遥远而不远。

这样有头脑的人,会失踪死去吗? 一定是某种原因,政治也好,经济也好,反正是他藏了起来,而且还在暗中操纵他公司的命运。

敢肯定的一条(诗人的肯定),那就是他绝不会像陶渊明一样隐居起来。

不管怎样,时隔三十年,他也有一百多岁了,即便当时未死,现在恐怕也差不多了。

当然,这些只有鬼才知道,只有天才知道,只有他自己才知道。

沿着爬进木楼里的藤蔓,我们走到了楼外的院子里,可院外的气氛跟木楼里一样,密密麻麻地种满了高出人头的花草,而一株株大树的树冠,竟也把天日给遮蔽了。给人的不是避暑的清凉,而是一种寒阴之气了。

一口不宽但有三米多深的水池,就藏在花木里,没有栏杆,这更增添了几分神秘,水中是否藏有吃人的鳄鱼和水怪? 或者是通往另一个世界的神秘的通道?

想毕,拉了拉两位诗友,古人云三步之外必有芳草,可当时我们除了芳草以外,还有什么? 我们都不知道,也不想知道。

匆匆地没头没尾地拍了一张照,走出了木楼的院门,走出了阴森森的詹通臣故居。

院外阳光灿烂,专设的停车场,宽广平坦,地上全铺石板,不长寸草,一根开红花的粗壮的藤蔓跟一棵大树在停车场的中央缠缠绵绵地相拥着,暧昧地向上生长,全然不理会我们睁大的六只眼睛与三颗忐忑不安的心。

停车场旁新建一幢高大的昂首挺胸的两层木楼,里面都是商场,经营詹通臣公司的产品,五花八门。我们在一楼里选购明信片时,游客中的一位兄长道出了詹通臣木楼里不准拍照的"天机",不过他说的是华文:"怪不得禁止拍照,原来偏贵的门票里,不含有可以拍照这项目,你想留念就掏钱购买公司制作的图片。"是的,商业世界,说不定我们在里面呼吸的空气,早也计算在门票里了。

二楼是成衣产品,虽琳琅满目,却不是我们上楼的主因。是咖啡的香气,不错的咖啡香来自跟展品并排的咖啡柜台,是它把我们引诱上了二楼。

走上一楼跟二楼相接的楼梯间的转角处,墙上挂有一幅由几块泰丝和蚕丝茧装饰而成的立体作品,不同颜色的每一方块的泰丝上,都长有一些蚕丝,细看,那丝是真的蚕在上面吐丝而成的,而在每一块泰丝的不同方位,都有一个白色的蚕茧,一切自然天然。

至此,秘密应该剪开了——我想。詹通臣就是藏在这几个蚕茧中的一个里,把它剪开来,即使人不在里面,肯定也有一些文字或者图案在其中。

信不信由你,等着专家去剪开去破译吧!

咖啡香毕竟香。然而,我们为了补刚才没有华文解说之缺憾,决定喝一杯中国茶。

"对不起,先生,这里没有中国茶!"服务生如是说。

咖啡没喝成,茶也没喝成,我们去木楼探秘,木楼也将我们来探秘……

(写于曼谷)

注:詹通臣,美国人,生于一九〇六年,一九四六年来泰国经商,经营泰丝,生意兴隆,名噪一时,有"泰丝王"之称,于六十一岁时(一九六七年)在马来西亚神秘失踪,是生是死至今仍是一个谜。

🌴 作品赏析

本文主要写了作者前往詹通臣木楼游览探秘的事情。文章开篇以传奇、神秘两个词点出了詹通臣木楼的特点,给人以先入为主之观。又辅以地理位置、华语解说、宗教信仰、院外布景等方式加强木楼的神秘性。

文章情随景至，顺着游览顺序结构全文。字里行间不乏幽默趣味，比如所有的游客都像一大群牛，被人牵着鼻子参观。一方面，将参观游览的画面具象化，贴切生动；另一方面，将游客比作牛群，令人忍俊不禁，饶有趣味。

　　语言流畅，平铺直叙，夹带着机趣的点缀。由此可见作者对日常生活观察之细微，感觉之敏锐。

（张清媛）

印度尼西亚卷

莎　萍

莎萍,原名陈喜生,1935 年 12 月出生于福建。毕业于厦门大学华侨函授部中国语文系。现任印华作协副主席、东南亚华文诗人笔会创会理事。《国际日报》文艺副刊《耕耘》编辑、印华作协会刊《印华文友》主编。第七届亚细安华文文学奖得主。出版《等待》《感谢你,生活》《茶的短章》《感情的河》《写给未来》《酿诗·春天》《小水滴与诗评》《莎萍文集》《莎萍诗选》等个人文集,及《骄阳下的歌声》《翡翠带上》《慕西河之恋》《印度尼西亚的轰鸣》《千岛诗集》《风从海上来》等合集。主编《亚细安文艺营文集》《印华新诗二百首》《印华小诗森林》等。

晨　运

清晨起来,东方天空渐现鱼肚白,还衬有少许朝霞,看来应该是一个好天气。近来气候反常,每天都下雨,难得有晴天。邀约老伴同去晨运慢跑。老伴正为几天积下来未干的衣服操心,只好独自去了。

走上大街,空荡荡没有一个人影。深深吸了口新鲜空气,顿感心旷神怡。"嘶!"一辆崭新的银灰色轿车从身旁擦过,吓了一跳。哇! 好险。正惊魂未定,忽然"嘶"的一声,刚才那辆轿车,就在前面 5 米处的十字路口,撞倒了一个老人。汽车不但没停,反加大油门逃逸。眼见这一切,把脚步停下,心里正犹豫,要不要前去探视扶持援救;因为近来经常听到,有些歹徒故意把身体扑撞正在行驶的车辆,待车主意识到以为闯了车祸停下来救援时,便趁机围上来敲诈勒索。想是这么在想,但一股悲天悯人扶苦救难的天性油然而生。

俗话说:救人一命胜造七级浮屠。不管三七二十一,两步并作一步,急奔向前。地上躺着一位60多岁的友族老人,身旁掉下一包东西,左手捏紧右肩大声呼叫:"Tolong(帮忙)——Sakit(痛呀)!"我蹲下去扶他坐起,一面问道:"伯!你感到怎样?"他摇一摇头,口里直叫"痛呀!帮忙"。也许刚才汽车的刹车声和老人的呼叫声惊动了附近的人,这时从右边巷子里奔出了两个年轻友族青年。一个身穿 T 恤,好像是运动员,年纪 20 多岁,眼睛微凸,有厚厚的嘴唇;另一个年纪也 20 岁左右,身材瘦小,尖下巴,头发有点卷曲。

"哎呀!伯乌定,你怎么了?出了什么事?"受伤的老人没有回答,只是不住地呻吟。"到底是怎么一回事?"厚嘴唇的青年问我。我把所看到的一切,从头到尾说给他听。"汽车呢?""走了""你可记得车子的牌号?""汽车走得那么快,怎看得清楚!"这时那尖下巴的青年在他耳边不知说了些什么。"当车祸发生时,除了你还有什么人在场?""大清早,马路冷冷清清,只有我一个人。""真的没有别人,那驾驶汽车的人,你认识吗?"尖下巴的青年插了上来,这时我有点生气。"你问这话是什么意思?事实就是这样。为什么我要骗你们。我是一片好心才来帮忙相救的。""我看你还是坦白交代清楚,不要隐瞒,否则对你不利。"那厚嘴唇青年出言相逼,周围看热闹的人越来越多,幸亏这时开来了一辆警察巡逻车,车上走下来三位警员,两位手持长枪,一位腰佩短枪,像是警长,问道:"发生什么事?这么热闹?"我自动走向前去报告了所看到的一切,那厚嘴唇的青年也向前说道:"伯,不可听一面之词,必须调查清楚弄个水落石出。"

警长是一位 40 多岁的中年人,和蔼可亲,看来很有办事经验,他排开众人,胸有成竹地说:"现在救人要紧,赶快把伤者送往医院,有什么事,请随我到警局再谈。"众人把伤者抬上警车,我也随警车到警局去,那两个友族青年却不敢随着跟来。

到了警局,是警察分署,只有 20 多位警员。办好了例行公事,把我所看到的一切记录在案,警长对我说:"有关族群的问题很敏感,刚才那两个年轻人有意挑衅,我看你还是在这里逗留一个晚上更好。为了你的安全。"

这岂不是成了变相拘留?没有办法,我打了一个电话回家,老伴在那一边唠叨;"你就是爱多管闲事,要做好人,现在你可知道滋味了!"这时我也怀疑自己是不是做了件傻事,"明知山有虎,偏向虎山行"。如果当时把停下来的脚步转向回家,现在就不会扣留在警署里了。

第二天,该回家了,可是没有消息通知,找警长又不在,问值班巡警,一问三不知,直到下午5时许,警长才匆匆跑来对我说:"我们到医院去。"心情不禁紧张起来,难道事情有了什么变化?到了医院踏进病房,病床上躺着昨天受伤的老人,头部及肩膀紧扎绷带,看见了我,老人很高兴地说:"你真是一个好人,感谢你的搭救相助,昨天我的侄儿没有礼貌,说了些让你不高兴的话,实在抱歉,请你原谅。"这时站在床边那厚嘴唇的年轻人,堆满笑容伸出手来相握,向我道歉:"请原谅!""没关系,算了!"我回答。这时老人从枕下拿出一封信来给我,"你看看"。我把信打开,上面写着:

"伯,我是一个罪人,昨天清晨我太太难产,驾车急急赶去医院,不幸误撞到了你,等到太太平安产下孩子后,我心里感到很难过,像个犯罪的人一样。为了减轻我心灵上的负担,我派人暗中查访,知道你受了伤没有生命的危险,并已送院治疗,我又千方百计从护士口中,得知了你的姓名和所住病房,现在我寄上一个包裹,里面有200万盾,请你收下,算是我补助你的医疗费。你不认识我,希望你不再追究,也不要报告警察,会给我带来麻烦,祝你早日康复。"下面署名:Tam。"是谁带来的?"警长问。"一个不认识的小孩。"老人回答。告别了老人走出病房,警长拍拍我的肩膀:"你可以回去了。"

走上大街,天已渐渐暗了,到处闪耀着五颜六色的霓虹灯,距天亮还有一段时间,截辆的士回家。在车里不禁想:做好事、行好心也要受这么多的折磨,难怪世上好人越来越少了!

原载于2005年4月2日《世界日报》副刊《梭罗河》

赏析

莎萍的《晨运》这篇散文,从"我"某一天的晨运经历引出了一起车祸事件,也通过这样一个事件,揭示、讽刺了印尼社会环境中"碰瓷"现象,以及印尼当地族群问题的现状。《晨运》一文通过叙述了"我"在晨运的路上,目睹了一场车祸事件的发生,肇事者逃逸,"我"对是否帮助被撞的人产生了犹豫,在"我"选择帮助之后,却被老人的子侄误会,"我"随着警长到了警局,也被警察"保护"起来,而这种名为"保护",实则"拘留"的情况,一直到受害人收到肇事者因愧疚寄到医院的包裹才结束,故事也由此发生了转折,"我"顺利回家,却在做好人这件事上有了更多的思考。

作为一篇幽默讽刺散文,莎萍的《晨运》揭示了印尼社会中族群歧视,欺骗、碰瓷现象,引人深思,具有非常深刻的社会意义。文章开头通过早晨的景色描写,天空的朝霞,"好天气"与下文中"我"遇到的事情形成对比,之后,又通过汽车"嘶"的声音打破了清晨的安静和平和,进而通过"我"的心理描写,对现实社会现象进行侧面描写,暗示社会中借"交通事故"恶意敲诈勒索的现象。而"不管三七二十一"和"两步并作一步"则体现出"我"救人时的急切心情,而对两个青年人的外貌及语言描写,连续的询问则清晰明确地体现出两位青年人对"我"的怀疑与不信任。而这些族群问题也通过警局工作人员的话语直接展现出来。而"我"被迫在警局停留一晚时,老伴的唠叨也让我产生"怀疑",而第二天,到了该回家的时间,值班巡警却"一问三不知",这也从侧面对社会现象进行讽刺。事情的最后,"我"这个好人还是得到了应该得到的清白、感谢和道歉,但这件事情,也让"我"对于"做好事"产生了疑问,进而提出这样一个问题,使人们进行自我反省与思考。

如果做好事反而被误解,那长此以往,世界上做好事的人将越来越少,莎萍通过这样一个故事深刻反映出了社会中出现的敲诈诈骗等欺骗现象,对整个社会的诚信度的影响,人们之间的相互怀疑,一步步侵蚀着社会中充满爱心的人,让人们不敢轻易去帮助别人。作者也借由这样一个故事,讽刺那些欺骗与逃避事件的人,同时提倡人们出于真心地帮助他人,呼唤这个世界的美好与正能量。

(于　悦)

雯　飞

出生于 1949 年,原名曾玉美。1984 年开始学习写作,投稿于本地华文报刊。

邻　居

早上,天未破晓

笃笃笃……笃笃笃……

"好烦人!大清早敲个不停,谁呀?!"她叨咕。

"管他是谁!又不是敲我们的门!"他道。

"走吧!你上班去,我开店!"两人乘着一辆黑色轿车,连车窗也是黑的。

车里。

"听说,昨天隔壁家的老妈妈患重病进 ICU……"她说。

"嗯……,听说今晚要选邻组长,也要我们出席!""是的,不过还是找钱重要,管他什么邻居,邻组长!"

他俩感到庆幸,也觉得自己属绝顶聪明的那类,迁居此村这几年来所坚持的闭门政策:谁家死了人,谁家某人生重病,谁家遭了殃,甚至村中活动……他俩一概充耳不闻,视而不见。

活在两人世界里,少些麻烦,多逍遥。

岂料,刚进入办公室就听到 Sonora 电台报道,她住的村子起火了!她急坏啦,赶忙打电话给丈夫。

"赶快打电话问问邻居,探听火烧的准确地点!"他喊道。

可是,她呆了,手头连一个村中人家的电话都没有。

她只好打到住在另一村的堂兄家里,求他走一趟。

"啊呀!不好了!是你家起火啦!"堂兄在电话那头大喊。

"什么?!"她差点昏了过去。

夫妻俩失魂落魄地赶回住区,只见自家门前挤满了民防人员和邻居,邻人们有的提着水桶,有的在喷水,有些正忙着抬贵重的电器到安全的地方……

"煤气炉还烧着开水!"

"幸亏发现得早,能从速扑灭!"

随波逐流

星期日清晨,天晴。

他驾着车子送她回娘家。

"雅京的路只有假日才可爱!"她望着通畅的街道开心地说。

"是啊!只要别像上次那样途中忽然有车祸发生导致严重堵车,害得我俩赴不成宴会。"

"哦!那纯属意外!"

"哈哈!看我这一路几乎不曾踏过刹车器哩!"他满面春风道。

车子很快就要经过错综交叉的十字路口,除了两行宽大的单行路,左右边各有两条通往高速公路的出入口。这处平日确是相当烦嚣的交通要道。

此刻,远远看见绿灯亮着,那绿点仿佛在向他召唤,他踏足油门准备越过去。

岂料,只差那么几秒,前头交通灯已由黄而迅速转为红了。

"小心,红灯!"一旁的她下意识地提醒着。他无奈地松开油门,很勉强地踏上刹车器,"吱!"一声,车子不正不斜停在界线上。

说时迟那时快,只见两旁的汽车,摩托车一辆接一辆从他身边飞驰而过,他从反视镜上一看,竟然没一辆停下,顿时他感到自己竟是如此傻,似乎见到每辆越过的车上人们都用奇异及轻视的眼光看他,有的甚至在那里指手画脚……

"哎!就跟随也罢。"他一边猛地踏上油门冲刺而过一边自我安慰地说。

她怔了一下,望着他,摇摇头,口中喃喃自语:"随波逐流……随波逐流……"

作品赏析

　　《邻居》主要讲了一个关于邻里关系的故事。这户人家从不与邻居往来，也不关心邻居的事情，坚持闭门政策，认为邻里关系的维护不如找钱重要。但当他们家起火时，邻居第一时间赶到帮助他们灭了火。

　　文章通过一个非常简单却极具寓意的小故事，表达了其对闭门政策的反对，赞扬了和睦友善的邻里关系。

　　语言非常口语化，充满了生活气息，亲切自然。故事就在作者的娓娓叙事中展开，生动有趣，引人入胜。

（张清媛）

于而凡

于而凡,原名周福源,祖籍中国广东梅县,1956 年出生于印度尼西亚中爪哇梭罗市。万隆 Parahyangan 大学建筑系毕业,建筑作品曾获得印度尼西亚建筑协会奖章。所作印度尼西亚文散文曾被翻译成英文在英国学术期刊发表。2007 年编选并翻译出版双语中国古代诗歌选集《明月出天山》。2007 年开始用中文写作,获金鹰杯散文比赛冠军。2009 年获苏北文学节诗歌比赛第一名以及新加坡国际散文比赛优异奖。2010 年获金鹰杯短篇小说优异奖。2013 年被重庆国际诗歌翻译研究中心评选为年度国际最佳翻译家。2014 年获全球华文散文大赛优秀奖。2016 年获"我与金庸"全球华文散文征文奖等。

哇！香港

早年的香港印象是从邵氏电影得来的。那时,对生活在南洋的华侨,香港是相当摩登的城市。年少的我总是希望有一天能一游香港,一游邵氏影城。

真正来香港时,邵氏已关门,人已不在追星族的年龄,不过对香港的期望依然很高。当飞机逼近九龙飞机场,我却被窗外景色吸引:怎么那么多彩旗飘扬? 哦哦,是公寓露台的晒衣欢迎我们。怎么那么坦然地把丑陋后院展示给来宾? 香港原来没想象中先进? 说实话,好失望。可是又有点佩服,那些飞行员能在高楼包围的间隙中从容操作,那么狭小的机场能接应密集的国际班次。

一下机,进入机场时,又再次被场面镇住。简陋的装设,狭窄而拥挤的空间,说什么也跟国际名声不符。不过令人惊讶的是——排队虽然很长,手续却很快,检查人员十分专业。走出门外等巴士,再次为车站设备的简陋与管理效率的反差惊讶。这些经验,令我对香港的信心多少有点恢复。好几次来港都用通天巴士往返机场,对香港巴士管理更是佩服,那么拥挤塞车的街道,巴士却在每个站点准时到达。

来港不去铜锣湾等于不识香港。它最能代表香港。每次从地铁口出来,一踏上它的街道心底都会"哇!香港"一声。密集的高楼,拥挤的人群,嘈杂的声浪,都给我带来不小的震撼。缤纷的店铺、杂杂的果摊,与食摊摆地摊相交叉,显得杂可不见乱。路上人与人、私家车、公车还有电车交错而过,匆忙却不见有冲撞。更令人叹为观止的是,闹景一直持续到凌晨。灯照如白昼,真是独一无二的不夜城!

谈香港终无法不把它跟新加坡相比,同样是国际知名都会。与新加坡比,香港显得更有活力。新加坡的现代市景大都是靠政府经营打造,虽然规划得很专业,造型漂亮很现代,僵硬单一的印象却不可避免。相反,香港是靠市民历经年月协力构造,这栋和那栋建筑或许不和谐,这区与那区反差或许很大,可就是这些个体风格与岁月痕迹,构成了城市的活力。跟新加坡比它显得更自然,跟内地现代化的大城市比,又多了几层近代历史厚度。

香港不是没插手过新区的规划,也策划过旧区改造,可方案不是凭空而起,是在私家建筑原有基础上做起。当我们穿梭在中环区那错落如网、连接楼宇的通道和天桥、迷失在曲曲折折的半山道手扶电梯中,就不能不佩服策划者的智慧。香港的智慧也表现在政府与市民创建的公共空间上。在有限的土地上,他们尽量打造开放空间,给狭闷街道注入新鲜空气。九龙文化中心辽阔的户外空间、汇丰银行大厦下的广场,是好例子。在这里,我们不但能在外头环绕,还能漫步穿梭在建筑中。

香港的活力不仅表现在硬件上,也在市民的营业方式上。香港店铺五花八门,除了在繁华购物街、豪华购物中心,也有在幽径小巷、地库办公高楼上开张。这给爱探幽的游客添加情趣。好多店铺无门面,就设在人家店铺的二楼,拜访时要从街旁狭窄楼梯上去。在这些楼梯上,我经常找到大小书店。在物质当道的城市买书倒很方便,书店处处可见。在香港,若对千篇一律的现代商场看厌,可以拜访摩罗上街的古玩店,那又是另一番风味。虽没钱消费,但下午在荷里活道咖啡餐馆街漫游、夜晚在兰桂坊酒吧街逛逛也其乐无穷。

谁说香港是文化沙漠？所见的演艺中心都是一流的，最妙的是，它们全跟别的公众场所有机结合。沙田的演艺中心跟商城相连，中环的演艺大楼和四周办公楼群相融合，尖沙咀的文化中心是城市标志，成了市民休闲聚会的首选场所。这表明在香港，艺术是那么亲民，与日常生活相交接。若说文化成绩，它也不比别的城市差。世界闻名的香港电影不必谈，谈出版事业香港也可以自傲，武侠言情侦探鬼话，哪一个没有香港的贡献？虽然繁荣的是通俗文学，可没有通俗哪来严肃文学？看表演艺术，可从年度剧场音乐厅节目表里读出相当丰富的项目，而本土的项目居然占比不小。拿新加坡来比，香港的艺术创作力强得多，连威尼斯的双年展也有一席之地。交响乐团也比新加坡出色。新加坡政府在推动文化艺术方面可说不遗余力，香港政府所为实在有限。这些成绩，我相信全都靠市民的活力来推动。就是这种活力，使香港充满吸引力，让我多次停驻。

香港当然也有很多缺陷。最突出的是太吵太紧张，让人休闲的空间实在不多。饮茶应该是香港独有的休闲，可依然是处处满堂。荷里活道是够休闲，可昂贵得太贵族化，不是一般市民能消受。悠闲与浪漫是相关联的，不够悠闲的香港就稀有浪漫，记得那年情人节，在香港街道见许多年轻人学浪漫，手里都拿着一束花。呵呵！仔细一看怎么都是塑胶花？

悠闲不悠闲，浪漫不浪漫，短暂停留的游客不介意，可长久活在其中的会有压力。说压力不禁想起接触过的港人。跟东南亚大城市市民相比，香港人的工作效率突出，说话办事干净利落，可是工作压力令他们缺少耐心，面对顾客一点笑容也没有。最有印象的是那些餐馆招待员，他们不是把餐具整齐安放于餐桌上，而是粗暴丢扔在客人面前！当客人有意见责问，他们就绷着面孔——用游客听不懂的广东话——发牢骚："想扮猪吃人？"——哇！香港！

香港的魅力，在大街小巷、地铁车站中，在电车铃声、渡轮汽笛声中，在饮茶点心中，在市民点滴的生活中。要提升城市形象，应该从这方面入手。最近开发的迪士尼公园，跟都市生活沾不上边，就不能给香港添几多光彩。倒是作为城市门关，国际新机场的宏伟亮丽，一扫旧时机场带来的阴影。一下机，行走在明亮长廊辽阔大堂，不禁想起旧机场里像难民坐地板的候机厅。往昔不堪回首，香港毕竟一直前进。离开机场，当通天巴士经过几座造型优雅着色鲜艳的斜拉桥，赞声就自然而然脱口而出："哇，香港！"

作品赏析

本文主要就香港的优缺点与特点做了点评：首先，香港早年给人的印象是简陋、狭窄、拥挤，但背后的管理却又高效、专业、精准，尤以香港的铜锣湾为甚；其次，和新加坡相比，香港的城市规划虽不够专业、现代，但城市却充满着活力；再者，香港的文化亲民、繁荣也源于城市的活力；最后，香港的缺点是太吵太紧张，虽高效、利落却缺乏悠闲和浪漫，以后需要从市民点滴的生活中去提升城市形象。

需要指出的是，欲扬先抑、扬抑结合的写作手法是本文的一大特点。文章开篇先写出初到香港看到的简陋、散乱、拥挤等现象——此为抑；而后写出在这些现象背后所蕴含的城市活力，有序、高效的管理水平——此为扬；然后指出香港的吵闹、紧张等缺陷——此又为抑；最后指出香港新机场宏伟富丽所体现出的香港的发展变化——此又为扬。这种欲扬先抑、先抑后扬、扬抑结合的写作手法既让读者对香港有着更为全面而真实的认识，也让读者对香港高效而具有活力的一面有着更为深刻的印象。

当然，除了欲扬先抑、先抑后扬、扬抑结合的写作手法外，对比手法的运用也是本文的一大特点。文中不仅在城市规划和文化等方面将新加坡和香港做了对比，还将香港的先前与现在做了对比，从而更加突出了香港的活力与发展的一面。

除此之外，本文的语言比较精练、朴实，长短句结合，节奏缓急相宜，且结构上相对紧凑，总体而言是一篇能够很好地展现香港优缺点与特点的散文作品。

（李仁奎）

北　雁

北雁,原名麦伟成。祖籍广东鹤山,1956 年 12 月 18 日出生于印尼汕尾埠。作品发表于印尼、新加坡、中国报刊,亦被收录在柔密欧·郑主编的《新荷》诗集、严唯真编的《翡翠带上》、东瑞编的《印华微型小说选》、贺年编的《世界经典小小说金榜》,并与叶竹合著《双星集》诗集。

回忆是它的单纯

红褐色而不知名的那只小鸟,不再出现在屋后的水梅树上。究竟是病死了,还是被老鹰吞食了? 脑海里一直存着这疑问。

去年,连续几个月的干旱,天气非常酷热,每天必须将屋后的花、树叶子淋湿,才能降低热度。每当我将叶子淋湿,就会有小鸟飞来。两只黑黄色的小鸟,喜欢在长形叶子上张开双翅,从上往下滑,如同小孩玩滑梯;红褐色那只,则在叶子繁茂的水梅中穿梭,让水珠弄湿羽毛。

心想:它们应该也觉得炎热。于是将水直接喷在它们身上。两只黑黄色的小鸟,立即飞到杧果树上,红褐色那只,只是飞到水梅树梢,静观我的反应。我停止喷洒,它又飞下来,离我站的地方只有一米多。好几个月,每天都重复着这游戏。约在半年前,有一天,当我将水喷到它身上时,它不但没飞开,还不停拍动双翅,一副舒服的样子。我觉得好奇,便不停地往它身上喷,可能是喷到它的眼睛,它转过身子,尾巴朝我,又张开翅膀,任由我喷洒。自那次起,每天同样时间,它便在屋后啼叫,仿佛告诉我,它来了。为了让内人分享这一乐趣,每次都把她叫出来,观赏我为鸟儿洗澡的欢乐情景。

好几个月的时间,才培养出它对我的信任,也许,鸟儿也有灵性,也比较单纯,相信我对它不存恶意;不像自以为聪明的人类,常以防人之心,让互信在人与人之间设一道厚厚的墙。

两个月前,它突然间消失,每当要给花树浇水时,就会想起它活泼、好玩的模样。也许,它不会再出现,然而,却给我留下一段让人难以置信的美好回忆。

可 恶 的 狗

一直想不通,究竟是它嗅觉灵敏,还是会精算时间,每当我吃饭时,隔壁那条狗,就在我后门等着我吃剩的饭菜。

中午,尝试做的酿豆腐又告失败(这不是第一次),像往常一样,我拿去给隔壁的狗吃,后面的大婶正好走来,看我手上拿着食物便问:"煮什么好料?"

我笑着说:"没什么啦,煮点酿豆腐给狗吃罢了,我时常都煮给它吃。"

她羡慕地说:"现在的狗真好命……噢! 差点忘了,想向你借几粒蒜头。"

"我只剩下几粒,今晚要用到。"说完,我拿着食物往屋后走去。她走回家时喃喃自语:"煮酿豆腐给狗吃,够好心哩,好心有好报的!"

平时,那狗看到我放下食物,便跑过来狼吞虎咽,今天却带着警惕的眼光凝视着我。我心中暗骂:×××! 这家伙难道怕我下毒?!

过了一阵,它很无奈似的舔舔那食物,正好另外一只狗经过,它走过去,向刚来的狗轻轻撞一下,像有话对它讲。我心里感觉很不是味道,也许,它想背后说我坏话。

果然没错,两只家伙瞄了我一下,便慢慢往隔壁走去。我突然感觉脑袋被针在刺似的……别以为他很好心,每次拿给我吃的,都是他自己也无法咽下的所谓新菜肴。另一只则说:亏他整天看书,不懂什么是"己所不欲,勿施于人"吗?

我终于忍不住,破口大骂:你又不是人!

妻子手中拿着药丸对我说:心理医生给你的药,今天还没吃。

作品赏析

　　《可恶的狗》这篇散文属于幽默散文。作者开头提到想不通为何隔壁的狗每每都可以在饭点时守候在后门等待，在又一次做好"失败"的午饭后，作者一如往常端着手中的饭菜准备拿去分享给后门的狗，但未曾预料到，今天那只狗却一反常态并没有跑过来狼吞虎咽地吃食物，相反则是更为警惕地凝视着作者。过了一阵，另一只狗的出现让作者产生了疑心，两只狗互相碰撞交流让他不得不猜测它们是在背后说他的坏话，于是作者展开了自己的神奇的联想并且脑补出了两只狗的对话：那些所谓的新菜肴其实都是作者自己无法咽下的食物，还讽刺了作者书读得再多也不懂"己所不欲，勿施于人"的道理。脑补到这里，作者终于忍不住破口大骂，但最后面对的是妻子递过来的药丸。

　　这篇散文作者用了最质朴的语言记录了十分日常的生活，看似寻常的记录却因文章的最后一句而感到不同的气息。文章最后一句话让结尾戛然而止，并且与前文基调不同，给读者很大的意外。本以为是一篇单纯的幽默散文，但作者却给了我们大大的意外。在最后一句话落下时，心里有一丝伤感，也许是对作者生活中自嘲的坚强，也或许是面对心理状况的无助吧。

（王思佳）

符慧平

符慧平,女,1974 年 8 月 9 日出生于印尼廖群岛省老港,祖籍中国海南文昌。16 岁开始写作,初时以散文为主,后也写微型小说和新诗。2006 年 5 月由新加坡赤道风出版社出版个人微型小说集《小小世界》,目前是一名华文补习老师。

避人哲学

在路上遇到熟人算是最倒霉不过的一件事。

为了避免这类令人讨厌又尴尬的场面,每次出门都得打起十二分精神——耳听八面,眼观四方。见到任何可疑人物时,就必须先下手为强,趁对方还没看见你时,赶快溜之大吉。

以下提供几种"避人妙法",供有此癖好者参考。

放慢脚步,故作沉思。这有助于把自己和走在前面的那个熟人的距离拉远,与此同时,如果对方突然回头,看到你那副心事重重的样子,也不会怀疑你是故意不把他叫住的。

加快脚步,义无反顾。这招可在你要闪避从左方或右方来的人马时使用。加快脚步时反应一定要敏捷,千万不可迟疑,免得露出马脚。被对方看到你逃之夭夭的一幕,可真不是什么光彩的事。

不惜一切,坚持到底。当你决定要绕道而行来避开对方时,千万别顾忌这样做会浪费多少时间和气力。反正无论走多少冤枉路,自己有多累,都绝对比跟对方碰上一面来得轻松。

装聋作哑,绝不回头。这招在有人从背后唤你时就可派上用场。不过,有一点必须强调的是:这招只能用一次,就是在对方第一次呼唤声响起时。因为像这样无情无义的做法实在太容易引起人家的怀疑了。既然只有一次机会,那么可得好好把握。这个时候你最好在心中默默祈祷,希望对方会知难而退。如果计划不幸失败,对方再次热情地呼唤你,你可千万不要再硬撑下去了。否则,过几天你就会发现自己已经臭名远扬。为了保住名节,牺牲和委屈一下自己是很有必要的。

通常在采取了这四大防范措施之后是很少会有意外发生的。但是人算毕竟不如天算,万一真的和他们撞个正着的话,也只好认命,强作镇定了。当然,此时最好能够脸带笑容,一副"见到你真高兴"的表情。所谓大丈夫能屈能伸,事已至此,最要紧的是"保持风度"嘛。反正等到大家各奔东西后才为自己的虚伪与做作作呕也不迟。

🌴 作品赏析

《避人哲学》是一篇典型的幽默散文,作者选题角度新颖别致,开篇第一句就大胆说出"在路上遇到熟人算是最倒霉不过的一件事"。所以就给读者留下了几个避人妙招:放慢脚步,故作沉思;加快脚步,义无反顾;不惜一切,坚持到底;装聋作哑,绝不回头。

作者这样的写作看似滑稽可笑,其实也写出了现在很多人的心声,生活中其实很多人也许都会遇到这样的场景,碰到自己不想见面不想说话之人,看来这应该是作者身经百战后悟出的急救之道。

最后,作者还幽默地说,如果真的无法避开,就只能面带微笑,摆出一副"见到你真高兴"的表情,调侃道最要紧的还是保持风度嘛。简简单单,诙谐幽默,蕴含做人哲理。

(张瑞坤)

菲律宾卷

莎　士

莎士，本名杨美琼，1928年生于中国福建龙溪，1938年随家人移居菲律宾。毕业于圣道多玛士大学数理系。长期投入菲华文艺与教育工作。现任亚洲华文作家协会菲分会名誉副会长、菲华文艺协会常务理事、亚洲华文作家基金会董事长，菲律宾侨中学院名誉董事长及该校教育基金会总理。作品《归舟》及《菲律宾之一日》，被收录20世纪50年代菲华作家集体创作的《钩梦集》与《菲律宾之一日》。1987年，短篇小说《小女孩与洋娃娃》被收录《世界华文小说选》。出版《四海情缘》《莎士文集》。2011年推出小说集《雨夜》与散文集《岁月烟云》。

表 姊 的 男 朋 友

表姊这次去巴黎看婚后随夫婿移居法国的女儿期间，定居巴黎的好友淑娟却返菲给老父祝寿。我受邀赴寿宴。淑娟一看到我，就热情地挽着我到一边畅谈别况。

我说："这两年来，表姊数次到巴黎去，都是你陪她观光、逛街、购物、谈心，这次你不在那边，她一定很寂寞了，女儿女婿每天上班，她怎样消磨独处的时光？"

"才不会寂寞呢！她交上新朋友啦！"淑娟眉毛一扬，话不经意地溜出口。

我听表姊说过，那儿华人少，与女儿女婿交往的都是他俩任职公司的外国人，除了淑娟外，她没有机会接触华人。如今淑娟说她交上新朋友，我迫不及待地想闻详情，当下很感兴趣地问她："是谁呢？怎么认识的？"

"这位朋友呀,与她本是旧识,如果不是算准有他天天相陪,你想,你表姊知悉我要在这期间来菲,怎会跑到巴黎去呢?"

淑娟的话耐人寻味,我好奇而又关切地问道:"你还没说出这位朋友是何许人呢!"淑娟"嗯"了一声,略假思索,踌躇了一下才说:"让她自己告诉你吧!我不便多说。"

我被她暧昧的态度逗急了。平时我们三人是无话不谈的,彼此心中从来藏不下不给对方知道的秘密,看淑娟有话不肯直说,我气急了,忍不住大声问她:"到底你葫芦里卖些什么药?难不成这朋友是男性?"

淑娟欲言又止,难以启口似的又说了一次:"你让她自己告诉你吧!这位朋友——相貌堂堂,人品不错,真的不错,只可惜……"她话没说完,就推说要去招呼别的客人,离座而去了。

表姊和我同龄,只大我几个月。自小我们一块儿上学,一块儿长大。中学时代,淑娟和我们同班,课余大家经常在一起玩,表姊的学业成绩最优秀,淑娟却是令人又嗔又笑的淘气鬼,我呢——只是她们两人的"跟班"。因为大家合得来,成了莫逆之交,几十年来保持着亲如姊妹的感情,彼此间从来没有任何事互相隐瞒着。如今,淑娟一反常态,欲言又止,吞吞吐吐地不肯把实情相告,这里面一定大有文章!难道是表姊寡居了十多年,却因缘凑巧地又遇到了令她再一次心动的男人?又莫非是巴黎旖旎的风光、罗曼蒂克的情调令表姊迷失了心窍?想当年,表姊夫辞世,表姊哀恸欲绝,经过长时期的消沉后,才抑制了悲痛,振作起来,负起抚育一对儿女,肩挑起掌管一份庞大事业的重任。多年来她在业务上接触过很多有学识、有身份的人物,其中不乏倾慕她的才貌而追求她的男士,可是表姊心如止水,从来不对任何男人动情,怎可能在踏入知命之年后改变了心态?知表姐若我,绝对不应该相信淑娟所言!可是,以淑娟与我们的交情,她又怎会造谣生事?这……真把我弄糊涂了!

我一向是个喜欢打破砂锅问到底的人,可是对这件事我还是忍住了。可能表姊有难言之隐,不便由淑娟转述。只是淑娟说的"只可惜……"是什么意思?真令我百思莫解。该不会那朋友是使君有妇吧?或许是……是什么?一时我也想不出什么来。我真是忧心如焚,为表姊着急了!

好容易盼到表姐返菲!我赶忙约她见面。我们在一家私人俱乐部进午餐。表姊气色很好,她一向又懂得适宜地打扮自己,无论在什么场所,看上去总是雍容华贵,非常引人注目。我思潮起伏,想象着是怎样一位才华出众的男人,才能令聪慧秀丽的表姊动情。

"你怎么了?老是看着我发怔。看你满怀心事似的,愿意讲出来让我分担吗?"表姊笑容可掬,半认真半开玩笑地逗我。

我这个人啊!就是不善于掩饰,一下子就让表姊看出我心中有事梗着了!只好对她说:"没什么,我只是觉得,你这次度假回来,丰腴了不少,看起来年轻多了。"

"真的,搁下了繁重的业务,到那充满浪漫气息的花都休息一个时期,我确实感到又轻松又愉快。我想,典儿已在公司任职三年,大概快可独当一面了。我打算把事业交给他,让自己逍遥自在地退休。届时,我一定到巴黎长住一个时期。"

哦,原来表姊已有迁居巴黎的计划,这与淑娟所透露的消息是不是有关联?我担心极了,紧张兮兮地,口气急促地劝着她:

"你要放弃这儿的一切?你刚回来,或许心情还很激动,应该冷静地多做思考。人生的道路你已走过大半,可不能做出任何错误的决定,耽误了自己,后悔莫及啊!"

"你是担心影响公司的业务吧?你放心,我当然要等典儿全部熟悉了公司的作业后才卸下责任的。"表姊很有把握地说道。

表姊是装傻,还是真的没意会到我言之所指?我索性单刀直入地问她:"你这次去巴黎,淑娟不在,你怎样消磨假期?"

表姊欢愉地笑了。她不假思索地回答:"是淑娟找了个替身陪我。"

淑娟这死鬼!原来人还是她介绍的!她到底在搞什么把戏?难得表姊这么爽直地说出来,我省得再大费周章地套口供了。

不过,我还是小心翼翼地问表姊:"他到底是什么人?"

表姊看我情绪那么紧张,睁大着眼睛一眨也不眨地迫视着我,忽然大笑起来。她笑得前俯后仰,笑得我莫名其妙,也笑得我悟到其中必有蹊跷。

"到底是怎么一回事?他是谁?你怎么还不说?"我没好气地问她。

表姊忍住笑,但仍掩不住脸上荡漾着的笑意。她一本正经,慢条斯理,先清一清喉咙,然后像背书一般地一字一字用清晰的语音念着:"他呀!家住开封,是脍炙人口,家喻户晓,妇孺皆知,万人崇仰,公理与公正的化身……"

"包青天！"我冲口而出。

这两个捉弄鬼！我一定不放过她们。

🌴 作品赏析

表姊、作者以及淑娟是在学生时代关系很好的朋友，淑娟定居在法国，表姊这次去巴黎看婚后随夫婿移居法国的女儿期间，淑娟却返菲给老父祝寿。我受邀赴寿宴。淑娟一看到作者，就热情地挽着作者到一边畅谈别况。作者不解地问淑娟，淑娟不在谁陪表姊消磨时光，淑娟说表姊交了新朋友，作者特别好奇地问表姊交了什么样的朋友，但淑娟却不再开口而是顾左右而言他。等到表姊回来的时候，作者寻找合适的机会问表姊是否新交了男朋友，结果表姊一本正经，慢条斯理，先清一清喉咙，然后像背书一般地一字一字用清晰的语音念着："他呀！家住开封，是脍炙人口，家喻户晓，妇孺皆知，万人崇仰，公理与公正的化身……"作者这才反应过来原来是被表姐和淑娟捉弄了。

本文的主要人物是作者、表姊、淑娟。本文对人物的描写惟妙惟肖，把文中的主要人物刻画得入木三分，尤其是对淑娟的描写，如："才不会寂寞呢！她交上新朋友啦！"淑娟眉毛一扬，话不经意地溜出口。"眉毛一扬"神态描写体现出淑娟淘气鬼的性格。在作者问淑娟表姊的朋友是何许人的时候，淑娟是这样回答的："你让她自己告诉你吧！这位朋友——相貌堂堂，人品不错，真的不错，只可惜……"这里淑娟一反常态、欲言又止、吞吞吐吐吊足了作者的胃口，也使作者更加坚信表姊有"男朋友"了。之后作者还有一系列的心理描写，作者和表姊以及淑娟几十年来保持着亲如姊妹的感情，彼此间从来没有任何事互相隐瞒着。在作者心里就更加坚定了自己的猜测，正当作者深信不疑向表姊求证的时候，才知道是表姊和淑娟合起伙来捉弄自己。

在看完这篇文章的时候我一直有一种猜中了开头却没有猜中结尾的感觉，作者对人物的描写很形象，故事中的人物生动活泼，幽默风趣，结尾的时候给人一个意想不到的结局。文章构思巧妙，以故事的形式展示讲述，娓娓道来，又设置悬念，给人耳目一新的感觉。

（李翠翠）

陈若莉

陈若莉，笔名九华，原籍中国四川，1938年生于中国湖南，成长于中国台湾，现居菲律宾。毕业于菲律宾中正学院文史系，曾任教于华校，平生喜爱文学。出版《九华文集》。曾任亚洲华文作家协会会长。现任亚洲华文作家文艺基金会副董事长、亚洲华文作家协会菲分会常务理事、菲华文艺协会秘书长、菲律宾华青文艺社创办人。

寿　眉

女儿回来度暑假，带她去 SM 购物，老伴有闲在家，加上想多陪陪女儿，只得无可奈何，随着我们去"瞎拼"了。

经过楼上的美发院，玻璃橱窗干净明亮，室内布置得整洁舒适，理发师个个青春洋溢，女的白制服外面系上一条黑围兜，简洁文雅，男的白短衫配上一条白长裤，清爽利落。他们态度亲切，显得非常专业化。刚好老伴的头发也长过了警戒线，大家都赞成他去理一个潇洒漂亮的"发型"，以免陪着我们去受苦受难。

到了约定时间，我们拎着大包小包走向发廊，瞧见老伴，愁眉苦脸地坐在外边长椅上。再看清楚，两鬓削得极短，中央却如刚收割后的稻田，更见稀疏，犹如变形的"庞克头"，更令人吃惊的是他珍惜的寿眉不见了！

他交代理发师，前后及两旁稍微剪短些，就安心地靠在椅上闭目养神，慢慢沉入睡乡。理完发后，对着镜子，才发现头发已经被修理得惨不忍睹，"怎么把头发剪得这么短？"年轻理发师振振有词："是你吩咐剪短些的，这可是新式样。"仔细端详，眉毛像新开封的牙刷，根根一样齐，又短又直，最可恶的是连珍爱的寿眉也被剪掉，化为乌有，这下子气可是不打一处来，眉已太短已横不起来。只得竖眼怒吼:"头发剪得太短,还可说没交代清楚,只好自认倒霉!眉毛我可没叫你修,你知道我留了几年?为什么要自作主张。"

年轻理发师这下可傻了眼,大概只知道有人留头发,留胡子,可没听说过有人留眉毛。又见老伴红眉毛,绿眼睛真的上了肝火,大概小费也泡了汤。自觉罪孽深重,连声道歉,嗫嚅道出,他本想将老伴杂乱无章的眉毛修得整整齐齐,看起来精神焕发,年轻几岁,岂知剪错了地方。

老伴念在他原本一番好意,也就不予追究,小费照给,只是少给了一点,以示薄惩。

前几年,老伴的眉尾,冒出数根特别长的眉毛,问他要不要修齐,他称这是寿眉,可不能动,寿星的特征就是长眉,有的人还长不出来呢!为了让他万寿无疆,也就乐得让他的寿眉去随风飘动了。

回家的路上,他还在痛心疾首,悼念他失去的寿眉:"真是冤枉!将我大好头颅托付给这个毛头小子,也不看看我年纪一大把了,不分青红皂白,把我剪成这副怪模怪样,成什么体统。头发可以长得快些,那寿眉不知何时才重现?幸好最近没什么重要事务,否则以何面目见人。"

他那日渐稀少的毛发,已禁不起随便挥霍了,他决定仍然回到王彬街的旧理发室,虽然交通不便,设备陈旧,到底"人不如故",还是老师傅的手艺高,合人心意。

🌴 作品赏析

本文主要讲了老伴去理发,却意外将寿眉也被一起理掉的故事。老伴的眉毛是其珍爱的寿眉,留着主要就是为了长寿,是传统意识的体现。而年轻的理发师将寿眉理去则体现了新式观念。理寿眉的冲突实则体现了新旧意识的冲突。

文章按时间顺序叙述,通过语言描写展现人物的心理状态和意识,将不同的观念叙述化入口语化的语言之中,妙趣横生。原本可能爆发的激烈的矛盾冲突也随之化解。

作者以第三方的视角进行观察叙述,将老伴对寿眉的珍爱、对失去寿眉的痛惜刻画得淋漓尽致,令人忍俊不禁。

(张清媛)

谢　馨

谢馨,1938 年出生于上海,十岁移居台湾地区,1964 年移居菲律宾。1985 年发起成立千岛诗社。出版著作《变——丽芙乌曼自传》(英译中)、《谢馨散文集》等,诗集《波斯猫》《说给花听》《石林静坐》,以及两本节录诗集《脱衣舞》和《哈露·哈露——菲岛诗情》。

美　人

人最喜欢看人,尤其喜欢看美人。

巴黎卢浮宫收藏了无以计数的艺术品,每年前往观赏的群众有几百万。据调查统计,最受欢迎的是蒙娜丽莎的画像和维纳斯的雕像。你走入博物馆,在拐弯抹角处,不知朝哪一个方向前进,不知该先看哪一室、哪一馆的时候,总会发现一个指路牌,上面画着一个箭头,还贴着这两件稀世之珍的缩小图片,告诉你它们的陈列处。而事实上,也真有人不远千里来到巴黎,排长龙购票,为的只是一睹这两件伟大的作品。他们看完之后,回头就走(也许会拍张照片留念)。至于其他的名画、雕塑、陶器、瓷器、铜器、玉器等无价之宝,所有的古典、浪漫、自然、写实、印象诸大家的不朽创作,一概视若无睹,没有兴趣。

这两件作品,一是"美人"的脸。一是"美人"的胴体。看来似乎"美人"较其他任何的主题,包括动物、植物、静物、山水风景……都要来得有吸引力。

王维咏西施的第一句就是"艳色天下重",对美人的尊崇,自古已然。而所为"倾国倾城""不爱江山爱美人",更是将美人的分量置于一座城池、一个国家之上了。

真正的美是和真理列于同一层次的。爱密丽·狄金逊有一首诗："我为美死去/为真理而死去的人躺在我隔壁/我们是兄弟/像亲戚在夜间相遇/隔墙谈天/直到青苔爬上了层际。"

真正的美也与善并立。我们说真、善、美。美是一种至高的境界。而在所有的美中，"美人"又是最可贵的，为什么呢？

美国钢琴家伯恩斯坦曾说："我对人的感情、需要和尊敬，超越了其他一切事物，包括艺术、自然风景……山坡上的一个人可以使整座山在我面前消失。"既然人超越了其他一切事物，那么"美人"，在所有的美中，当然是美的了。

什么样的人才算是"美人"呢？美人的定义是因人而异的。令无数观众倾倒的奥黛丽·赫本不久前去世。时代周刊有一篇纪念她的文章，文中除了介绍她的生平和成就之外，对她的美也只能用一种不敢直言、无法确定的文字和语气来形容："依然很难相信，有人能具备那样的高雅，这并不只是一种动作，纵然她是最清纯的水银。那也不仅是一种气质与格调，一种情绪的流畅与宁静。"

显然，一个"美人"的美，绝非片段或局部的。绝非只是一双明丽动人的眼睛或健美修长的玉腿。她的美必然来自整个和全部——她的灵魂与肉体，内在和外在，精神及物质。她的容貌、举止、言谈、思想和行为。

爱伦坡有一首诗作《给海伦》，可以说是将一位美人的境界发挥到了极致吧。诗中的美人给予她的是地理、历史、文化以至于宗教诸方面的情绪激动——

　　　　海伦，你的美对于我
　　　　就像那些古代奈西亚的帆船
　　　　悠然地，浮过芬芳的海面
　　　　将疲劳、倦怠的游子
　　　　载返他乡的港湾

　　　　惯于漂泊于惊涛骇浪
　　　　你风信子的秀发，你古典的容颜
　　　　你水神的气质指引我回归

回到希腊的荣耀

以及罗马的光辉

看！在你明亮的窗龛间

我见到你玉立如一座雕像

啊！赛姬，你来自的区域

是神圣之地

　　这位美人，舒放的是一种温暖和安慰，使人觉得像倦游的浪子回到了故乡；展现的是一种飘逸与典雅，让人想起人文荟萃、歌舞升平的盛世与王朝；触发的是一种提升与超越，使人感到天人合一的启示。

　　这就是"美人"最高的意义和价值吧。

　　像这样的"美人"，世上有多少呢？这个问题也许可以用另一个问题来回答。世上有多少人能够真正见到这样的"美人"呢？因为要见到这样的"美人"，你心中必须先有"美"。

🌴 作品赏析

　　《美人》这篇散文主要向我们阐述了"美人"最高的意义和价值。文章首句开门见山地指出了人们对于美的向往以及对于美人的喜爱之情。这种喜爱是人类对于美的共同追求，正如获得世人一致好评的蒙娜丽莎的画像以及维纳斯的雕像一般，人们对于美的追求是一种自发的感受。作者在文中还引用了王维咏西施的诗句"艳色天下重"，揭示出人们对美人的喜爱和尊崇是自古已然的事情。作者还利用对比的手法，将美和真理、美和善并置于同一层次，引用了美国钢琴家伯恩斯坦的话，得出"美人"在所有的美中是最美的这一结论。关于"美人"的定义，作者指出这是因人而异的，并列举了奥黛丽·赫本的例子，指出一个"美人"的美，绝非片段或局部的，应该是来自整个和全部——她的灵魂与肉体，内在和外在，精神及物质，包括一个人的容貌、举止、言谈、思想和行为。作者接着引用了爱伦坡的诗作《给海伦》，指出了"美人"最高的意义和价值，美人舒放的是一种"温暖和安慰"，是一种"飘逸与典雅"，更是一种"提升与超越"，可以给人一种"天人合一的启示"。

文章结尾处作者也指出了"美人"的难求，要见到这样的"美人"，你心中必须先有"美"的结论。

谢馨的这篇散文，善于举例子、引用诗句等方式来增加自己论述的可信度。"美人"本不是一个具体的概念，但是作者却在文中将这一概念解释得具体可感；文章的语句新颖，句式灵活多变。其中排比句式的运用，整齐划一，尽显形式之美，同时能给人一种说理的气势感。通过对"美人"的论述，作者不仅是想传递一种美人的概念，更是想告诉世人，只有人人心中拥有美，才能发现美。

（刘世琴）

庄良有

庄良有,19世纪30年代出生于菲律宾,初中就读中正中学(今中正学院)。亚洲华文作家协会菲分会常务理事及菲华文艺协会常务理事。出版散文集《红尘中的美绝》。

起司锅宴记趣

最近又收到瑞士大使 Richard Gaechter"给特儿"先生的请帖,帖上注明是 Cheese Fondue Party,"起司锅(亦可译成奶酪锅)派对"。我对奶酪并不感兴趣,可是几个月前"给特儿"大使请客,我因有事已婉谢过一次,这次总不能为了奶酪而因噎废食,又冷却了"给特儿"大使的一番热情。其实,我很喜欢西方人的小型派对,并不是我迷外,只是欣赏他们那种率直、爽朗、大方的性格,宾客之间纵使素昧平生,大家仍融融泄泄,有说有笑,轻松愉快,谁也不在乎那简朴的一菜一甜品的晚饭,他们讲究的倒是那昂贵的醇酒。中国人宴客,多以肴馔为主题,不以山珍海味款待客人,大有"失礼"之态,此乃各国风土人情之迥异,无所谓孰是孰非。

我常在瑞士饭馆里看到邻桌的三两客人围坐在一块儿共享着那道瑞士名菜"牛肉锅"(beef fondue),桌子中间有一小铜锅的生油在煤炉上翻滚着,客人把切成小方块的牛肉插在带有长柄的叉子上,放入铜锅里的热油中烧煮。沸熟后,有十几种特别酱汁,可以随意蘸用,"起司锅"又是怎么一回事,我百思不解。难道也把奶酪切成小方块,放进热油里烹煮?那岂不被融掉?我虽不是奶酪的爱好者,但"起司锅"所带给我的神秘感却撩起我对"给特儿"大使宴会的兴致,很想知道葫芦里卖的到底是什么药!

瑞士大使的官邸与我们家是近邻,两家相距只不过一两百步。世界上最守时者是外交官,为了七时半准时到会,我还是让司机送我一小程。当我步入他们那高雅洁净的客厅时，"给特儿"大使即前来在我面颊上轻吻了一下，以表示欢迎。他坐下来与我寒暄了一会儿，就起身跑进厨房去忙他的"起司锅"。原来当晚，他亲身下厨，权充厨司。他从冷气餐厅里走出来，满面笑容地招呼客人入席时，满额汗珠。来自滑雪之国，他竟在菲律宾煎熬如此炙热的天气，我不禁替他叫屈！

入席后，我发现在座的宾客，跟我一样，品尝"起司锅"皆乃第一遭。桌子中间的小煤炉上是一铜锅的奶酪浆，被切成小方块的面包乘坐在两小竹篮里，分别流浪在客人间。在"给特儿"大使的示范下，大家先放几块小面包在自己的瓷碟上，然后把那细长别致的叉子刺进小面包块上，以浸入铜锅里的热奶酪浆，奶酪浆若已紧缠着面包块，即可送进口里咬嚼。大概是"给特儿"大使的烹技特别高明，奶酪浆那本带有浓热气味的奶酪被其他混合料调和得美味适口，与一般现成的奶酪的味道迥然不同。经不起好奇心所驱，我忍不住启口向"给特儿"大使问起那锅奶酪浆的秘方。他慷慨大方地把他的秘密公布出来，原料包括两种特选的奶酪、白酒、面粉、盐与胡椒。他神采飞扬地说："不要以为知难行易，要搅拌的丝滑不成块不是那么简单，成分的配合与调味更是重要。"大家才恍然大悟，这道菜原来是知易行难！

席间奥国大使夫人Posch"波士"太太惊奇地叫嚷着："听说有的本地人不吃奶酪，我真不敢想象那是一个怎么样的天地，我做饭时，样样都要放奶酪。"

我嫣然一笑，接着替我们东方人辩护道："一个民族对某种食品的嗜好与他们国内的环境大有关系。他们生活里的饮食习惯，亦就是该国社会文化的一部分。菲律宾人没有喜欢奶酪的理由，因为此物本国出产不多，价钱又不便宜，他们日常食谱里很少用得着，只有一般中上阶层的人，大概学会吃欧洲菜才培养出此洋口味，那是一种人为培植出来的品位（cultivated taste），又如我们东方人没有你们欧洲人的豪饮。饭前要先来一杯花样缤纷的鸡尾酒，吃饭时要与红或白酒并进，喝完咖啡，还要细饮一小杯浓酒liqueur或cognac才够过瘾。基于不同的文化，我们中国人的肚子可以容纳下十道菜，可不一定汇积得下几杯不同的美酒……"哈哈哈，一阵笑声打断了我的话，"当然，我们中国人在筵席上也有对饮与敬酒的规矩，然餐桌上道地的饮料乃是热茶，美国人的却是白水加冰块……"大家又爆出一阵哄堂！

瑞士以质量盖世的食品除了奶酪外，尚有巧克力糖。在座的嘉宾，有的就乘机展示他们的外交辞令,大谈瑞士的巧克力糖。"给特儿"大使眉开眼笑地告诉我们:"巧克力在瑞士厂里要炼七十二小时方能做成糖果,我们瑞士人最讲究质量! 下次我请客,也就是要诸位品尝我的'巧克力锅'(chocolate fondue)。锅内放的当然是朱古力浆,但沉浸进去的不是别的原料,而是自己的食指,等到食指烧成巧克力棒时,诸位就可伸出舌头慢慢舔……"大家无不咯咯地笑起来。

有几个瑞士朋友,他们皆斯斯文文,彬彬有礼,非常"绅士",但却有一股冷冰冰的意味。据说瑞士人大多如此,"给特儿"大使却是例外,他不但坦诚,风趣,且很具人情味!

🌴 作品赏析

作者最近又收到瑞士大使"给特儿"先生的请帖,请贴上写着"起司派对",作者对奶酪并不感兴趣,但是不久前作者已经因有事婉谢过一次了,最后作者还是欣然前往"给特儿"先生的起司派对。当作者到达大使家里,大使首先给作者一个热情的贴面礼以示欢迎。大师为了招待大家自己亲自下厨。待到入席后才知道原来桌上的大部分人都和作者一样是第一次品尝起司锅。席间奥国大使夫人"波士"太太惊奇地叫嚷着:"听说有的本地人不吃奶酪,我真不敢想象那是一个怎么样的天地,我做饭时,样样都要放奶酪。"作者辩护道:"一个民族对某种食品的嗜好与他们国内的环境大有关系。他们生活里的饮食习惯,亦就是该国社会文化的一部分。"接着作者又列举了一系列中外文化差异的例子,为了避免尴尬大家以瑞士巧克力为话题巧妙地结束了上一话题。几个瑞士朋友,他们皆斯斯文文,彬彬有礼,非常"绅士",但却有一股冷冰冰的意味。据说瑞士人大多如此,"给特儿"大使却是例外,他非但坦诚,风趣,且很具人情味!

作者针对瑞士大使的起司宴中讨论的一系列跨文化的话题,写出了不同文化背景的人在交流过程中发生的跨文化交际问题,在面对不爱吃奶酪的东南亚人的时候,"波士"太太从自己文化的角度提出了很难想象会有人不吃奶酪这一看法,而作者便摆事实,讲道理,据理力争说明不吃奶酪是由作者生存环境导致的。文章的最后作者写道:"几个瑞士朋友,他们皆斯斯文文,彬彬有礼,非常'绅士',但却有一股冷冰冰的意味。据说瑞士人大多如此，'给特儿'大使却是例外，他非但坦诚，风趣，且很具人情味！"作者给"绅士"打上了引号，是对所表述的内容加以讽刺和否定。

　　作者对起司派对中产生的跨文化交际的问题展开了讨论，作者借助这个幽默小故事告诉我们，在跨文化交往的过程中不能持文化中心主义，要具体事情具体分析，在文化交流过程中要理解不同文化的差异，求同存异，共同发展。

（李翠翠）

张子灵

张子灵,本名张琪,笔名张灵。山东临沂人,出生于中国台湾,移居菲律宾。中正学院中学部中文主任、大学部中文方案主任、语言中心代主任,菲律宾华文学校联合会办公室主任。菲律宾顶石建筑公司总裁、总经理、设计总监。文心社菲律宾分社社长,千岛诗社主编、副社长,菲律宾华文作家协会副秘书长,亚华作协菲分会秘书长,华青文艺社工作委员,菲律宾《世界日报》专栏作家。出版诗集《想的故事》及散文集《惑与不惑之间:一种坚持的美丽》。

花 的 仙 人 掌

从外地归来,若捧了盆栽回家,准是仙人掌。

见一束满天星,如少女的迷惘;惊睹郁金香的秀艳,呼屏息之叹号!自然界令人陶醉其美其姿的奇花珍草,无以数类。论排行,仙人掌这种有刺植物已遥遥殿居其后。

为什么从山城碧瑶不怨劳重扛下山的竟是盆歪形怪状的仙人掌?在朋友百花齐放的花圃里,仙人掌何德何能?我独选之。

爱之不忍害之,是自己的一面之词;说穿了真相,只怪自己习性恶劣。因仙人掌坚强悍勇,一周半月疏于伺候,仍可延寿;娇滴滴的玫瑰,在我的门下讨生,定落个"残花凋零"的下场,那我可要遭天谴,以此结论,这就是唯独仙人掌成为"入幕之宾"的因素。

东坡居士云:"可使食无肉,不可居无竹。无肉令人瘦,无竹令人俗。"若并提而论肉类和竹类,因生来骨子瘦硬,一向以无肉为乐,自然偏爱竹;然而竹如君子,浊世难于寻,植竹而居,凡人如我,又谈何容易?因此每逢游山玩水,兴至高峰,就妄想拥有大地的自然景象,这时仙人掌就篡位居首,被吾辈凡俗之士供奉于一角。

提起仙人掌,油然怀情一位朋友和他的老母亲。记得初进她们那座大宅院时,我如梦游奇境,寻不出一景一物是我熟稔的,处处新鲜盎然,尤其是阳台上摆置了各种姿态的仙人掌,好奇地点数,发现种类已逾半百。我的朋友递了一本关于种植仙人掌并附着精美图片的书籍给我翻阅,我茅塞顿开,眼睛一亮,原来仙人掌可以美若天仙。

在此之前,对仙人掌的尊容唯一印象,就是西部片中,株株孤立于垦荒漠地的那种,眼界大开之后,顿悟天外有天,仙人掌外自有仙人掌。

暑假回中国台湾,承受不住乡间朋友的盛邀,就专程一游。本性倾向拈花惹草,到达一处培植花树中心时,我因而目光凝聚,形如敛财,逐花逐草地数认,贪图搜刮囊中的竟有百种之多。最后,割爱到极点,仅选择了手掌般大小的仙人掌盆栽。

这掌中握着的小盆栽,自有引人倾心处,细而绿嫩的仙人掌,有着各种色彩的小花实,鲜艳得令人啧啧称奇。我的惊叹不只是对仙人掌的新品种,更多叹服人类的智慧,他们似乎能随心所欲地复制生命。

原初我将盆栽放置在乡镇上的家宅,才回到大都市的家中,一时婆性大发,频述惊遇仙人掌的美。

老爹很通我意,逢星期天就回乡镇把那小盆栽捎到大伙跟前。

"你们看! 这仙人掌多美! 小花有鲜红色、嫩紫、藏青、娇黄、粉红、紫蓝……还有呢? 洒了水,花儿就害羞的……"

"你说这仙人掌美啊! 别土了! 这是上了颜色的干燥花。"小玠回应。

"什么! 你说这是干燥花,不是仙人掌的花!"

"没错啊!"

"谁说的! 我拿水洒给你看,花会像含羞草般……"话没说完,我急切地就把手伸进喝茶的杯子,洒了点水。

"你看啊! 就这朵。"小玠手快地从仙人掌上拔起一朵小花。"你看! 我把它再插进去。"

我的黑眼珠,张开着的双唇,抬起的玉臂,刹那间全停摆。

"相信了吧!"

"我还是不相信!"

"那我再拔一朵了!"

"够了! 够了! 我真不敢相信仙人掌开的竟是假花!"

我终于明白了实情,买回来的根本是一株平常不开花的仙人掌,那朵朵吸引人的小彩花,是人工矫饰的干燥花。

小玠随后简略地述说干燥花的制作和功夫。她书桌上即有一瓶自己完成、不凋谢的干燥花。

我纳闷地思考:生于这时代是"幸"或"不幸"? 记得,一对夫妇带了五六岁的小孩到乡下的牧场,初见牛儿时,男孩大喊:"它长得真像牛!"他母亲解释那就是牛! 我哑然失笑!

那年,初到碧瑶,我已在人世混了二十多年,见着了大地上的丛丛众花,竟不禁脱口:"好美! 真像假花!"朋友笑着说:"应该是假花像真花!"

因着科技的进步,许多产品足以乱真,让人信真为假,信假为真。也许有一天街上到处走着机器人,真人和假人对你说:"你长得真像人!"

作品赏析

《花的仙人掌》描述了作者独爱仙人掌的故事,作者开头用自嘲的语气为我们解答了为什么那么多奇花异草却独爱仙人掌,无论是娇滴滴的玫瑰还是东坡居士的竹,都不如自己心中居于首位的仙人掌。之后又因为去朋友家,领略了仙人掌也可以美若天仙。后来暑假的时候,忍不住接受朋友的邀请,又从乡下带回了仙人掌盆栽,本以为是仙人掌开出的五颜六色的小花,没想到却是上了颜色的干燥花,让作者惊呆了,不敢相信仙人掌开的竟然是假花,又了解了干燥花的制作和功夫,不禁感叹这样可以以假乱真的时代究竟是"幸"还是"不幸"。

本文是一篇幽默散文,作者的切入点很新颖,从生活中的小物写起,如果只读了一半,还以为这是一篇描写植物的散文,作者巧妙地层层递进,以小见大,引出了真正的主题,思路清晰,新颖别致,语言幽默,引人入胜。

作者探讨思考的这一主题,其实是很深刻的时代问题,各种高科技发达,发达到什么都可以以假乱真,由物到人,真真假假,难以分辨,究竟是福还是祸,显然作者并没有为我们揭开答案,而给了我们思考的余地。科技的发达必然是时代进步的表现,但有利必有弊。

（张瑞坤）

杜鹭鸶

杜鹭鸶,1957 年出生于厦门。祖籍晋江。20 世纪 70 年代移居菲律宾。海外华文女作家协会会员。

像猪一样无聊的文章

写这样一篇无聊的文章,缘起一段网络聊天。

朋友说妹妹想养一头猪当宠物,当场引发一阵嘘声。养过的、没养过的,甚至只用想象的,大伙都毫不犹豫地劝说:"使不得也,妹妹!"

猪,脏!

猪,懒!

猪,笨!

"猪猡""蠢猪""猪脑袋"……辞典中几乎找不到一个褒义词。

在人们的潜意识里,猪是最最劣等的动物、用来污辱人的最好利器。

或许只有在满盘满钵香喷喷的红烧蹄髈、香肠、烤肉、火腿面前,人们才会想起猪的一些好处来:猪肉,滋阴润燥;猪肝,补血养目;猪肚,健脾护胃;猪肾,利水止遗;猪蹄,通乳祛疮;猪油,润肠补虚……

上述都只是我们这个世界头号养猪大国的国粹——"中医食疗"中所阐述的猪的最基本也是最原始的食用价值。

在迈入科学新世纪的今天,猪,对人类社会的贡献已跨越了科学、工业、医疗等各个不同的领域。猪还提供了许多副产品,比如:香烟滤嘴、蜡笔、牙膏,甚至是摄影胶片、纺织品柔顺剂、药品胶囊、爱美人士趋之若鹜的胶原蛋白注射剂……据说到目前为止,有一百八十多种产品都……啧、啧、啧……都来自人们所厌恶的——猪!

再说说医学方面。

因为猪的基因组织比其他动物更接近或更与人类相契合,猪早已成为制药业胰岛素的一项来源。经过处理后的无活性细胞猪心瓣膜,也早在20世纪70年代开始取代受损的人类心脏瓣膜。科学家还预言,在不久的将来还可能允许将完整的猪活体器官移植到患病的人体中。

写到这里,我们不禁要为受惠的病家赞叹一句:天大地大,不如猪的恩情大!

指责猪脏、懒、笨更是冤枉!

或许大家都不了解,在良好的条件下,猪,应该说是家畜中最爱清洁的动物,因为猪的祖先遗传下来的本性是不在吃和睡的地方排粪便的,而是会在固定的时间找栏内远离睡窝的地方。

在无猪舍的情况下,猪也能自觉选择固定的地方居住,而不像其他动物那样"水流破布"般到处栖息。然而,养猪业者为了省工省力,提高效益,发明了这样的"懒汉养猪法":先在猪圈地面上撒上猪粪便,以扰乱猪的嗅觉,使其改变原有的"择地而溺"习性,从而省去打扫猪圈的环节。待猪日后长成,出圈时再"一次性"地为猪们冲洗。这样看来,猪的"脏名"应该说是"人为"的了。

或许因为肥胖笨拙的外形,猪总给人一种低智商的感觉,但事实上猪并不比狗笨,经过专门训练的猪也一样可以掌握各种表演技巧,而且据说猪比狗的受训时间要短。有些"聪明"的猪还可以训练成看门的警卫和"牧羊猪"。早年曾被评为美国电影协会百年百大励志电影的《小猪贝贝》(Babe)就是由真实的猪来演绎一头聪明的"牧羊猪"如何与人类互动的感人故事。

猪还有另一项独特的"本事",那就是它那极其发达的嗅觉。近年来,猪先生凭这种"本事"加入了一个极其高档的行业——帮法国人寻找地皮下藏着的昂贵食材——"黑松露"。干这一行老猪可比狗儿强多了,狗儿天天闻还常拿不准,可猪在六米远的地方就能嗅到长在地底下二三十厘米深的黑松露菌。

还有,还有,三只小猪最后盖起了坚实的砖房,并在墙上安置了许多镜面用来观察恶狼的行动……童话故事有这样的发展似乎也很合理,因为最新一期的《动物行为》杂志介绍,有证据显示猪能够利用镜子的反射功能来观察周围,找到食物。

我们的祖先对猪的"舍身"精神和"通人性"原是十分推崇的。短短一篇三百多字的《猪之赋》，道尽了猪们的"坎坷身世"和"丰功伟绩"："……今天下之猪皆以身飨天下黎民，活人多矣，又岂止一身之慈悲？"还说："猪以憨闻，然亦多机智。"猪会想法子将孩子们恶作剧塞进其屁股的爆竹抖掉，这和君子不会呆立在即将倒下的墙边是同样的智能。

古代的人们感念猪德，常将与猪相关的字如豗、豕、豝、豝、豭、豚等作为名或号——"其敬可见一斑"，进而立下文字"以铭其智与德也"。

今日的人们虽很抗拒以"猪"为名的辱骂，然而对自己属"猪"之实却也颇为受用，可见人与猪在"天性"的本质上基本是一样的：如果条件允许，人，还是喜欢不劳而获、享乐终身的。

作品赏析

《像猪一样无聊的文章》以"猪"为题，也以"猪"为主体，散文首先将人们对"猪"的诸多误解详细、具体有理有据地进行说明，并针对性地对这些误解进行了解释，之后又将人们对于"猪"的赞美和喜爱同样在文章中进行讲述，赞扬"猪"身上所体现出来的品德，最后一段是文章的主题，表达了作者借由"猪"的现状讽刺那些向往"猪"的终身享乐又诋毁猪的人。让人感到，这样一篇无聊的文章，原来并不是那么无聊。

《像猪一样无聊的文章》以朋友的妹妹想养宠物猪这个小故事引出，抒发了作者关于"猪"的无限思考。针对人们的普遍观念中猪"脏""懒""笨"的形象，引用了许多来自研究证明的材料，给予猪的诸多污名以有力的驳斥。对于猪的贡献更是一一列举，将猪的好处，猪所产生的诸多副产品，清晰、准确地列出，有理有据，让人信服并给那些歧视"猪"的人以有力一击。在帮"猪"洗脱"脏""笨"这些污名之后，引经据典，将祖先对"猪"的"舍身"精神与德行的推崇清晰明确地展示了出来，以反衬现代人对"猪"的歧视是多么的没有来由。在这篇散文中，作者将人们对"猪"本身"脏、懒、笨"的厌恶，与人们尽情享用"猪"所提供的一切产品和副产品的欢快，一厌恶一喜爱两种态度恰恰形成了对比，讽刺这些享受着"猪"的血肉，却又厌恶、排斥"猪"的人。散文最后一段便总括了作者的态度、想法，明白地指出了人厌恶"猪"，又想成为"猪"的心理。"人，还是喜欢不劳而获、享乐终身的"，更是点出了人性，增强了讽刺意味。

杜鹭莺的文章大都看似直白,细品之下别有幽深之意。像这篇《像猪一样无聊的文章》,内容看似与题目中的"无聊"相符,讲了很多已经被发现、被证明的事实,然而文章的主题又证明这不是一篇"无聊的文章",借由"猪"这一形象表达出来的深层含义令人深思。现在世人多看到一个人的缺点和他所处环境的优越,而忽视了他是否付出,是否辛劳。这样一篇"无聊的文章"直白、"无聊",刻画的却是人性,抨击的亦是人心。

(于　悦)

苏荣超

苏荣超,福建省晋江人。1962 年出生于中国香港。13 岁
移民菲律宾。菲律宾圣道汤玛斯大学工业工程系毕业。20 世
纪 80 年代中期加入菲华文艺界。作品散见菲华及海内外报纸
杂志。现任东南亚华文诗人笔会理事、菲华作协理事、菲律宾
千岛诗社副社长、亚华作协菲分会理事、菲律宾《世界日报》
"文艺专栏"作家。着有诗文集《都市情缘》一书,收进《菲华截
句选》的作品共有 20 首,数量居冠,可以说是截句诗运动的积
极参与者。

减肥手记

新来瘦,非干病酒,不是悲秋

——[宋]李清照

自从身体亮起了红灯之后,追根究底,这个罪魁祸首非别人,乃"肥胖"
也。痛定思痛,一把无名火顿时烧起,所谓"恶向胆边生",决定将这把火延
烧至体内多余的脂肪,于是订下了"烧脂纤体减肥 A 计划"。

世间减肥方法何止千万,然最有效的除了计划性节食加上适当运动外,
算我愚鲁,实在想不出其他更有效率的健康减肥法了。其理甚明,运动乃消
耗热能,促进新陈代谢,而节食则是减少卡路里的摄取。一来一往想不瘦
也难。

听起来倒是简单,且很有道理,若真如此,为何尚有这么多胖哥胖妹瘦
不下来,为"肥"烦恼?知道是一回事,做不做得到又是另一回事。这边最关
键的三个字就是:意志力。

罗马不是一天建成的,人也不可能突然就胖起来,瘦下去。

A 计划戒条(一)除了三餐外,戒绝一切零嘴。就是说要跟我的"最爱"巧克力和甜食"吻别"了!("我和你吻别在无人的街,让风痴笑我不能拒绝,我和你吻别在狂乱的夜,我的心等着迎接伤悲。"流行歌曲都是这般唱的,绝不夸张。)当然在看不到食物时,尚可控制,偏偏执行 A 计划期间,不是阿猫办喜酒就是阿狗大宴亲朋。这些"鸿门宴"不去怕得罪各路一哥一姐,去又美食当前,不尝不快。

以前是多吃少动,如今也不难,少吃多动而已。同样四个字,一字不增一字不减。如何动呢? A 计划(二)心动不如行动,走路就是最好的运动。日常生活中所有短途路程皆始于足下。

据说最有效的减肥运动是游泳和慢跑。场地和时间关系,遂决定选择慢跑。

牛刀小试跑了小半圈,已经气喘如牛,汗如雨下。耳际忽闻声响,意志力……意志力。忽然心生一计,一边跑一边念《将进酒》。"君不见,黄河之水天上来,奔流到海不复回。君不见,高堂明镜悲白发,朝如青丝暮成雪……呼儿将出换美酒,与尔同销万古愁。"

老实说还真管用,念完诗,也跑了大半圈。不难吗? 对! 意志力。

人到中年才想到要减肥,结果减出两条人生道理。(一)人生在世,总不能只顾吃喝拉睡,率性而为。(二)人生就是这般,想瘦的瘦不了,想胖的又胖不起来。

游 戏

游戏其实不绝对是小孩们的专利,大人也玩游戏,而且成年人的游戏更是花样百出,多姿多彩。

不过可以肯定的是成年人不会再玩什么跳房子、老鹰捉小鸡这一类的游戏了。他们的游戏很多是充满危险、奸诈甚至有狡狯的成分在内,局外人很难想象这种游戏,当然也不是任何人能玩这些游戏。

但凡游戏,必有规则,规则则视玩游戏的人而定。同一种游戏不同的人参与,可能就会有不同的游戏规则。这一点通常于游戏开始前必须先做说明,以免游戏进行到一半时,发生争执或纠纷,大家不欢而散。

最单纯的游戏当然是孩童时候玩的那些,不管是捉迷藏或者大风吹,由于没有太复杂的规则,且大家都有一颗童稚的心,也不会为胜败输赢计较,是真正地为游戏而游戏。

最碰不得的游戏是政治游戏,参与此类游戏的人,大都冷血无情,翻脸不认人。为了自己的政治前途,不惜将别人(甚至自己人)当垃圾踩于脚下。

玩商业游戏则头脑必须保持清醒,不然随时倾家荡产,尸骨无存。因为某些所谓的"商人"常常是吃人不吐骨头的。

至于认为自己是情场老手者,不妨玩一下感情游戏,不过千万别玩出火,要不然最后惹火焚身,落得个火坑孝子或者情场浪子的骂名就得不偿失,后悔莫及了。

胆小鬼就别玩灵异游戏。在农历七月十四日晚上点燃一根蜡烛,邀上三五好友玩"碟仙",将手指放于碟子上,看看碟仙有何指示。虽然紧张刺激,惊悚无比,但谨防被吓破胆。

最写意的游戏是游戏人生。

我家虽非武林世家,却都喜欢玩与武功有关的游戏。妻喜欢玩的游戏叫"乾坤大挪移"。她静极思动,常常将家中的摆设甚至家具移来搬去,据她说只是想改变一下四周的生活空间与环境。更要命的是她也喜爱将抽屉或者杂物柜里的一些工具或东西移来挪去,等到要用时常会不见踪影,非常懊恼。

小女儿七八个月大时,最喜欢玩的游戏叫"大小擒拿手"与"狮吼功",而且已练到炉火纯青的境界。将她放在桌子上面不管是计算器、纸张,还是圆珠笔她一见就手到擒来,更厉害的是一招叫"大小通吃"的,抓来后就往嘴巴里放。我必须使出浑身解数,才能将东西从她嘴里抢救出来,倘若东西太小,我还得用"一阳指"往她嘴里挖。挖出来后,她大小姐不高兴就施展"狮吼功",哭声震天,左邻右里一听大惊失色,奔走相告,避之趋吉。

而区区在下最喜欢的游戏叫"少林武僧打十八木人巷",本人并非扮演武僧,只能充当那个整天杵在那边一动不动的木头人。

(哈,哈哈,哈哈哈。一笑,再笑,大笑。)

作品赏析

游戏不只是小孩子的专利，大人也玩游戏且大人的游戏花样百出，多姿多彩。只不过大人玩的游戏与孩子玩的相比更复杂，且充满危险。但是不是所有人都能玩这些游戏的。凡是游戏必有规则，但规则却又似乎根据人定。作者又列举了最单纯的孩童游戏、最碰不得的政治游戏、保持头脑清醒的商业游戏、感情游戏、灵异游戏等等。接着作者又介绍了自己家里人喜欢的游戏，妻子喜欢玩的游戏叫"乾坤大挪移"。常常将家中的摆设甚至家具移来搬去，更要命的是她也喜爱将抽屉或者杂物柜里的一些工具或东西移来挪去，等到要用时常会不见踪影，令人非常懊恼。小女儿七八个月大时，最喜欢玩的游戏叫"大小擒拿手"与"狮吼功"，不论什么东西抓来后就往嘴巴里放。我必须使出浑身解数，才能将东西从她嘴里抢救出来，倘若东西太小，我还得用"一阳指"往她嘴里挖。挖出来后，她大小姐不高兴就施展"狮吼功"，哭声震天。而作者最喜欢的游戏叫"少林武僧打十八木人巷"，充当那个整天杵在那边一动不动的木头人。

作者用诙谐幽默的语言向我们介绍了游戏，以及自己家里人喜欢的游戏，用轻松的语言向我们简单地介绍了游戏，用略带调侃的语言为我们展示了作者的家庭地位。文章中主要运用了列举的手法来展现游戏的类型，比如文章中首先用孩童的游戏引出大人的游戏，然后又列举了大人游戏中的政治游戏、商业游戏、感情游戏、灵异游戏等等。然后又点出了我的家庭喜欢"武侠游戏"，此武侠非彼武侠，而这种描写更能吸引读者的兴趣。作者在描写小女儿虚幻的游戏时用的笔墨最多，从作者略带调侃的语气中更多的是对充满童趣的小女儿的喜爱，这里用狮吼功、一阳指等武功来形容幼小的女儿，不但形象生动，也给读者留下想象的空间。

本篇文章幽默风趣，作者用略带调侃的语言形象地说明了游戏的类别以及作者家里人的风格，这样的描写使作者及家人的人物形象突出，生动地刻画出家里每个人鲜明的人物性格。作者以其轻松的文风和略带幽默调侃的语言吸引读者的眼球，形成作者独特的风格。

（李翠翠）

王仲煌

王仲煌，1973 年出生，祖籍福建晋江，童年移居马尼拉，1990 年起于菲律宾各华文报副刊发表现代诗及散文，2002 年起在《世界日报》广泛参与时评政论，也在《潮流》杂志、《菲律宾商报》与《菲律宾华报》撰写过"葵花夜话""拈花微言""无糖咖啡"等专栏。现任菲律宾千岛诗社社长。著有诗集《渐变了脸色的梦》、文选《拈花微言》。

失去自由的恐怖

匈牙利诗人裴多菲的一首名诗：

生命诚可贵
爱情价更高
若为自由故
两者皆可抛

我曾经不以为然，相信有不少人也会这么想：一个人没有生命，还谈什么爱情和自由呢？

但是情节虽已模糊却仍在脑海浮沉的两部电影改变了我的看法。一部是由史蒂芬·金写的《四季》改编的《肖申克的救赎》，讲述一个男人被冤枉杀害自己的妻子，法院判他终身监禁，这个坐牢的男人很有耐心地策划了逃狱方案，他选择在一个狂风暴雨的夜晚出逃，成功摆脱了警犬的追捕。不过，那已经是在坐了二十年的冤狱之后……

我一直记得电影中的那幅景象，他成功出逃后，在监狱外的那个姿势：

全身笔立,双足跷起,两臂张开,肩膀两侧尽量往后展,头也尽量向天空仰望,那像是:生而为人的意欲飞翔。狂风暴雨打在他的脸上,飞溅起来的是他的泪水。

昨晚和太太闲谈民主自由、婚姻爱情等,意见相左起来了,于是,我讲了另外一部电影 *Boxing Helena*:一个很美丽的女人,有个男人痴情地追求她,但是女人没有理睬,不幸的是,女人遭遇一场严重的车祸,不得不将臀部以下的双肢给截掉。这时男人前来娶她为妻,细心地照料她的生活。这样原本应当还好,然而女人失去双腿后,心情难免烦躁,时常摔东西出气,弄得家宅不安,让男人为之非常的苦恼。

于是,有一天女人醒来,突然发现她身体肩膀两侧的双臂也齐根不见了。原来男人把她麻醉后,将她的双臂手术去掉了。

事情已经发生了,Helena 这位只留躯首的美丽人偶能做什么呢?讲到这里,我发现人类的双足和两臂虽然不能像鸟类那般跳跃飞翔起来,但仍然保留着的却是那种可贵的渴望。

Helena 继续居住在一所华丽的房子里,男人继续细心地照顾她,三餐喂她美味的食物,每天给她换衣服洗澡,等等。不过,那情景真叫人想起《圣经》里的一句名言:人活着不能光靠食物。

电影里的其他情节已经模糊了,但我发挥自己的想象力接下讲:后来,夫妻俩要再有吵嘴(只能吵嘴了),那个男人就拿胶带往她口上一封,如此,一家"和平"。

这个"爱情故事"讲到这般,太太瞠目结舌。

然后,我想起裴多菲的那首名诗,就彻底信服了。

🌴 作品赏析

《失去自由的恐怖》作者开篇引用了裴多菲那首著名的诗,作者曾经不以为然,以为没有了生命,还谈什么爱情和自由呢?作者在文章中为我们讲述了两部改变了他之前的看法的电影。第一部电影是我们很多人都知道的《肖申克的救赎》,电影中的男主人公成功出狱后,那生而为人的自由的喜悦与狂奔,让人不禁感叹自由的可贵。第二部电影 *Boxing Helena* 因遭遇了一场车祸,失去了双腿的女人,有一位一直追求她的男子把她娶回家,悉心照料她，可是后来因为她经常摔东西，就把她的双臂也手术去掉了。作者发挥想象：夫妻俩后来经常吵架，男人又用胶布封住了她的嘴，就这样"一家和平"。

作者题名"失去自由的恐怖"，这样读下来，还真的让人身寒发麻。最后，作者想起裴多菲的那首诗，就明白了，自由是多么重要，人一旦彻底失去了自由，是一件比死还要恐怖的事情。

（张瑞坤）

文

莱

卷

沈仁祥

沈仁祥,1951 年 2 月生,祖籍广东潮州。任吉林省少儿书画协会常务理事、广西民族大学东盟学院文莱研究中心研究顾问、九汀中华学校校务顾问。曾任中、小学校长。主编《汶华荟萃》,著有《华和——刘锦国的奋斗故事》。作品曾发表于新加坡《南洋商报》等。曾获微型小说奖、论文奖、新闻写作奖、亚细安——文莱文学奖,诗歌创作也在加拿大被编曲演出。三获国王奖章及表扬状、国务院"优秀华教工作者""华教终身成就奖"称号,并获吉林省、中国教育协会、中国硬笔书法协会、清华大学学术文化交流中心奖状。四获台侨委会教师杰出服务奖。中华总商会、华机公会、留台同学会各项奖励。

彪炳功德录

发炳又在夜晚发飙。数不清这是这个月来的第几回了。同在一个宿舍范围里,也不分清晨中午还是黄昏夜晚、半夜三更,隔着墙会传来一阵意想不到的撞击声,不知是夫妇打架还是争吵,还有莫名其妙的球啊木棍啊书本报纸啊撞击地板墙壁声,要不然就是轰轰咚咚不知是摔东西还是拆墙钉凳许许多多猜不透的噪音。第二天,做老婆的就会编写好多好多美丽的故事,不是打那别家不去专来她家的蚊子蟑螂壁虎,再不然是工作太累了在锻炼身体。

夫妇俩倒是绝配,该是前世结的冤家。发炳和前妻生了个孩子,说是感情不睦吧还是受不了发炳的鸟脾气,没能忍到孩子上学,就把孩子带走,发炳也不过问,碰到要强的时候嘴里却说反正走了也好,免得留下来不事生产又浪费粮食。但面子始终搁不下,心中总想着是女人对他不起,一定要找机会报复,找个更好的欺负,又死要面子赖着不走又有工作的来取代最划算。让那个女人来工作来养家,还可以消消气,让走了的女人看了生气还能够风风光光舒舒服服地过自己茶来饭来张口、钱来伸手的悠闲日子,还要让那些老瞧不起发炳的家伙跌眼镜,我发炳总有一套,要搞个女人还不简单。

总会有这样恨不得早嫁的女人心甘情愿地来跟随,或者带有几分学问却丢不下面子的女人来供他差遣。也果真在某个信仰的集会上碰到这样一个标梅已过借信仰集会来招蜂引蝶的颐君,不管对他的认识有多深反正名分上都是同一信仰,那些兄弟姐妹师傅领导说三道四,都是妒忌的心理作祟,为了伟大的爱情,达到了目的早就该把这些家伙唾弃,追求神仙眷侣的生活才是真实,双宿双飞去了。由有工作的新任老婆负担交通,回乡住了一段算是人有我有的蜜月日子,就也在打打闹闹中给了他女人下马威。女人最好收拾的时刻,就是蜜月的日子,新娘子最不敢在蜜月后就提出分手。最正中下怀的是那新婚妇人颐君,每次被打被闹以后,在旁人面前还总摆出幸福甜蜜小鸟依人的样子,猪头似的胖脸也莫名其妙地越来越胖,倒也给他婚后幸福的风光日子做注解,自誉婚姻幸福指数高达九点八。

发炳不是不工作,实在是老板不识货,这样的人才天下哪儿找,怕老子会被埋没了不成。工作没三两天就炒了老板的鱿鱼,反正老婆有工作,饿不死又有地方住,窝在颐君公司的宿舍,又有照顾新婚夫人的美名。颐君倒也有节俭的美德,贪得小便宜就是赚到,谁会笨到自己外面租房子。公司的公物爱护有加地搬到宿舍用,为公司照顾公物,谁敢闲言闲语,老娘给他一顿脸色。关起门来我们夫唱妇随,就算闹到天翻地覆又干谁的事了?

发炳出现在颐君办公室的时间也越来越频密,说是关心老婆的工作环境,也看看有没有人敢说什么闲话的好教训他们一顿,反正公司多是女生,比一比拳头,他们全像死老鼠躲得无影无踪。闲极无聊的时候,跷起二郎腿翻看报上的八卦新闻,只要老板回来时赶快把腿收下,勤快地装作收拾办公室,给你一个免费的工人,老板还有什么话说,更不会相信那些三姑六婆的饶舌。天下哪个老板不贪小便宜的,老子就摸透你这些暴发户的嘴脸。

混日子也混得有些无聊,看看办公室的同事,有许多薪金竟然比老婆还高,也不见他们的工作有什么优越,加上他们的老公也有许多竟然美屋华车,假期里还满世界乱飞,这怎么可以忍受,大家都是娘胎所生,同个世界的人,怎会那么不公。一定是他们耍了啥花招,不然不可能那么有钱有地位。

最最不能忍受的是她们小声说大声笑，看到他迎面而来一哄而散的鬼鬼祟祟模样，肯定是在散播什么谣言。总算纸包不住火，在一次餐会中，办公室里那位最八卦最贪小便宜，有同事顾客供应商请客提供小食小礼品的时候，总是一把抢光的杂役，她那獐头鼠目的不成气候的丈夫，也老贪心拼命喝供应商免费提供的酒品，还偷偷藏了一些。就在几杯下肚后，酒后吐真言似的透露了这天大的机密。原来办公室和宿舍里在流传恶毒的谣言，说一表人才的发炳吃软饭。当晚发炳把贱女人颐君修理了一顿，竟然让宵小骑到头上来，老子有的是本事，是你们瞎了眼不识人才。颐君也太窝囊了，早该把她们痛打一顿，看谁还敢再乱嚼舌头。老子好男不与女斗，你颐君怎么可以忍受。要不然，在公事上做他们一单，也好出一口鸟气。

总算逮到大展宏图的好机会，颐君公司老板妻舅的表哥，透过皇亲国戚的瓜葛，承揽了公司这项工作。简直是大材小用嘛，有什么会难倒发炳的，乘机会修理那些看不顺眼的家伙，管她头上的光管在闪烁，瞎了眼让她看不起老子。冷气不冷没电也理他娘，热死她看她还敢不敢嚣张，就等她低声下气来求老子的死样。只要保证大老板办公室一切顺当，有叫必应没叫也多献殷勤，让他知道本人的勤奋和周到的服务就一切搞定。老子后台够硬看那些小猫小狗谁敢再吭声，这叫不怕官只怕管，你们这些家伙总算栽在老子手上，这是发炳扬眉吐气耀武扬威的风光日子。

没过多少日子，公司老板妻舅的表哥就和发炳划清了界线，你做你的我干我的，大家都是老板，凭什么你来指使我。合伙的关系马上转换成敌对状态，看我怎样收拾你。有状况故意不负责，看着业务一落千丈，反正不是自己出的资本，生意垮了与我何干？看以后谁还敢看不起我，谁敢惹毛发炳，没了我你谁有本事建功立业。

不到三个月，业务在吵吵闹闹中结束，发炳又恢复过他那悠闲的日子。去当了两天的室内装修工，发现工作怎么要卖命似的，一天中就要被领班从咖啡店叫回了几次，实在忍无可忍不玩了。还是回宿舍看电视逍遥，估算同宿舍的人快要下班的时机，霸住厨房冲凉房厕所，看她们急得跺脚。冰箱里厨房里的东西，已经习惯地管他三七二十一那是谁的，要用就用要吃就吃，老子就是这样，心里凉快得很。同单位的受不了，吵也吵不过，闹也闹不了，换去别的单位，这正合老子心意，新搬来的还不是要看我这地头的脸色，更可以称王称霸。

困扰的是居留问题,没工作实在无法居留担保,花钱找人担保又不舍得。两星期的临时入境期限届满,都要开车回国兜一圈,顺道购买一些比这里便宜的东西。几个月下来,出入境的次数多了,自己烦了,移民厅也禁止如此一再变相居留。发炳更发飙得厉害了,日夜搞到宿舍鸡犬不宁。

发炳先搬回家乡发展,临走前还逐户清算,你小庄干啥在去年我搬来的时候盯了我许久,是看我不顺眼还是想找碴?你大牛干吗几个月前丢垃圾时,用垃圾袋碰我车,嫉妒我有车阶级?小朱你对我不爽吗为啥踩我门口拖鞋?你阿群为何在我回来时大力关门,我非礼了你吗?你自己照照镜子……楼上楼下吵了一顿,还恶声恶气狠狠地抛下警诫的话,谁敢趁他不在时欺负他妻子的,绝对不放过。

瘟神走后,宿舍里人人心头大快,生活环境也清静起来,有时还清静得太寂寞,骤然少了吵闹声,确实有些不惯。

颐君在办公室也变得古怪,婚前婚后两个样,不但比以前小气,还更爱搬弄是非,是爱的力量吧,处处为老公圆谎,把霸凌说是好意劝导,她老公绝对是有修养有信仰空前绝后的绝对好人。

没被虐待的日子反而难受,一定是同事嫉妒她有幸福美满的婚姻而明显的淡薄,老公离开后心里多了一分牵挂,会不会和前妻旧情复炽,会不会又在什么场合被野女人勾搭。为了省钱又不准电话联络,只待他每月来拿钱时的相会,相会却又是无止境的争吵和拳来脚往。后来每个月需索越来越多,开销的名堂从堂皇的事业发展到不需要什么理由的交际应酬,总不能叫一个大男人,身无分文地在街市上混吧。

颐君几年的积蓄在结婚时花去了大半,现今的收入也越来越不够应付老公没节制的需索。看同事在余暇做直销有不俗的收入,颐君也跃跃欲试,也逮着机会加入这行业。成功总得出奇制胜,这是直销表扬大会上的金石名言。对呀,利用办公时间,办公室的电话,邀约校友旧识洽谈推销,利用联络业务机会推销产品。这天赐良机,怎不好好把握。房里堆积的产品,每个月交给发炳回国去卖,乘机把业务推广到国外,也将下线扩张到国外去。只要每个下线每人买一套产品,下线的下线再买一套产品,自己不必做什么,佣金红利收到手软,到时候,华屋名车,珠光宝气,荣华富贵,山珍海味,想到这,做梦也会笑。

发炳每回拿去的产品,没两下子就卖光了,听说也建立了好多下线,发达的日子看来不远了。收到的钱,让发炳全留在家乡,公婆俩还计较什么,何况自己赚的钱,不也都要带回去吗?

利用公司的资源来干直销的事,阴错阳差地因推销给老板的一位远房亲戚而被揭发,给老板教训了一顿。什么大不了嘛,老板自己不也是身兼数职,人不为己,天诛地灭,不是这么说来着。我老公已有大批下线,全无后顾之忧,何况是公司不能没有我,大可吊起来卖,先来个辞职,待你挽留我的时候,再要求加薪减工作量,最好再要求有自己的办公室,那才更方便哩。老公也赞成露一手给老板看,顺便杀一杀同事的威风。一举而数得,此时不干一场轰轰烈烈的,更待何时。

辞职信交了上去,就等待谈判的美好时光。

🌴 作品赏析

本文主要讲述了发炳的个人经历。前妻因忍受不了发炳的脾气与之离婚,而发炳出于报复心与妒忌心,找到了新任妻子颐君,并假借高尚的借口入住颐君的宿舍,在颐君所在公司贪同事小便宜,不学无术,游手好闲,斤斤计较。最后通过颐君的关系,夫妇两人干起了产品直销。颐君也在发炳的影响下成为不切实际的空想者。

从文章题目"飚炳功德录"中可以看出,文章的中心人物是"飚炳"。"飚"一字很好地概括了发炳这一人物的个性。发炳脾气非常糟糕,视女人为剥削利用的附属品,认为女人是供他差遣的玩物,常对妻子打闹。自命不凡又自以为是,带有一点自我陶醉的阿Q气质。

作者借这一人物的"功德"来讽刺当下社会中不学无术而自以为是的一类人。通过对比、反讽的手法对这一人物进行犀利的批判。语言明白晓畅,通俗易懂。情节环环相扣,结尾留白,韵味无限。

(张清媛)

越南卷

林佩佩

林佩佩,1984 年出生于越南胡志明市,祖籍福建同安,胡志明市师范大学中文系毕业。1998 年荣获越南胡志明市华文学会新诗比赛三等奖,2000 年荣获《西贡解放日报》"我所认识的好人好事"征文比赛第一名。著有现代诗集《是你给我带来春意》。作品散见于东南亚华文诗人网,以及各地文艺报刊。现为越南华文《西贡解放日报》记者。

一个没有答案的爱情故事

爱情究竟是什么东西?总让人欢喜让人忧,让人烦恼让人痛苦。有很多时候,自己猜不透自己的爱情,它总是踩乱了我的情绪。爱情是一个难以表达的话题,爱情是一句猜不着的谜语,爱情是一杯苦涩的酒。很多人都对我说过:"当爱情来临,若不会珍惜,它就会悄悄溜走,等你后悔时已剩下一段回忆,让你抱着悔意及回忆过一生。因为时间永远都不会倒流,而机会也只有一次。"

是的,眼前美好的一切,明天都会成为回忆。那一个没有答案的爱情如今已成为回忆,永远都不能重演。直到如今那是爱情还是友情,糊涂的我都还分不清,也没有勇气弄清,就这样错过了。他与我是同事,他的个子高大,有一张爱笑的脸,他的言行举止温和。虽然我俩工作在同一家公司,但由于工作的时间不同,所以我之前并不认识他。我是在一次同事举办生日晚会上才认识他的。起初,我把他当成一位好哥哥,我觉得他的为人挺好,温和大方,我们经常通短信,偶尔我们也会打电话倾诉与约会,我们的约会总是由一大群同事陪着去,我俩不曾单独相约,因为我们之间谁都怕说出后,若对方不同意就很尴尬,于是我们的约会也就是一群人。一年后,还记得那是个六月,也许这一生我都会记得,只是直到现在我还是弄不清,究竟是爱还是友情。那一个晚上,他寄给我 5 个句子叫我猜,每个句子是一个字,他写着:

寒山寺上一棵竹!

您若无心各自飞!

此言非虚能兑现!

受伤只有心来撤!

天鹅一出鸟不见!

"你帮我解这个谜,解到记得回复我呀!"由于我没有猜谜的天分,猜了三天才猜出来。结果我没写答案给他,只是想了 5 个句子让他猜,而这就是答案的对答句:

受伤只有心来撤!

您若无心各自飞!

喜钻岩石古洞下!

汉字无水旁有佳!

门中有个无头井!

结果,他也没亲口告诉我答案,直叫我先回答!始终谁也没说出对方的答案。那年的圣诞夜他约我与同事们一块儿去庆祝圣诞节,我并没有去,却和别的朋友举行圣诞联欢会。第三年的四月份,不再见他寄信给我,我一直找答案、找理由,发现他已有了女友,此时的我感到有些痛楚与苦涩,心里非常惦记他。也在这时候我发现我心早已倾向他了。

自那以后,我俩也不再和一群同事去玩了,很久很久也不再见他寄讯息问候我的状况。有数不尽的夜里,自己都在想他,想他与自己说过的话,写过的讯息,合唱过的那一首《现代爱情故事》,一切都只剩下回忆。

当夜深人静时,就更会想起那一段从没有开始也没有结束的"多情"故事,也许是自己自作多情,也许自己是世上最笨的女孩,也许这只是自己的第六感，若时间可以倒流，我又是否有勇气告诉他谜语的答案："等你说爱我。"时间可以匆匆溜走，但肯定带不走回忆。

🌴 作品赏析

从标题可以看出，本文主要讲了一个爱情故事。而爱情故事的定语是"没有答案"，可见这是一个爱情的回忆。文中的"我"和他互有好感，双方都很腼腆，通过猜谜的方式试探彼此，但最终还是错过了对方。

文章写得非常含蓄，情感收束在平静的文字之中。即便是互诉衷肠时，期待与躁动时，写出来的小诗也是非常内敛的。这与作家回首往事的叙事姿态相关。

不安与躁动已成为过去式，记忆中的他最终成为他人的男友。对作者来说，爱情来过，留下的是酸楚与苦涩。

（张清媛）

缅甸卷

晨 阳

陈汀阳,男,笔名晨阳、侹洋,福建厦门人。1947 年 5 月生于厦门,1948 年随母到缅甸,曾在仰光、丹老、景栋就读华文学校。1964 年 8 月回国,在昆明、南宁侨校读高中;1987 年厦门工人业大中文专业毕业。曾参编《缅华散文集》《缅华诗韵》《缅华人物志》《缅华华文文学作品选》。2016 年 8 月出版《晨阳诗文集》。2014 年 4 月任厦门市缅甸归侨联谊会会长。2018 年 8 月荣获中国侨联、国务院侨务办公室全国归侨侨眷先进个人称号。

游"厦门西湖"与马戏城

早已获知厦门有灵玲国际马戏城,百闻不如一见,笔者有幸参加了缅联会青年部组织安排的一日游。

戊戌年六月三十日,我们按约定时间集中于华侨大酒店,乘大巴前往集美,当车行驶至集美大桥时……"喂!你们到哪里了?集美下暴雨,我们全身都湿透了。""我们在集美大桥上,马上就到。"车行驶至 BRT 嘉庚体育馆公交车站,接满 24 人,即前往首站杏林湾。

天有不测风云,暴雨,随我们到达杏林湾而收敛了。于是,我们租了两辆电动车,绕杏林湾一圈观赏如诗如画的美景。

杏林湾贯穿集美传统的文教区、崛起的新城住宅区、商务中心和景观秀丽的园博苑,雨后湖畔的美景,人文风光的休闲惬意,激发了胞波们的歌喉,《鹭岛胞波之歌》《初夏诗情》,缅甸歌曲《海鸥》等回荡在素有"厦门西湖"美誉的杏林湾。而后,我们直奔灵玲国际马戏城。

闻名遐迩的灵玲国际马戏城,主要由椭圆形室内马戏表演场、五星级马戏主题特色酒店、马戏博览主题文化广场和动物标本博物馆等四大项目组成。是国内首家以国际马戏表演、马戏博览为主，集旅游观光、休闲娱乐、文化教育于一体的大型马戏乐园主题旅游区。

步入马戏城，看鸟艺表演，鹦鹉华丽的羽毛令人顿足，黑天鹅、海狮、棕熊、白老虎、长颈鹿等一览无余；刚来厦门落户的国宝"团团""圆圆"熊猫，正睡着在做它的美梦。午餐时间，我们到美食广场享用，餐毕，到椭圆形室内马戏表演场观看演出。

侨居缅甸仰光时，曾在"柔里虎"观看中国沈阳杂技团的演出，比起灵玲马戏城集马戏、杂技、魔术等众多元素于一体的表演，可谓小巫见大巫了。训练有素的飞禽走兽、珍禽异兽与"老外"同台进行演出，镜框、马圈、推拉、升降、环绕、水上、空中、旋转、吊挂、光雕等10多种舞台模式，令人目不暇接，惊险刺激而快乐。尤其是高空真人摆动接力，两次失败重新再来直至成功，观众为其坚韧不拔的精神给予热烈的掌声。

一个半小时的表演结束了，倾盆大雨后，我们打道回府，度过了愉快的一天。

作品赏析

《游"厦门西湖"与马戏城》这篇文章属于幽默散文。作者记录了自己在厦门游玩一天的故事，他们先后参观了杏林湾与马戏城。由于有幸参加了缅联会青年部组织安排的一日游，尽管前半天天气原因让成员们受了点影响，但幸运的是并无影响他们接下来游览杏林湾的行程，在一行人租车游逛"厦门西湖"时也让人们不禁想起了许多耳熟能详的歌曲，随后便前往了重点景点：闻名遐迩的灵玲国际马戏城。作者介绍这个马戏城是由很多项目组合而成的国内首家主题马戏城。作者在马戏城里看到了许多精彩的动物表演，同时回忆起自己之前在沈阳观看过的马戏表演，觉得不能与此次之行相提并论。作者也详细介绍了马戏城里的表演项目与环境，这些多姿多彩的表演让人目不暇接，也让作者度过了美好而又愉快的一天。

在这篇文章中，不难看出作者是一位极富童真的人，他用最质朴的语言描写了简单充实的一天，让读者们身临其境，仿佛也体会到了同等的快乐。尽管天气不尽如人意，可并没有影响作者的快乐，这也得益于作者易知足的内心，而人生有时应该拥有这种难得的品质，这或许会让我们更加快乐。

（王思佳）

许钧全

许钧全,澳门居民,1952 年 12 月出生于缅甸仰光市,祖籍广东台山。著有小说集《一份公证书》《西蒙的故事》等 4 本,编著《归侨的澳门》等 2 本,主编《缅华文学作品选》等 78 本,参加编辑《缅甸华文文学作品选》等文学作品 3 本,发表各类论文十余篇。曾获得澳门文学奖等十几个奖项。

商人日记

前　言

能立于不败之地,而又受人尊敬的,千百年来只有"孔方兄"。中外古今,不分黄、白、黑、红、棕,尊敬者的队伍都是有增无减。多少圣贤、领袖到临终时,会悟出:难以超越孔方兄。我在这个地球上已度过一万零九百五十个日夜,才明白"有钱比没有钱好"这句真言,似乎也还不算太晚。

俗的世界! 有贝之财比无贝之才强。进入中年,身上的俗气日益加重,总不能舞弄笔墨不吃饭。更何况手中的一支秃笔,颠三倒四地铺满一页文字,未必有人欣赏。青少年的梦已到了结束之时,更何况又非国难当头,赚钱才是匹夫之责。只要对得起天地良心,对得起国家、民族,甚至人类,有钱不赚可是罪过!

缅甸的和尚真多,仰光市也不少。和尚化缘、捐助建庙、建塔,或捐袈裟等等都要钱。往神的塑身上贴金箔,更要花钱。有钱的人大把捐助,神灵都保佑他。因此,有钱的更有钱,这是善性循环。

经商之后,感触更多。"有钱能使鬼推磨"似乎有些片面且过时,并非只有鬼才爱钱。目睹都市的各种精彩表演——为了钱而做出的表演,才真正明白千百年来古今中外名人的共同名言:真正的舞台就是生活本身!

天气真热,不热才怪。离赤道不远嘛!"热"窗十多年,所学的知识相当有限,不过,用来开单据、算加减,似乎又有些浪费。

今夜又是繁星满天,郊外的夜晚是美丽的,椰子树叶在风的吹动下,发出有节奏的响声,没有月亮,夜阑百虫齐鸣加上阵阵夜来香,一下子触动了灵感,写下了上述语无伦次的话,并非无病呻吟,更不是技痒,从第一次考试就自知技逊人两筹以上。

在决定逐步记载从商后的趣事之前,为自己的笔记来点开场白。相信世上即使有类似的笔记,也不会太多!

一条金项链

癸亥年夏季×日　晴

我坐在玻璃柜前,映入眼帘的有上百只金戒指,数十条金项链,以及金手镯、金坠子、金耳环,它们分别镶有红宝石、蓝宝石、翡翠、珍珠……还有法国人造的红玉、苏联人造钻石等等。式样繁多,有中式的,最新港式的,传统缅式及少量西欧式的。世界上的文化正在融为一体,更何况是金饰呢!在这么多的首饰中,有一条式样较平凡的鳝骨式项链,我另外挂在一边,这是非卖品。因为这是一条有不平凡经历的项链。

两个月前,有一名年纪二十五岁左右的年轻男子,到我的店里买首饰。他看了一阵之后,决定买一条项链,看了一条又一条,说是买给女朋友的,这时的心情是可以理解的,我也很有耐心地一条又一条地拿给他看。当他把一条项链交给我时,我手中的感觉很特别——职业上的特殊感觉,此时我只感到青年的嘴动了一下,没有说话。

"他换了链子。"我用广东台山话对弟弟说。这青年当然不明白我们在讲什么。

"是这样。"我用缅语对青年说,"这条项链不是我们的,请把我们的交出来。"

青年咽下一口唾液之后,才说:"是你们的,我可以给你搜身。"他说完站起来,并且迅速翻开上衣口袋等,真是没有藏在身上。

"张开你的嘴巴!"弟弟突然发问。青年张开嘴巴,什么都没有。过去的经验使弟弟有此一招,上次让一名非常有礼貌的少妇狼狈不堪,最后跪下来拜托我们兄弟,哀求不要报警。这是都市内常用的偷天换日、偷梁换柱的手法。得饶人处且饶人,我们和气地请少妇离去。当然叫她先洗净曾含在口中沾满唾液的项链,也把她的赝品还给她。

"他在说话前好像吞了东西。"我和弟弟恢复用家乡话交谈。

"难道吞到肚里了!"弟弟感到新鲜和意外。

"把链子吞到肚里了?"我大声地用缅语说。青年的脸色变白,目瞪口呆。此时有三位经纪人进入店里,知道此事后,马上把这青年拖到人行道上,并迅速地拳打脚踢一番。

"骗黄金的人并不少,把黄金吞到肚子里的还是第一次听到。"一位经纪人大声对围观的人述说。我迅速上前,制止大家动手,并且带这个青年到警局。

平生最讨厌上法庭,即使有理,也会破财。遇到这类破财的事,只有用"破财消灾"来安慰自己。为这吞项链的事我上了几次法庭,一切像公式般,自己好像是一个木偶,只有当你得到准许时才可以讲话。

在这期间,有一对上了年纪的夫妇到我的店里,自称是吞金项链青年的父母,说自己的儿子有点精神病,发病时会乱吞食物,叫我们不要追这案子,我答应了。还有一位妙龄女子也来到店里,自称是青年的未婚妻,说她的项链断了,托男友去金店修焊,结果在赌场上输掉了。为了还金项链,他才想出这招,求我们不要追案子,我也答应了。

差一点忘记记载:青年被带到警局之后,被送去照 X 光,项链在胃里。我想起古代的吞金自杀,那是因为没有外科手术之故。警员给这青年吃一颗泻药,半个钟头,不见有效果,又给他连吃三颗泻药……

谢天谢地! 没有坠肠。也不用外科手术,链子排出来了。毕竟只有八克重。

物归原主,我收回这条曾到人体内旅游过的项链。为了这条项链我花去精力和时间,加上请客,已损失了半条项链的价值。一星期之后,一名警察到我的店里,告诉我那青年被判刑,只是数月而已。并说是他给青年吃泻药,一直守着他,叫他在草地上排便,好不容易才找回项链……我给了他两百元喝茶,弟弟和我摇头苦笑。之后我们上大金塔拜神,求神保佑不要再惹官司。

是破财，却得到一段有点离奇的故事。如果不是亲身经历，还以为别人开玩笑。于是我把这条项链挂在玻璃柜内，当作非卖品。

原载于 1991 年《海外学人》第 227 期

🌴 作品赏析

《商人日记》这篇散文属于幽默类散文。

文章取自作者从商趣事，前言中作者写道："目睹都市的各种精彩表演——为了钱而做出的表演，才真正明白千百年来古今中外名人的共同名言：真正的舞台就是生活本身！"作者记录这些实际上也是在记录经商所感，经商之人在商海浮沉，见识了形形色色的人，看到众生在这金钱世界中摸爬滚打。观察到人们在这个物欲横流的世界里或迷茫、或挣扎、或深情的动人故事，作者心中有感，遂将其记录。从缅甸普通居民的生活经历中，作者窥视到了缅甸人的生活经历和生存环境，展开了一幅缅甸现代生活的浮世绘。

故事讲述了一个青年人去作者的金店，挑选项链时起了恶念调换了项链。青年将真项链藏于口中，却被作者识破，情急之下青年将项链吞入腹中。作者无奈报了警，警察用泻药让青年将项链排出交还给了作者。作者在感叹自己的经历之余，回忆起种种类似之事，往往事后他们的"亲人"，或者"爱人"就会来赔情避免当事人吃官司。缅甸的底层人民以这样的艰难姿态生存，虽然偷窃的方法不可取，却也体现了缅甸底层人民生存环境之恶劣。

作者以看似轻松幽默的笔调描写了发生在缅甸的中底层人民的平凡故事，而这样的故事内核却是沉重的，与作者轻描淡写的叙述产生了极大的反差，造成了一种极为克制的旁观感，这样的叙述让作者的观察和思考也变得更为客观。

（王思佳）

纪晓红

纪晓红,原名李静,男,缅籍华人。1965年10月6日出生于武夷山下,长于信江河畔。曾用风顺、欲试、浮萍、随聊、蒲公英、纪晓红、心如止水、萨江水暖和伊水浑浊等笔名。在缅甸《金凤凰报》和泰国《世界日报》及网络上发表过诗作、散文。

游情人桥

早就知道曼德勒有座情人桥,但一直没有机会去目睹它的容颜,领略它的风采。今年泼水节期间,陪台湾来的客人参观曼德勒的名胜古迹,我有幸游览了这座世界上最长的柚木建造的,在世界上享有盛名的——乌本桥,当地人引以为豪的"情人桥"。

该桥由2666根柚木搭成,长达1200多米。高5米,宽2米,每距1.5米,立一根木桩。木桩有电饭煲那么粗大。单边1333根,因它是排列成对的,双边共有2666根,每对木桩上用一根2米长的横木作横梁,共有横梁木1333根。横梁上竖着钉了五行桥筋。桥筋是用大小相同的木墩来完成。如果把五根作为桥梁的木墩连接起来,有10000多米长。五根木墩的桥筋上,横铺了木板,让桥上行人如履平地。走木桥一趟,快时至少也要花半小时。这座木桥,几乎要用去百万立方米优质的硬木材。当今世界,没有一个国家,即使是现在的缅甸亦不会去砍伐一座森林,来修建这么一座弯曲而漫长的木桥。

这座柚木桥是怎样建成的呢?

传说160多年前,雍笈牙王朝的敏东国王,了解到此地(乌本)原来是一片低洼之地。旱季极低处积水成湖,可以乘船;雨季湖水上涨,湖滨成为泽国。到了今天同样如此,大大影响了当地人民的生活。为了解决交通上带来的困难,敏东国王体察民情,关心百姓生活,修建了这座柚木桥。

当走过整座桥时,你会发现在桥头桥尾都建有一座方亭,桥中还有四座,这是供来往行人躲避太阳和突降的大雨的。佛国缅甸,处处都体现出佛教的教义。六座亭子体现佛教的"六和"精神:身和同居、口和同语、心和同志、德和同守、见解和共同进步、利益和共同享有。这是缅甸各族青年向往家庭美满幸福的"六和"精神。那些热恋中的男女,慕名天远地远赶来登此桥,不但要享受大自然的美丽风光,更重要的是要借情人桥的"六和"精神,给自己的婚姻带来美好的祝福,立誓永保这六种和睦互敬的精神伴随自己一生。这已成为缅甸青年传统的新时尚。

初夏的曼德勒已很炎热了,草色青绿,花荣依然。在这远离闹市喧嚣的地方,在这湖滨之地。静观细赏这座长长的柚木大桥,它以"之"字形跨越陶塔曼湖宽广的湖面。桥上行人如织,拥挤不堪,桥下小船悠悠。这时我不由自主地想起了那位当年离开故乡——中国大理,经长途跋涉来到缅甸京城曼德勒的翡翠娘娘。缅甸王子在桥头翘首以待他的心上人翡翠仙女的到来,两个相爱的情人手牵着手,在金色的夕阳映照下,相互依偎着走过木桥来到皇宫宝殿。后来当地人为了纪念这个古老、真挚、美丽、感人的爱情故事,又把此桥称作"情人桥"。据说在桥上一起走过的情人就永远不会再分开。至今曼德勒青年定情时,都会手挽着手来情人桥上走一走,以祈求爱情美满幸福。

因此,人们纷纷来这里漫步。这里远离市区,环境幽雅,景色宜人,更是青年男女们钟爱的好地方。只要你来到情人桥都会看见成双成对的情侣,或卿卿我我,或缠缠绵绵,或呢喃低语。他(她)们在这里谈情说爱,在这里谋划着人生美好的未来。

如果你不小心穿上了高跟鞋走情人桥,你也许只能提着鞋子走了。因为木板与木板之间布满了缝隙。这样你也许又会无意中获得了僧侣们赞许的目光,因为在缅甸和尚面前不穿鞋则表示对他们的尊重。

湖水清澈的时日,走在情人桥上,还能看到许多黑色的小鱼在水中嬉游,伴着湖光水色,观赏湖面上嬉戏的鸳鸯,别有一番浪漫情趣。泛舟湖上,静静地欣赏着桥面上匆匆走过的红衣"喇嘛"、谈情说爱的情人、穿着"笼基"的学生、脸上涂满黄粉的漂亮姑娘,更是一种惬意的享受。

我漫步情人桥上,边走,边看,边拍照。这时,我忽然发觉现实中的情人桥,不仅仅是供爱情行走见证的地方,更重要的作用还在于它是当地居民和僧侣往来于河流两岸的便民桥。

情人桥已成了曼德勒一道亮丽的游览风景线。虽然它经历了大自然风风雨雨的洗礼、人世间沧桑,岁月也给桥体留下了深深的痕迹:有的木桩已有一些侵蚀,但却仍然坚固结实。就像情人们坚定、永恒、执着的爱情一样牢不可破。这也是情人们喜欢到情人桥上漫步,把这里当成约定终身地方的原因。

随着缅甸改革开放的向前迈进,缅甸旅游事业的不断发展。曼德勒作为一个历史文化名城,已被列为联合国世界文化遗产地区。情人桥也将随之声名鹊起,前来参观游览的缅外游客定会越来越多。情人桥必将成为曼德勒旅游的品牌景点,情人桥的故事将会影响当今人们的爱情观,情人桥将见证缅甸人民的热情、友善、包容和真诚。

🌴 作品赏析

《游情人桥》是一篇幽默散文,作者介绍了位于缅甸曼德勒的情人桥,展现了其美丽的自然风景、朴素的风俗人情,以及世界各地情侣们来情人桥参观时所寄予的美好愿景。

每年七月初七是中国的传统佳节——七夕,中国古代早有牛郎织女的爱情故事,鹊桥相会展现了牛郎织女爱情的不易和美好,鹊桥便也被称为情人桥,维系和延续着牛郎和织女真挚的感情。情人桥在世界上很多地方都存在,它既是作为旅游文化景观存在,象征当地的风俗文化,又是情侣们对美好情感的向往,寄托着一份牵挂。作者笔下的这座情人桥是位于缅甸曼德勒境内的乌本桥,这是世界上最长的柚木建造的享有盛誉的情人桥,其于作者于缅甸有多层含义。其一,美丽的自然风光与朴素的风俗人情。同世界上许多情人桥一样,乌本桥位于自然风景优美之处,桥体、湖泊、小船、方亭等互为映衬,吸引众多游人来此赏景游玩。作者笔下,此处游人如织十分热闹,能够充分体验到缅甸的人情风俗。而缅甸王子与翡翠仙女的爱情传说更是让乌本桥蒙上了神秘的色彩,从远古传来甜蜜的气息。其二,人们对爱情的向往和期待。情人桥既然是作为情侣们的旅游胜地,心中情感寄托所在,那么其便不再仅仅是旅游景观,更是作为文化符号而存在,象征着情人间长久稳固的关系。伴侣是人一生中极为重要的存在,他/她是人们自由选择,在长久岁月中互相陪伴、彼此扶持的对象,因此伴侣之间无不希望两者感情能够牢固、稳定。情人桥作为情感的文化符号,意即人们长相厮守的意愿和决心,也是相知相伴走过一生的勇气。其三,情人桥的现实功用。乌本桥在当地除了是情人桥外,还是人们的便民桥。作者阐述了乌本桥的自然风光和文化内涵,最终回归其最朴素的本质,即可为人们的生活带来便利,方便人们来往两岸。这便是乌本桥最直接、最重要的作用了。

作者对乌本桥颇为赞许,游情人桥间发现其诸多优点,描写立足于细节处,一一道来,逐渐还原了情人桥的全貌,呈现其内外兼修的品质。

(孔舒仪)

王子瑜

王子瑜，男，果敢汉人，1973 年出生于缅甸掸邦北部。2006 年在新浪开设《紫雨词话》个人文学博客，主要作品有诗集、杂文集、时评、微小说等，著有长篇小说《掸邦女儿国》。2013 年加入"缅甸五边形"诗社，成员名"广角"，著有诗集《时间的重量》《写诗的人》。曾创作并演唱《烟农的儿子》《果敢悲歌》《不变的中国心》等本土流行音乐。

该 死 的 手 机

世界上最会愚弄自己的，恐怕只有人类这种动物了。每个人一生，都经常会干出一些愚弄自己的事情来，手机的问世，让我更加清楚地看到了这一点。以下各类场景之中，或许你就是主角之一。

场景一：庸人自扰

大会上，领导正在发言。台下与会人员鸦雀无声。忽然座中响起了一首当下最为红火的流行歌曲，这是手机来电的彩铃声，这突如其来的音乐声打断了领导的发言，也抢占了人们的注意力。领导顿了顿，扫了一眼铃声响处，然后若无其事地继续发言。只见手机的主人赶紧接通电话，低着头小声地略带埋怨地说："我正在开会，不要打来，有事等会儿再说。"

邻座一人小声嘟囔道："这该死的手机！"

场景二：损人不利己

演出现场，台下观众席中有人在小声地通电话："我正在看演出，可惜你没来，这里的表演真是精彩，有……还有……。"

座后一人小声埋怨道："这该死的手机。"

场景三：自设陷阱

久别重逢的发小难得有时间约到一起见见面,聊聊天,然而,刚坐下没多久,甲的电话就响起,于是赶紧退到一边接电话去了。不一会,乙的手机铃声再次打断了大家的谈话,乙对着手机说了几句,因人多声音嘈杂对方没听清楚,不得已也站起身来,到一边说事去了。留在原地的两人似乎想起了什么,各自掏出手机发起了短信,发完短信看到大家聊天的兴味索然,其中一人干脆就玩起了手机游戏。

只听桌中一人小声诅咒道:"这该死的手机!"

场景四：错全在己

饭吃得正香时,手机铃声一响老李便赶紧放下碗筷接听那不知是谁打来的电话,一听是朋友老赵,老李半开玩笑地说:"雷公都不打正在吃饭的人,有什么重要的事吗？没有什么重要事的话,你等二十分钟后再打过来吧。"

老李说完边把手机挂断放进衣袋边埋怨道:"这手机真该死!"

场景五：自寻烦恼

忙活了一天,好不容易能安心地躺下,正当迷迷糊糊进入梦乡时,放在枕边的手机忽然响了起来,他机械地抓起手机接听,知道对方没什么重要事,随便敷衍几句便把手机挂了,准备继续睡大觉。可是,入睡还不到几分钟,电话铃声又刺耳地响了起来,他睡眼蒙眬,回了几句,紧接着却被对方的话题给弄清醒了。当他通完电话后,睡意早已没有了。他知道今夜又将是个不眠夜,重重地放下手机大声骂道:"都是你这该死的手机!"

场景六：会吃时间的手机

工作一天回到家里的老张已经很累了,夜也深了,他决定洗完澡就立即上床睡觉,因为明天还得继续工作。

上床前老张有一个习惯,就是打开手机看看微信朋友圈,看看朋友们的动态与特意晒出来的东西。

刷完一遍,发现手机得充电了,老张在插上电源时,看到屏幕上显示的时间已是午夜12点多了,他重重地放下手机,懊恼地骂了一句:"真该死,这害人的手机。"

场景七：消声器

某个同学聚会上，组织者定了一个规矩：聚会时不准玩手机。

于是，这次同学聚会因为没有人埋头玩手机而显得特别热闹。酒过半巡，有人开始怀念他们的手机了。于是，纷纷找借口去翻自己的手机，规矩一旦被打破就没有约束力了。所有人相继开始毫无顾忌地拿起他们的手机翻了起来。会场也随之慢慢地静了下来。发图的发图，发文字的发文字，浏览朋友圈的，看信息的，看小视频的，各自忙得不亦乐乎。于是，这场同学聚会的下半场就这样在一片沉默中度过。组织者看到自己的完美计划被打破，生气地骂了一句："这该死的手机，真是阴魂不散。"

作品赏析

《该死的手机》这篇散文主要向我们展示了七个我们日常生活中再熟悉不过的场景，如领导开会时有人的手机铃声响起，看演出时有人打电话，吃饭或睡觉时电话响起等，这些事情或多或少给我们的生活造成了不必要的困扰。然而，我们作为手机的使用者，却把这种困扰推脱在手机的身上，常常抱怨"这该死的手机"。作者通过对这一组生活现象的描述，揭示了现代社会上常见的一种心理现象，即手机依赖症。随着手机普及率的快速提高，几乎人手一部手机，越来越多的手机持有者发现自己已经无法离开这个"爱物儿"，哪怕只是半天不见，也会魂不守舍，坐卧不宁。然而手机的问世，本来是为了让我们的沟通更加便捷，关系更加紧密。但现如今，越来越多的人却产生了手机依赖症，不管有事没事，何时何地，掏手机变成了一种下意识的行为。我们一边过度依赖手机而失去了应有的自控力，一边却又不停抱怨着手机给我们造成的困扰，这样的行为不免显得荒谬而可笑。正如作者所言，世界上最会愚弄自己的，恐怕只有人类这种动物了。

这篇散文题目为《该死的手机》，并选取了七组日常生活场景，向我们揭示了现代人对于手机过度依赖所产生的负面影响。作者精心安排了七组生活场景，并在每组场景前都加上一个小标题，揭示文章主旨。另外，作者还巧妙地采取了对话的形式，在每一组场景后面都加上一句"该死的手机"结尾，大大增强了文章的讽刺效果。文章虽然并未出现大段的议论性文字，但读者却能够从这七组场景中轻易发现文章所要揭示的主旨内涵，即该死的不是手机,而是我们这些没有自控力的人类。当我们在阅读这些生活场景片段时,总能轻而易举地从中发现自己的影子,这也是文章选材的巧妙之处。

　　总的来说,王子瑜的这篇散文篇幅短小,语言诙谐幽默却暗含讽刺,作者通过对七组日常生活中的场景的客观描述,揭示了社会上的一个普遍的现象,即现代人对手机的依赖症,以及因缺乏自控力而自寻烦恼的本质,引人深思。

(刘世琴)

阎　远

阎盛芳,笔名阎远,祖籍中国云南腾冲,缅甸华人,1980 年出生。作品散见于中国和东南亚多国报刊。在第二届香港"紫荆花杯"世界华文诗歌大赛上,《诗梦香港》获优秀奖。诗歌《人间遗爱》获"阳明文化杯"世界华文诗歌大赛征文优秀奖。诗歌《瓦城》获"胞波情深"中缅文学作品征文优秀奖。

聪明淘气机灵劲

第一次见到欧阳坤时,他是一个遇到老师会很有礼貌地躬身行礼,从红润的嘴唇中低弱地吐出"老师好"三个字,滴溜溜转的眼珠越过黑色宽边的眼镜上部,虚怯而又好奇地偷偷睨你一眼,长得白净圆胖的六年级小学生。

身为六年级的语文老师,由于入职晚,学期已开始将近两个月。在接下来剩余不到四个月的时间里,渐渐熟悉了解到欧阳坤同学的一些习性和作风。

欧阳坤喜欢和班里年长的同学混在一起玩闹。可能他觉得年长的同学比他懂更多,理解事物的能力更强,经验较他丰富,因而总是对他们言听计从,形影不离。

对于作业和功课,他轻贱如敝屣,不屑一顾,视之若浮云,任尔西东。他高兴时,就把一堆散了架的、残肢断骸狼藉四散的作业交上来,算是给老师安排了一次殓凑文字尸体的任务,反摆了老师一道;不乐意时,索性不交,仿佛他同情老师批改作业的痛苦似的,落得两下清闲。

若老师批评责备他,为什么不交作业,交上来的作业为何如此乱七八糟,一塌糊涂,毫不用心。他就会哼哼唧唧,左搪右塞,甚至顾左右而言他,东拉西扯。逼急了就满教室绕着圈转,躲躲闪闪,装憨撒痴,一副可怜委屈得眼泪都快汪汪了的样子。上前扭定他，坚决要他做个回应，保证以后会痛改前非，他就把胖嘟嘟的身体，摊放在课桌上，倚倒在墙边，嘴里哀怨地呻吟着，好似受到了不公正的严刑拷打，一脸的怠懒无辜。

有一次，我在讲台上讲解课文，他和同桌在下面嘀嘀咕咕地交头接耳，还掏出手机，在课桌下鬼鬼祟祟地划弄。我决定严惩他，于是严令他到操场上跑三圈去悔过，并指定班里年长的同学监督执行。当我从教学楼上俯瞰他们是否按照指派去完成时，赫然发现他俩跑着跑着，竟跑进了操场旁的小卖部里，买东西吃去了。

终于，他们上楼来了。我责诘监督他的同学，盘问他为何放他去买东西吃。同学回答说，欧阳坤说他跑不动了，假如不让他吃点食物，补充体力，他就没力气再跑下去。这个辩解使我哭笑不得，也知道他这是在为欧阳坤掩饰，不过最终也没再硬起心肠另作处分。

六年级期末考，欧阳坤挂了一科，不能升初中。经教务处商定，允许挂科不及格的同学重考。欧阳坤依然名落孙山，就差了那么几分。考虑到曼德勒华人子弟在双轨教育下的不易，以及学习环境的限制，应该给予更多的机会和宽松的对待。欧阳坤被许可试读初中，只不过加了一个前提条件，七年级第一个月考倘若还不及格，仍须降级回到六年级。

欧阳坤受此惊吓，慵态稍有收敛，竭其所能凝聚精神，一门心思期盼着能够通过月考，不被降级。

新学期伊始，我就不断告诫欧阳坤，不专心念书的可怕后果，提醒他要时时在心。他也慌了，唯恐被留级，非但按时交上作业，书写、背诵较前认真，上课捣蛋也减少了，虽然还不尽如人意，至少比六年级时略有长进。

有次摇铃后，我走进教室上课，同学们都起立敬礼，回礼毕，我还未来得及叫大家坐下。在一片扰攘中，欧阳坤大摇大摆走向前，面对班里同学，一边摆动着他那肉乎乎的手掌示意，一边一本正经，以颇为得意的腔调说"坐下"。我狠狠瞪了他一眼，并厉声喝问他，是不是想当老师，如果你觉得行，可以由你来教导班里的同学。在同学们的哄笑声中，他灰溜溜地撞回座位，低头垂眼，嘴里不停地、轻微地嘟囔着"不想""不敢"，犹如一个等待定罪的犯人，一副可怜兮兮、让人垂怜的样子。

上朗读课，轮到他登台朗诵，为了蒙混过他不会念或发音不正确的字词，他就故意呜呜哇哇口齿不清地囫囵混念一番，像嘴里含着个枣核，又仿佛舌头瞬间变大了好几倍,使得他气喘吁吁,挣扎煎熬,万分痛苦无奈。

当我强调朗读要注意人物的身份、年龄、情感和语境时,他就做出怪诞的表情,夸张的动作,并且音调滑稽,摇头晃脑,自我陶醉得忘乎所以,逗引得台下同学前仰后合地格格大笑。我也不禁为之莞尔。

欧阳坤总爱用一种神秘魅惑的眼神盯着人看,传递出"我知道你的秘密喔""我和你是同一伙"的秋波,带有几分促狭,几分挑逗。他的眼镜脚不像常人一般挂在耳轮上,而是斜插在圆滚滚脑瓜的上方,更增喜感。加之平常爱要宝卖弄,偏偏老是弄巧成拙,适得其反,因而他的一些动作、话语,往往能令同学们发噱。

已忘了什么缘由,有次提起饭量,同学们都用手掌比画着自己的每餐饭量大小。我一眼扫到欧阳坤,直视着他的眼睛问:"你确定这是你的饭量吗,还是你的肉量。"他腼腆地笑了笑,不好意思地轻轻"嗯"了声,算是默认。

上作文课时,我特意举出欧阳坤的作文,说他会用比喻,把事物描写得形象生动,尤其把拜佛诵经的人,比喻成蹲着的青蛙,不但新鲜,而且颇具童趣。我问他是不是经常观察青蛙,喜爱青蛙,自己日常也像青蛙一样蹲踞着,所以才联想到拜佛念经的人的坐姿,也和青蛙类似。他鼓着眼,腮帮一起一伏正要回答,同学中已有人快笑趴在地了。

欧阳坤不仅性格纯朴天真,思想也很活跃,常常发人所未思及,答人所难答。他胸襟开豁,为人乐观,即使被同学拿来取笑,也从不生气怀恨。像普通的同龄人一样,受到表扬,也会开心,也会振奋。

可是由于他学习上积年的懈怠,语文根基非常薄弱,几乎已经掉了链。兴许,被娇惯宠爱,对他疏懒习性的养成,有一定的推动作用。我所忧心者,不唯以他现在的语文根底,上七年级会非常吃力辛苦,必须付出加倍的努力,也许才能勉强不掉队,更重要的是,如何培养出对学习的兴趣,激励起奋发的决心。唯其如此,才能荡除障碍,克服困难,急起直追。不知为何,"积重难返"这句话,却一直像阴影一样,笼罩在我心头,挥之不去。

🌴 作品赏析

本文主要围绕欧阳坤这一人物展开,讲述了他淘气、贪玩、腼腆、聪明的性格特点。最后发出作者自身的感慨,对于像欧阳坤这样的学生,重要的是培养他对学习的兴趣。

文章从日常学习生活小事出发，通过欧阳坤不交作业、不遵守课堂纪律、挂科、留级、表演朗诵等事例，形象生动地刻画了欧阳坤的性格特点。作者善于运用语言描写，从细节中找出人物特点的蛛丝马迹。

本文使用了口语化的表达，贴近日常生活，让人颇感亲切自然，在对话之中使文章生动起来，趣味横生。

（张清媛）